古典文學研究輯刊

初　編

曾永義主編

第13冊

《浮生六記》新探

李秋蘭著

國家圖書館出版品預行編目資料

《浮生六記》新探／李秋蘭 著 -- 初版 -- 台北縣永和市：花木蘭文化出版社，2010〔民 99〕

目 2+150 面；19×26 公分

（古典文學研究輯刊 初編；第 13 冊）

ISBN：978-986-254-385-6（精裝）

1. 浮生六記 2. 研究考訂

855 99018493

古典文學研究輯刊

初 編 第十三冊 ISBN：978-986-254-385-6

《浮生六記》新探

作 者 李秋蘭

主 編 曾永義

總 編 輯 杜潔祥

出 版 花木蘭文化出版社

發 行 所 花木蘭文化出版社

發 行 人 高小娟

聯絡地址 台北縣永和市中正路五九五號七樓之三

電話：02-2923-1455／傳眞：02-2923-1452

網 址 http://www.huamulan.tw 信箱 sut81518@ms59.hinet.net

印 刷 普羅文化出版廣告事業

初 版 2010 年 9 月

定 價 初編 28 冊（精裝）新台幣 45,000 元

《浮生六記》新探

李秋蘭　著

作者簡介

李秋蘭，台灣嘉義人。國立成功大學中國文學系博士。現任吳鳳技術學院通識教育中心專任助理教授。論文曾獲89年度行政院國科會研究獎勵費乙種獎。著有《《浮生六記》新探》，以新讀者、新文人及新小說之角度，審視沈復與《浮生六記》的文學意義；《《史記》敘事之書法研究》，主要以六大主題的探究，從體例結構與敘事技巧之角度，論述《史記》史筆與文筆之會通化成。主要研究領域：《史記》、史傳文學、古典小說、敘事理論。

提　　要

《浮生六記》自二、三〇年代受五四文人一度且高度評價形成典律後，在時代的推移中，不斷受到後來讀者的評價與重新書寫，於是五四→紅學→浮學（《浮生六記》研究）這樣的系統雖不致一脈相承，卻也不絕如縷。五四菁英對《浮生六記》的熱烈接受，乃因其中反禮教的意識型態符合了五四文化運動的期待視野，如個性解放、孝道質疑、婚戀自由等。因此沈復的「孝而情」、「夫妻大於親子」的觀念，可謂是五四的先河。事實上，沈復重視個人婚戀自由的觀念，從晚清直至戰後臺灣，一直受到讀者的高度評價。所以本文致力於從讀者反應論的角度檢視《浮生六記》的接受狀況，論證受到文化菁英熱烈接受下的《浮生六記》，典律化後，其文本接受狀況軌跡的宏觀考察。

本文由文人史的角度，定位出沈復是一位「承先啟後」的「新男性」。從沈復所記錄下私密的閨房生活與私人情緒，以及文中所呈現重視女性的觀念，沈復前衛、新穎的觀念顛覆、跨越了傳統文人的制式思考。沈復的「新」文人特質尚表現在他的活動場域，由中心至沿海，沿海至域外的移動，預示著十九世紀末中國與西方國家互動的時代即將來臨。所以沈復的誕生，意味著「新」文人、「新」時代的來臨。

本文進一步藉次文類觀點，判斷《浮生六記》為「自傳小說」。由小說美學的角度來論析《浮生六記》的形式問題，試圖由中國經、史、子、集傳統的文學脈絡中，重新定位《浮生六記》的形式位階。以此觀念來檢視《浮生六記》，發現沈復藉著第一人稱的敘述技巧將自己和愛妻芸娘共同生活的二十三年之間，從聚到離、從生到死過程中的點點滴滴，完整的安排在六記之中，尤以芸娘形象的刻畫最為成功。若就中國自傳系統而言，作者勇於創新，如命名的方式即是新創之一。此外，作者成功的將自傳以小說形式呈現，將乾嘉盛世的社會舖敘在世人面前，其深層的意義則暴露出中國傳統大家庭的名份僵化之處。即作家意圖通過「自我」表達社會，反映出那個「我」所處的社會。採取此一研究進路，是對《浮生六記》形式的加以解讀與肯定，也是《浮生六記》形式新探的重要關捩。

本文由「接受」與「宏觀」的角度，以「新讀者」、「新男性」、「新小說」，新探《浮生六記》。由此三個面向，重新檢視、閱讀此一文本。發掘其內容的美育性以及形式的美文性，並發現《浮生六記》其中深蘊的前驅意義。

目次

緒　論

壹、二度評價的論文動機

《浮生六記》〔註 1〕一度且高度評價，應屬本世紀二、三〇年代五四文人所爲。雖然在這之前，已有晚清洋務派的王韜（1828～1897）於 1877 年爲之強力推薦，但這本小書畢竟尚未形成典律。1924 年俞平伯（1900～1990）爲之校注，由北京樸社出版；1939 年五月林語堂（1895～1976）爲之英譯，上海西風社出版，《浮生六記》的文學地位也因典律化與國際化而一路攀昇。俞、林二氏均與五四血緣密切，也是紅學中人〔註 2〕，尤其是前者奠基新紅學，功不可沒，於是五四→紅學→浮學（《浮生六記》研究），這樣的系統雖不致一脈相承，但也不絕如縷。代表人物莫若北京社科院的陳毓羆氏，他於 1996 年在臺出版的《沈三白和他的浮生六記》一書，堪稱五四接受群的集大

〔註 1〕目前《浮生六記》的版本多沿襲所謂的「楊序本」、「說庫本」、「世界本」（「美化文學名著叢刊本」）三種本子。光緒三年（1877）獨悟庵楊引傳作的〈序〉、管貽萼的〈題浮生六記序〉、香禪精舍近僧潘生的〈浮生六記序〉與天南遁叟王韜的〈浮生六記跋〉，這個六記缺二的印本，世謂「楊序本」。吳興王文濡（均卿）收入由他主編的《說庫》（1915 年文明書局印行），刪去序跋，後二回仍存目，及所謂的「說庫本」。1935 年 11 月，世界書局由朱劍芒編纂的《美化文學名著叢刊》印行了現今所稱「美化文學名著叢刊」，此本補入久缺的五、六記，故曰「足本浮生六記」，收有趙苕狂的考證、朱劍芒的校讀後附記。其中「世界本」是足本之祖，因此引發了第五、六記是否爲僞作之辯論，更多爲翻印之本，故本論文以此爲依據。

〔註 2〕俞、林二氏皆爲紅學中人。前者爲新紅學考證派的學者，其著有《紅樓夢辨》等書；後者著有《平心論高鶚》等書。

成之作〔註3〕。五四菁英的熱烈接受，乃因《浮生六記》反禮教的意識型態符合了這個文化運動的期待視野，如個性的解放、如孝道的質疑、如戀婚自主，這種種又大致與《紅樓夢》的精神一致。比較特殊的倒是白話文的革命者並未因《浮生六記》的文言書寫而排斥。這麼看來，《浮生六記》實可視為晚明性靈小品的餘緒，當然可列入五四與二、三○年文人如周作人所推薦的古典文學書單之中，換言之，內容的啓蒙性、美育性，加上形式的美文性是《浮生六記》第一度被高度評價的關鍵所至。

文革時期楊絳（1911～）因感念下改時和夫婿錢鍾書的生活，因而類取《浮生六記》的架構寫成《幹校六記》。由女文化人的互文，可見《浮生六記》受到文化菁英的高度接受。《浮生六記》和《幹校六記》且皆流傳至國際。此外，《浮生六記》在戰後臺灣，儼然成為「江南文學在地化」的文學作品，不僅受到文人的「浪漫禮讚」，同時新的解讀方式加以改寫，強化了《浮生六記》的「臺灣味」。加上比較文學浪潮中的「自傳小說」之定位，凡此種種，皆是《浮生六記》受高度評價肯定的明證。而這些接受者何以對其高度評價，便引動了本文的寫作動機。

貳、「接受」與「宏觀」的「新探」策略

《浮生六記》自二、三○年代受五四文人的高度評價，隨著時代腳步的步伐，不斷受到後來文人的評論與重新書寫。本文從讀者反應論的角度來看《浮生六記》的接受狀況，看出《浮生六記》反禮教、反科學以及重視自我性靈的意識型態，一直以來受到文化菁英的高度評價。晚清洋務派的王韜、

〔註 3〕陳氏現為北京社科院的明清小說組研究員。陳氏於 1980 年出席美國的威州麥迪遜市召開的國際《紅樓夢》研討會，發表的論文以〈紅樓夢與浮生六記〉為題，故陳氏亦為紅學中人。在《沈三白和他的浮生六記》〈和《紅樓夢》比較〉一文中，陳氏提到沈復和賈寶玉、芸娘和黛玉都是有個性、重視自我的人，亦因不見容於封建制度的社會而導致人生的種種悲歡離合，故陳氏以為「《紅樓夢》這部豐富多彩的小說和《浮生六記》這部真實的生活實錄，都可以幫助我們深入了解它們所反映的那個時代。」
陳氏亦繼承俞平伯、胡適的治學方式，由考證的角度研究沈復這個人以及《浮生六記》這本書。此書針對更由俞、林二氏等只由美文欣賞的角度，進一步由考證工作奠立《浮生六記》的學術地位。雖然俞氏曾做《浮生六記年表》，陳氏則由此進一步深入研究，詳細地由文本中所提到的人、事、物、地點、時間等一一考證，故言「五四接受群的集大成之作」。

五四時期新文化運動者如俞平伯、文革時期的楊絳以至戰後臺灣的學者等接受群來看，他們都是對於時代新潮流的接受度極高的文化菁英，故本文的「上編」即是針對這群「新讀者」進行探討。

再者，沈復可說是一位「承先啓後」的「新文人」，創作出一部「繼往開來」的「新小說」。他將一生的經歷寫作成《浮生六記》，其中「由孝而情」、「夫妻大於親子」的觀念，化整爲零的分作六記來描述他與其芸娘的生活。若就文人史與文學史的角度來看，《浮生六記》代表著「新」文人的誕生以及「新」小說的出現。緣此，本文「新」探《浮生六記》之「讀者」、「作品」、「作者」等面向，從《浮生六記》接受的情況與文人、文類的角度，探討《浮生六記》的新意。

參、更高定位的先驅人／文

沈復雖只留下一部《浮生六記》，但它提供清中葉時期文人的生活，以及乾嘉盛世的生活面貌。沈復採分題爲記的方式，將個人的生平一一記之，是故小說中所呈現的不僅是沈復文人的「新」生活，亦是一部具有前瞻性的作品。它是作者自覺本身存在的價値反省，是晚明的性靈思潮的呼應，它的出現更是預告了小說改革的時代來臨。

在十九、二十世紀交接的年代，傳統古典文學開始尋求變革之路，梁啓超等代表人物著眼於作品的內容，對文學形式的變革不那麼重視，直至「五四」文學革命在改革文學內容的同時，亦呼應著文學形式的變革，此時魯迅以第一人稱的觀點寫作〈狂人日記〉，是現代小說的起點。我們再向前望，事實上五四之前已有許多作者對傳統文學的形式進行改良和補修：如黃遵憲寫「新詩派」，梁啓超創「新文體」，小說作者故意放慢情節進展，加強抒情色彩，使用第一人稱或者倒敘的寫法。但是，他們都沒有完全突破古典文學的傳統形式。我們發現，乾嘉年間的《浮生六記》就形式而言，實堪稱小說改革的先聲。

自 1985 年開始，《浮生六記》多被學者定位於小說。在小說辭典這類工具書裡，多以「自傳小說」稱之。諸如「《浮生六記》是作者的一部自傳小說」、「《浮生六記》不愧爲自傳體小說的上乘之」或者「《浮生六記》，自傳體小說，共六記，分題而記」等。現代學者多從其「分題而記」的形式安排以及內容的鋪排等角度重新審視《浮生六記》的文類問題，范煙橋的《中國小說史》

已列於其中，吳志達《中國文言小說史》中獨闢「自傳體文言小說《浮生六記》」，強調在文學史中《浮生六記》的獨特性，即在於「自傳性更加明確，但仍不失爲優秀的文言小說」。這些看法已異於前人對《浮生六記》文類的見解。

就寫作而言，沈復以藝術的審美觀來安排整體架構，他不以時爲經的記錄方式，而運用文學中的想像去重構、組織以往的記憶，再依過去的種種，以事爲主軸的重新安排、構成。由此來看，基本上《浮生六記》是以小說的骨架所構成的，因此，我們認爲《浮生六記》爲自傳小說。

本文主要分成「新讀者」、「新男性」及「新小說」等篇章來探討沈復以及《浮生六記》的存在意義。本文的「上編」主要是探討《浮生六記》受到文化菁英的高度肯定，而成爲典律化與國際化的文學作品。「中編」主要在探究沈復這位文人的個性中，那些是具有強烈文人的典型。並試圖從沈復一生選擇的職業的情況，來分析這位文人的誕生，有何新的意義存在。接著進一步探討這位文人的誕生，與晚明美學大師相較，沈復「新」的特質。再與同時期的文人相較，其「新」的浪遊路線。「下編」則探討《浮生六記》的文類問題，以「自傳小說」次文類的觀點對《浮生六記》的形式加以討論，試圖定位出它的小說成份。再進一步探討《浮生六記》的小說美學風貌，予以肯定其小說架構的形式特色。目的是爲沈復以及《浮生六記》定位出「新」的文學意義。

上編　新讀者——文化菁英的時代接受

清道光年間，楊引傳在蘇州冷攤上獲得《浮生六記》手稿，其時兩記已缺。道光二十九年（1849）王韜曾爲之題跋，稱作者「筆墨之間，纏綿哀感，一往情深。」光緒三年（1877）楊引傳以王韜之介將此手稿交上海申報館以活字版排印，是爲《獨悟庵叢鈔》本，距成書已七十年。此書後有多種版本，1924 年 5 月年北京樸社出版了俞平伯校點本，後附有《浮生六記年表》。1939 年上海西風社出版林語堂漢英對照本。1980 年人民文學出版社重新排印，此書有英、法、日、德、俄等譯本，在海外流傳。

《浮生六記》在五四時期，受到俞平伯、林語堂等人的喜愛，其被接受最主要的原因除了大時代文學思潮的影響之外，沈復的創作具有文學自省力與時代的前瞻性，亦是受到五四文人以及戰後臺灣文化菁英的高度肯定之處。本編主要是針對《浮生六記》在刊行後，即受到文化菁英的高度評價。因此，「新讀者」群的討論是《浮生六記》典律化生成的重要因素。本文試著將讀者群對《浮生六記》的接受狀況由晚清直至戰後臺灣，藉以說明《浮生六記》刊行之後一直受到文人的高度肯定。

壹、晚清——洋務派王韜的悼亡私情與才命辯證的跋文

《浮生六記》文筆，繼承了明朝小品散文張岱、袁中郎等人的簡練雋妙、輕靈韶秀。這種文字特質深受晚清作家楊引傳、王韜等人的喜愛。《浮生六記》能夠流傳至目前，最關鍵的人物爲光緒年間的楊引傳。原序之中，楊引傳提到：「《浮生六記》一書，余於郡城冷攤得之，六記已缺其二，猶作者

手稿也。……徧訪城中無知者。」〔註1〕沈復死後僅留下一部《浮生六記》流傳於世，若非楊引傳由冷攤獲得，恐怕沈復這個人及《浮生六記》這本書已湮沒於時間的浪潮中。從楊引傳提到喜愛的《浮生六記》的人爲：「武林葉桐君刺史、潘麐生茂才、顧雲山樵山人、陶芑孫明經諸人，皆閱而心醉焉。」在這之中同治年間已有人注意到此書，他們喜歡的原因應是對於沈復夫婦間伉儷情深的情形所感動，如同治年間的潘近僧在〈原題辭〉上云：「其悽豔秀靈，怡神盪魄，感人固已深矣。」故從同治年間作家對《浮生六記》評價開始，正是它出發的時刻。

晚清將《浮生六記》刊行的重要人物爲王韜。王韜（1928～1897）是中國近代思想史和文學史上，是一個重要的人物。中國「由傳統社會向現代社會轉折的激流湧進中，傳統知識份子往往是時代浪峰上的弄潮兒。他們以筆做槍，勇敢進擊，向舊世界宣戰，以輝煌的思想在中國近代歷史舞臺上構築了一座座的豐碑。在這片碑林之中，有一座不是最高最大但卻處在前排顯眼位置的碑碣，上面鏤刻著：王韜，中國近代資產階級第一代的思想家、政論家、教育家、新聞工作者，曾在風雨如晦的時代裡批判現實，提倡西學，倡導改革，爲中國現代化貢獻了畢生的精力。」〔註2〕王韜的重要處在於他爲近代的中國展開「新的世界圖景」，且爲舊中國開出新的藥方，是近代外交思想的拓荒者。

在1847～1856年期間，是王韜由舊世界走出的一個關鍵期。王氏的仕途之路屢屢挫敗，整日放蕩不羈飲酒作樂，雄心壯志的他變成心灰意冷。直至鴉片戰爭，西方世界引入中國，此時亦是王韜由舊式文人的生活走出，重新點燃生命中的熱情，替中國打開新的國際視野。寫跋文的時期，雖仍是舊式文人，但已有新穎、反省傳統的思想於其中，如《浮生六記》原跋中談到：

> 筆墨間纏綿哀感，一往情深，於伉儷尤敦篤。卜居滄浪亭畔，頗擅水石山林樹之勝。每當茶熟香溫，花開月上，夫婦開樽對飲，覓句聯吟，其樂神仙中人不啻也。曾幾何時，一切皆幻，此記之所由作也。〔註3〕

王氏十分羨慕沈復與芸娘之間的伉儷情深，更由芸娘的悲劇乃因「才情」所

〔註1〕參見《足本浮生六記等五種》〈浮生六記・原序〉，頁13。
〔註2〕參見張海林《王韜評傳》（南京大學出版社，1993年11日一版一刷），頁1。
〔註3〕同註1，頁14。

致，感慨才色之婦的命運坎坷而寫下才命辯證的跋文：

> 從來理有不能知，事有不必然，情有不容已。夫婦準以一生，而或至或不至者，何哉？蓋得美婦非數生修不能，而婦之有才色者輒爲造物所忌，非寡即夭。然才人與才婦曠古不一合；苟合矣，即寡夭焉何憾！正惟其寡夭焉而情益深；不然，即百年相守，亦奚裨乎？嗚呼！人生有不遇之感，蘭杜有零落之思。歷來才色之婦，湮沒終身，抑鬱無聊，甚且失足墮行者不少矣。而得如所遇以夭者，抑亦難之。乃後之人憑弔，或嗟命之不辰，或悼其壽之弗永，是不知造物者所以善全之意也。美婦得才人，雖死賢於不死。彼庸庸者即使百年相守，而不必百年已泯然盡矣。造物所以忌之，正造物所以成之哉？〔註4〕

王氏嚮往的是夫妻兩人間的「風流蘊藉」〔註5〕，更由此感慨傳統社會女子的才命之題。王氏在寫完〈浮生六記跋〉後，其妻楊氏不久之後就死亡，跋文上云：「顧跋後未越一載，遽賦悼亡，若此語爲之讖。」故王氏的跋應寫於道光二十九年（1849）或三十年（1850）〔註6〕。王氏寫作跋文時年只有二十餘歲，此時的他雖爲舊式的文人，新作風尚未成形，但從他對《浮生六記》極力推薦來看，已可窺見前衛、注重個人的新思想。《浮生六記》新的婚姻觀與重視個人自我觀念，符合王韜的期待視野，故他將感動化爲跋文。

王韜也是一位思想新穎的文人、學者，以當時的社會而言，普遍都是墨守成規、堅持舊體制。王韜走出中國，將西方文化引入中國，又辦報紙，希望人們能有新知識的啓蒙。他和傳統知識份子不同處在於並未以科舉爲途，其云：「不佞少抱用世之志，素不喜浮誇迂謬，一惟實事求是。憤帖括（八股文）之無用，年未若冠，即棄而弗爲。」〔註7〕在人生未來的選擇上，他和沈復有著相同的性格，不受禮教的束縛，追求個人自由、有意義的生命。在文

〔註4〕同註1，頁14。

〔註5〕「風流蘊藉」意指中國的浪漫愛情是通過禮與藝術二個要素，在文中意義詳見本文「中編」之「生活藝術」一節。

〔註6〕陳毓羆根據《弢園文錄外編》中有〈先室楊碩人傳〉內云：「碩人楊氏，名保艾，字臺芳，後余爲更其字曰夢蘅。苣汀先生諱雋第三女，醒逋茂才名引傳之胞妹也。……丁未正月碩人年二十有餘歸余。」又王韜爲其友人管初秋所寫的《潘孺人傳略》中云：「余亦二十三歲，早賦悼亡，楊碩人夢蘅年蓋亦僅二十有四，與秋初有同悲焉。」詳見《沈三白和他的浮生六記》，頁90。

〔註7〕轉引自《江蘇歷代文學家》「王韜條」，頁394。

學方面，王韜的想法亦有著獨特的見解，如論詩，喜歡「以奇鳴於世者」，他認為：「詩之奇者，不在格奇句者，而在意奇」又言「必先見我之獨見」，這些的想法在當時算是改革派新穎的思潮。其背景與價值觀和沈復是極為相近，難怪王韜是如此的喜愛《浮生六記》，因而悼亡私情寫作出才命辯證的跋文。

沈復夫婦間的志同道合、相知相惜的情感。尤其在生活相處上見出，如兩人對插花、盆栽藝術、園林藝術等有著共同的追求，共同為創造美的生活而努力的用心，此為喜愛《浮生六記》的晚清作家們所肯定的地方。小說中所呈現的是沈復和芸娘的形象十分的鮮明，在回憶夫妻生活的往事，「筆墨間纏綿哀感，一往情深，於伉儷尤敦篤」而產生真實感人的藝術魅力。故從同治的潘近僧以至光緒的王韜，他們的評價正是《浮生六記》的藝術張力之處，雖然此時尚未形成典律，但卻是讓《浮生六記》的影響力直至今日。

貳、五四文化菁英的高度接受

五四時期受到西方文化思潮的刺激，重新省視中國傳統文化中對人性的桎梏，故反禮教、要求個性解放與婚戀自由。《浮生六記》符合了這個文化運動的期待，故受到五四文化菁英的高度接受。又五四時期「人的文學」，強調個人真實的感受作為文學的創作動力。所以他們欣賞明末公安派的性靈小品，亦藉著「我」第一人稱的創作技巧，讓「我」來說故事，在這樣的文學思潮下滾動著《浮生六記》的被典律化與國際化。

一、新文化運動者的典律與國際化

（一）五四時期個人主義新思潮的影響

因受到西方的個人主義思潮衝擊，五四文人將個人與自我置於一切經驗、一切認識、一切能力的中心，即文學的出發與終點皆以個人為重心主軸。此時不少的文學「內在形式」不斷的淬鍊與改變，新文學的改變促使小說藝術形式的文學改革：即作為「隱含作家」的敘述，從傳統小說普遍採用的全知敘述，大幅度轉為第一人稱敘述。也就是說，把敘述角度限定在「我」的觀察和體驗上，使作家能夠直接抒發自己的見解和情感，並且必以自我的感覺、體驗、情感、思緒和想像為依據，如郭沫若所云：「求真在藝術家本是必要的事物，但是藝術家的求真不能在忠於自然上講，只能在忠於自我上講。藝術的精神決不是在模仿自然，藝術的要求也決不是在僅僅求得一片自然的形似。藝術是我的表現，是藝術家的一種內在衝動的不得不爾的表現。」〔註 8〕以及淺草社、沉鍾社作家所強調的：「好的文學作品……單是指他有眞正的情緒的表現」〔註 9〕、「我以爲文章應該完全是內心的眞實表現，所以隨處都是個人的自傳與自白」〔註 10〕在這以自我爲中心的個人主義思潮下，創作上還促使作者對第一人稱的敘述角度感興趣，從而帶動了小說敘述模式發生根本性轉變。敘事角度的變化必然引起敘述的時間、敘述的結構、敘述的內容等一面向的轉移，從小說的敘事模式更新來看，五四時期是爲現代小說的起點。

因追求自我、要求個性解放，故五四時期的作品大量使用「我」的第一人稱，所以這一時期作家對個性特別看重，第一人稱敘述技巧的寫作方式亦被作家普遍的使用，因此日記和書信體文學在當時的文壇上被附予極重要的地位。周作人專門撰寫了《日記與尺牘》一文，認爲「日記與尺牘是文學中特別有趣味的東西，因爲比別的文章更鮮明的表出作者的個性。」〔註 11〕郁達夫對日記文學更有著非同一般的偏嗜，他從讀者心理、創作技巧、主旨、文學的自傳性質等方面研究介紹推舉日記文學，他認爲「讀他人的日記比較讀直敘式的記事文，興味更覺濃厚。」〔註 12〕五四作家們在創作上以日記書簡體作散文或小說更是蔚成風氣，如：魯迅《狂人日記》，冰心《瘋人日記》、《一個軍官的筆記》、《寄小讀者》，廬隱《或人的悲哀》、《麗石的日記》、《蘭田的懺悔錄》，王以仁《孤雁》，倪貽德《玄武湖之秋》，徐祖正《蘭生兄弟的日記》，田漢、宗白華、郭沫若的《三葉集》，蔣光慈《少年漂泊者》等等，

〔註 8〕參見邵伯周《中國現代文學思潮研究》（上海：學林出版社，1993 年 1 月一版一刷），頁 141。

〔註 9〕孔襄我《藝術雜感・文藝旬刊》第七期，其爲淺草社社員。淺草社從 1922 年一、二月間成立，至 1924 年 9 月終止活動，歷時近三年，先後出版《淺草》季刊、《文藝旬刊》（後改名爲《文藝周刊》）。主張文學的本質是感情，文學是自我的表現。同註 8，頁 168～172。

〔註 10〕楊晦《晞露集序》，《沉鍾》半月刊第二十期。其爲沉鍾社社員。沉鍾社從《沉鍾》周刊 1925 年 10 月創刊至 1934 年 2 月《沉鍾》半月刊終刊。其文學主張和淺草社一樣皆以爲文學是自我的表現。同註 8，頁 168～172。

〔註 11〕參見周作人《周作人先生文集・雨天的書》（臺北：里仁書局，1982 年 5 月版），頁 11。

〔註 12〕參見郁達夫《郁達夫文論集》〈日記文學〉（杭州：浙江文藝出版社，1985 年 12 月一版一刷），頁 311。

都是以日記書簡體寫成的中國現代文學史上的名篇。

五四作家認爲眞情流露、自然不造作的文章是爲文學之最，所以明末公安性靈派的小品文，便被周作人、林語堂、俞平伯、郁達夫等提倡「文學是人學」的五四作家接受且融入他們的文學理論之中。周作人認爲明末金品是現代散文的源頭；林語堂發表在《人間世》的發刊詞中說：

> 蓋小品文，可以發揮議論，可以暢瀉衷情，可以摹繪人情，可以形容世故，可以劄記瑣屑，可以談天說地，本無範圍，特以自我爲中心，以閒適爲格調，與各體別，西方文學所謂個人筆調是也。〔註 13〕

從這段話我們看出受到西方文藝思潮的影響，五四作家是以自我爲中心，去探索世界，與明末時期同樣追求性靈的解放，故小品文受到文人們肯定。郁達夫在論小品文，云：「大約描寫田園野景，和閒適的自然生活，以及純粹的情感之類，當以這一種文體爲最美而最合。遠如陶淵明的《歸去來辭》，近如冒辟疆的「憶語」，沈復的《浮生六記》，以及史悟岡的《西青散記》之類，都是如此。」〔註 14〕《浮生六記》便是在這樣的文學背景之下，受到五四文人的注意，成爲五四文人的古典書單之一。

林語堂認爲「凡在寫作中一敢用『我』字的人，決不能成爲一個好作家。」〔註 15〕眞實的表達自己的感受是當時文壇所推崇的，第一人稱的敘述手法是表達這種觀念最佳的方式，因此「自剖」、「自敘」體小說的文體受到魯迅、郁達夫的青睞。如魯迅的《狂人日記》，藉著「我」的表白，表現出對社會不合理制度的控訴。郁達夫的「自敘傳」小說，如《沉淪》，雖寫身邊瑣事，寫作家自己的經驗和感受，其深層意義爲作家意圖通過「自我」表達社會，反映出那個「我」所處的社會〔註 16〕。沈復以「我」之眼所洞察的生活美學、浪游各地的見聞的優美文字及乾嘉盛世之時傳統的宗法制度對於人性的拘綁等等，這種以「我」來敘述個人眞實感受的情感流露，是《浮生六記》受到

〔註 13〕1934 年 4 月林語堂創辦並主編《人間世》（此爲半月刊），到 1935 年 12 月停刊，共出了四十二期。這段引言即他在第一期的發刊詞。附錄於皮述民、邱燮友、馬森、楊昌年《二十世紀中國新文學史》（臺北：駱駝出版社，1997 年 10 月一版二刷），頁 629。

〔註 14〕參見郁達夫《郁達夫文論集》〈清新的小品字〉（杭州：浙江文藝出版社，1985 年 12 月第一版第一刷），頁 577。

〔註 15〕林語堂《生活的藝術・文化的享受》（臺北：遠景出版社），頁 378。

〔註 16〕參見張恩和《郁達夫研究綜論》（天津：天津教育出版社，1989 年 7 月一版一刷），頁 146～155。

五四文人所重視的最重要原因。

（二）五四作家的肯定與流傳

《浮生六記》能夠流傳西方各國及日本是在五四時期深獲作家們的喜，其中貢獻最大的莫過於俞平伯（1900～1990）。他說：「文章之妙出諸天然，現於人心。及心心相印，其流傳遂遠。沈復此《記》，余垂髫愛誦，年少標點印行之，影響甚微。六十年後得重印而譯本遍東西洋，良非始願所及。」俞氏將喜愛表現在具體行動上，重新點校《浮生六記》。在 1923 年北京樸社出版了俞平伯校點本，後附有《浮生六記年表》。

俞平伯不僅是白話新文學運動者、性靈美文作家更是新紅學考證派的學者。《浮生六記》由於他的校注，因而普及化與典律化。受到個性解放與眞誠自然的文學風氣之影響，五四文人們自然會喜歡《浮生六記》的平淡雋永，倒平伯云：「沈復習幕經商，文學非其專業。今讀其文，無端悲喜能移我情，家常言語，反若有勝於宏大巨制者，此無他，眞與自然而已。言必由衷謂之眞，稱意而發謂之自然。雖曰兩端，蓋非二義。」〔註 17〕其中「眞」與「自然」是性靈文人所追求的，也是五四文人尋求自我中所肯定之處。《浮生六記》並沒有高潮迭起的情節，筆墨間並沒有道學氣與文人的酸氣，雖只是「記其實情實事而已」，然這「實情實事」由作者細細寫來，在文筆之中露出作者自然眞誠、纏綿哀婉的深情，故這種「自然」是「妙造自然」，雕琢的不見痕跡。俞平伯從作品的情境來談《浮生六記》，所肯定的是作品藏而不見之美學結構。

五四時期提倡「幽默」與「閒適」的生活美學大師林語堂（1895～1976）以爲《浮生六記》的體裁特別，以一自傳的故事，兼談生活藝術、閒情逸趣、山水景色、文評藝談等。其云：

> 在《浮生六記》中，一個不出名的畫家描寫他夫婦的閨房瑣事的回憶。他倆都是富於藝術性的人，知道怎樣儘量璧及時行樂。文字極其自然，毫無虛飾。我頗覺的芸是中國文學中所記的女子最可愛的一個。他倆的一生很悽慘，但也很放蕩，是心靈中所流露出來的眞放蕩。他倆以享受大自然爲怡情悅性中必不可少的事性。〔註 18〕

〔註 17〕參見俞平伯《俞平伯散文雜論集》〈德譯本《浮生六記》序〉（上海：上海古籍出版社，1990 年 4 月第一版第一刷），頁 531。

〔註 18〕林語堂《生活的藝術・享受大自然》（臺北：遠景出版社），頁 293。

林語堂認爲性靈的釋放是「閒適」、「幽默」的基礎，進而推動個人筆調的文學。所以，他認爲《浮生六記》的美好之處在於作品文字自然、毫無虛飾以及是作者心靈中所流露出的眞性情。

《浮生六記》的精神幾乎是《紅樓夢》的延續，故閱遍中外小說的林語堂，極力推薦《紅樓夢》，也自然地喜愛《浮生六記》。林氏推薦《紅樓夢》的原因在於它將眾多人容納在一個完整的結構中，並著力於男女情感隱微曲折的細部描繪。同時，他也認爲人物的一顰一笑、舉手投足是作家的能力表現。所以林氏極力讚賞《浮生六記》中的芸娘，他以爲芸娘的形象由沈復之筆刻畫的栩栩如生，溫柔有韻涵，讚譽爲「芸是中國文學史所記的女子最可愛的一個」。林氏更是西輸「東方美」的譯介人，將其英譯傳入西方各國，打開《浮生六記》的國際版圖，促成國際化。五四時期作家的肯定，是《浮生六記》能夠受到全世界喜愛的一個關鍵時期，所以此時期可說是《浮生六記》受到高度評價的時期。之後的朱劍芒曾爲之校讀，陳毓羆氏的《沈三白和他的浮生六記》更爲之考證，可謂是五四文化菁英群對《浮生六記》集大成之作。

沈復眞實的記錄之下的夫婦之「閨房」之樂以及坎坷的人生，這皆是後人所以感動之處。因受到五四文人大爲推廣，進而流傳至國內、國外的讀者手上。自此書於 1878 年由上海申報館出版的《獨悟庵叢鈔》本，1924 年俞平伯的點校後，至目前至少重新刊行二十八次以上的新版本出現，足見《浮生六記》在流傳之盛。更在三〇年代更擴大讀者群流傳至海外，林語堂將《浮生六記》翻譯爲英文引入英語世界，在六〇年時又有布萊克（S. M. Black）的新譯。五〇人年代至八〇年代在如義大利、法國、日本各國皆陸續將《浮生六記》傳入世界各國〔註 19〕，讓沈復和芸娘之間的故事在大千世界中永恆的流傳下來，被後人所吟唱歌誦著。

本小節主要是探討從晚清楊引傳、王韜以來至五四以來對《浮生六記》

〔註 19〕陳毓羆先生對於外文譯本，見有三種版本：（一）1939 年 5 月，上海西風社之漢英對照本，林語堂譯，有譯者序，卷首載有蘇州蒼米巷、福壽山及沈三白〈水繪園圖〉之照片。此本爲四卷本。（二）1979 年，蘇聯科學出版社之俄譯本，葛雷金媽譯，有前言及注釋。亦爲四卷本。（三）1989 年，德國萊比錫出版之德譯本，史華慈譯，有注釋及後記，插圖精美。亦爲四卷本。而法文譯本及捷克譯本，惜陳先生並未看見。詳見陳毓羆《沈三白和他的浮生六記》，頁 94～96。

的接受情況作一討論。《浮生六記》被後人接受的原因，乃是它是呼應明代李贄的理學反動，人欲與天理並不相悖，生活點滴即是人倫物理的存在處。《浮生六記》除了晚明性靈小品的繼承外，亦呼應了《金瓶梅》、《紅樓夢》「不厭精細」的描寫。因而在五四時期校點重印及翻譯成外語，流行與國際之間。

五四時期受到西方文學的思潮，文人們要求個性解放與自我獨立，認爲作家所表現的是他用自己的肉體和心靈所感受、把握的眞實。所以，第一人稱的創作技巧是他們認爲最能體現出內在的自我，更藉著「我」去體現所處的社會處境。《浮生六記》受到五四時期文人肯定乃是沈復利用「我」來敘述一生的經歷，其中他追求個人自我的性靈生活，卻導致了他和芸娘二次被逐出家門的原因是中國傳大家庭制度對人性的束縛，反映了乾嘉之時的社會現況，因此才在三〇年代廣受文人喜愛。而陳平原先生卻以爲「中國古代小說缺乏的是由『我』講述『我』自己的故事」，事實上《浮生六記》的文學價值正在於「第一人稱敘事的觀點」。

二、國故史學家的「私」傳肯定

《浮生六記》不僅受到五四新文人的肯定，國故史學家陳寅恪（1890～1969）亦對《浮生六記》讚譽有加。陳氏原籍江西修水，爲著名的史學家，在學術上享有「與世界學術水平對話和居於領先地位」〔註 20〕的崇高聲譽。「詩文證史」是陳氏在學術上的一大貢獻，其中「以史證詩」旨在通解詩的內容，企求得到更爲眞實的結果。「以詩證史」則是陳氏以爲唐詩的史料價值最高，因其作者有一、二千人，範圍廣泛，具有普遍的代表性，能反映各層社會之生活與思想。陳氏的箋詩文章之中，〈元白詩箋證稿〉爲學者公認最佳之作。

陳氏在〈元白詩箋證稿〉中「豔詩及悼亡詩」談《鶯鶯傳》，其中以爲「微之天才也。文筆極詳繁切至之能事。既能於非正式男女間關係如鶯鶯之因緣，詳盡言之於《會眞》詩傳，則亦可推之於正式男女間關係如氏者，抒其情，寫其事，纏綿哀感，遂成古今悼亡詩一體之絕唱。」〔註 21〕因而論及《浮生六記》中沈復眞誠所寫下的夫妻之情極力讚譽，其云：

〔註 20〕參見李錦全〈陳寅恪先生治學的精神風貌〉，收錄於《紀念陳寅恪教授國際學術討論會文集》（廣東：中山大學出版社，1989 年 6 月一版一刷），頁 159。
〔註 21〕參見陳寅恪《元白詩箋證稿》（臺北：世界書局，1993 年 1 月初版），頁 99。

> 吾國文字，自來以禮法顧忌之故，不敢多言男女間關係，而於正式男女關係如夫婦者，尤少涉及。蓋閨房燕昵之情意，家庭米鹽之瑣屑，大抵不列載於篇章，惟以籠統之詞，概括言之而已。此後來沈三白《浮生六記》之閨房記樂，所以爲例外之創作，然其時代已距今較近矣。〔註22〕

肯定之處即是沈復勇於創新及不受禮教拘束的價值觀，也就是說沈氏已有著近代人的價值觀。

倘若再由陳氏分析〈再生緣〉的角度，可發現陳氏亦是一位思想新穎、不受傳統道德觀所拘束的文人。在〈再生緣〉中，陳氏特別強調端生一生的情況，進而對舊社會輕視女子提出的抗議，其云：

> 有清一代，乾隆朝最稱承平之世。然陳端生以絕代才華之女，竟憔悴憂傷而死身名湮沒，百餘年後，其事跡幾不可見。汪都汪中者，有清中葉極負盛名之文士，而又與端生生值同時者也（汪中生於乾隆九年，卒於乾隆五十九年），作吊馬守眞文，以寓自傷之意，謂「榮期二樂，幸而爲男」（見《述學別錄》）。今觀端生之遭遇，容甫之言在當日，信有可徵矣。〔註23〕

陳氏學問淵博，治學涉及面很廣，對宗教、史學、文學、語言學、人類學、校勘學等均有研究和獨創見解，更以中古史的研究享譽中外。一生追求的是學術上「自由之思想、獨立的精神」。他對「女子無才便是德」的舊道德觀提出抗議，可見其思想新穎、不受傳統道德觀的價值觀。

陳氏透過中國傳統禮法的角度，肯定《浮生六記》的新穎、跨越時代的思想，從作者不受禮法所拘至寫出別人所不敢寫之內容等皆予以贊揚。故《浮生六記》透過國故史學家的「私」傳肯定，沈復「新」文人的「新」思想是文化菁英所接受的原因，也是文化菁英對傳統文化改革的期待。

三、鴛蝴舊文人的史傳考證

《足本浮生六記》中附錄趙苕狂〈浮生六記考〉一文，趙氏由「爲自傳文開一好例」、「樂與愁對照下所涉及的家庭問題」、「閒情的領略」、「作者的遊蹤及記遊的文字」、「文字上的批評」、「五六兩卷佚稿的發見」等方向，來

〔註22〕同註21，頁99。

〔註23〕參見《陳寅恪學術文化隨筆》（北京：中國青年出版社，1996年9月一版一刷），頁176。

檢驗、考證《浮生六記》。

趙氏爲鴛蝴派的舊文人，爲《紅玫瑰》一鴛蝴派刊物之一的主編。鴛鴦蝴蝶派亦名「禮拜六」派，是現代文學史中的一個重要文學流派，該派的文學精神強調文學該是「消遣」、「游戲」、「趣味主義」。《紅玫瑰》爲《紅雜誌》的延續，在《紅雜誌》滿一百期便改名爲《紅玫瑰》，始於 1924 年 7 月 2 日，自第四年起改爲旬刊共出七年，至 1932 年 1 月第二八八期停刊。這份雜誌是鴛鴦蝴蝶派文學代表刊物中壽命較長的一種，也是這個文學流派的大本營之一。代表作品有不肖生的《江湖奇俠傳》、嚴獨鶴的《人海夢》、趙苕狂的《江湖怪俠》、包天笑的《倡門之病》、徐卓呆的《窮人的貞操》、李定夷的《賭毒》等。趙氏爲該刊的主編，從他所主編的《紅玫瑰》該刊的主旨而言，其強在「趣味」二字上，「以能使讀者感興趣爲標」〔註 24〕，故趙氏仍脫離不了鴛蝴派的「言情」、「趣味」等想法。《紅玫瑰》旬刊是鴛鴦蝴蝶派的代表刊物。

該刊還有幾個特點，如倫理號、娼妓問題號、婦女心理號、小說家號等，都很有特色。其內容並非僅是才子佳人小說，更多的是反映封建式家庭的專制、婚姻的不自由等，還有不少是暴露社會黑暗、軍閥的橫暴，是當時社會的一面鏡子〔註 25〕。代表該派的文藝思潮已在變化，不再只以「哀嘆才子『豐才純情、終身潦倒』，佳人『貌美如花、命輕如絮』」的作品爲主。

趙氏雖是鴛鴦蝴蝶派的舊文人，但他並不完全以「遊戲」與「消遣」、「才子佳人的悲歡離合」等的觀點來看待《浮生六記》，而是從封建式家庭的專制、婚姻的不自由等角度，暴露封建社會的黑暗面。其云：

> 本書作者的所以遭坎坷，不得於家庭，實是一個大原因；而他的所以不得於家庭，他們夫婦倆都生就了浪漫的性情，常與大家庭所賴以維生禮法相納鑿，又是一個大原因。這一來，夫婦倆沆瀣一氣，伉儷之情固然愈趨愈篤；但與家庭間卻愈成水火之勢！〔註 26〕

反映了舊式文人對於個性解放、婚姻自由亦有著一定程度的要求，同時也對捨去禮教對人性的束縛有著不滿。對於沈復所描寫的閨房之情，趙氏同陳寅恪的看法一樣，以爲「自寫其閨房間的樂事，卻是取著一種很大膽的態度。

〔註 24〕同註 8，頁 212。

〔註 25〕摘錄自《紅雜誌‧紅玫瑰》第一卷第一期「影印說明」（上海書店：江蘇廣陵古籍刻印社，1989 年 12 月一版一刷）。

〔註 26〕同註 1，頁 2。

因為從來人們對於閨房之情總是『秘而不宣』，以為萬萬告訴不得人的；他卻一點也不管，十分坦白的寫了出來。」故化所重視的是作品新的文學意義，已不同於鴛蝴派的「趣味」主張。

趙氏的解讀代表著鴛蝴派舊文人的文學觀已逐漸在改變，故《浮生六記》因其反禮教、追求個人性靈自由的思想，能與時代的思潮互動，符合其期待視野，故其文學地位因而典律化、國際化。

參、文革時期女文化人的互文（intertext）

《幹校六記》是楊絳將文革時期下改的兩年生活，於 1980 年回北京時所寫的追記。楊絳（1911～），原名楊季康，1932 年蘇州東吳大學政治系畢業後，考入清華大學研究院攻讀文學，因而與錢鍾書相識而締結良緣。兩人於 1966 年紅衛兵運動中，因「學術權威專政者」被迫下改，且於 1969 年 11 月及 1970 年 7 月下放到河南省的「五七幹校」，《幹校六記》的寫作背景則是記錄下文革的幾年內，她和錢鍾書的生活。

本書分為「別」、「勞」、「閒」、「情」、「幸」、「妄」等六記，如錢鍾書所言：「『記勞』、『記閒』，記這、記那，都不過是這個大背景的小點綴，大故事的小穿插。」〔註 27〕時代背景造就了六記的產生。《幹校六記》的書名和篇目都類取沈復的《浮生六記》，內容也是錢、楊二氏生活的記實，亦是以「情」字為中心來貫徹六記，六記中隨處皆是兩人伉儷情深的表現，共同歷經文革的種種艱苦。從楊絳在閱讀《紅樓夢》時曾說：「《紅樓夢》作者描寫戀愛時筆下的重重障礙，逼得他只好去開拓，新的境界……於是一部《紅樓夢》一方面突破了時代的限制，一方面仍然帶著濃郁的時代色彩。」〔註 28〕得知楊氏是一位重視自我心靈的文人，更認為作品應具備時代感的文化人，如她在〈鑿井記勞〉中所記：

> 幹校的勞動有多種。種豆、種麥是大田勞動。大暑天，清晨三點鐘空著肚子就下地。六點送飯到田裡，大家吃罷早飯，勞動到午時休息；黃昏再下地幹到晚。各連初到，借住老鄉家。借住不能老鄉家。

〔註 27〕參見《幹校六記》（臺北：時報文化出版企業有限公司，1992 年 9 月初版一刷），頁 7。

〔註 28〕參見楊絳《楊絳作品集》（三）（中國社會科學院，1995 年 3 月一版一刷），頁 121。

> 借住不能久佔，得趕緊自己造屋。造屋得用磚；磚不易得，大部分用泥坯是極重的活兒。此外，養豬是最髒又最煩的活兒。菜園裡、廚房裡老弱居多，繁重的工作都落在年輕人肩上。〔註29〕

透過楊氏將當時勞動情況的一面，真實刻劃出來傳達給讀者。此外，她視我我的精神亦表現和錢鍾書的婚姻生活中，如〈冒險記幸〉中所載楊氏會見默存（即錢鍾書）的情景，其云：

> 我踏著一片泥海，走出村子；看看錶，才兩點多，忽然動念何不去看默存。我知道擅自外出是犯規，可是這時候不會吹號、列隊、點名。我打算偷偷兒抄過廚房，直奔西去的大道。〔註30〕

不管天氣如何惡劣、小橋早已被沖垮，一切只因心中對丈夫的念念之情。在「回京已八年。瑣事歷歷，猶在目前。這一段生活是難得的經驗」〔註31〕動機之下，她類取了《浮生六記》格式寫作成《幹校六記》，記錄夫妻兩人這一段勞動生活中的甜蜜記憶。

《幹校六記》同《浮生六記》一樣，也流傳至海外各國，曾分別被譯成英文三種、法文二種、日文、俄文一種，分別於英國、美國、法國、日本和俄羅斯出版。任何的一篇續作皆可稱爲「互文」（intertext）〔註32〕，也就是說二者在意義上是可互通、互補的，故《幹校六記》是《浮生六記》的互文下的作品。雖然錢鍾書曾云「《浮生六記》一部我很不喜歡的書」，然透過其妻楊氏的《幹校六記》與《浮生六記》的互文，更見伉儷情深、婚戀自由是性靈文人在意與追求的。循此，《浮生六記》的精神自五四之後一直受到文人的接受不斷再創新。

肆、戰後台灣——「浪漫」禮讚與江南文學「在地化」

自五四時期、日據時代以至於戰後的臺灣，文學發展不斷受到外來文化與思潮的刺激，所以傳統文化便在「新」與「舊」之間不斷辯證。戰前的作家因時代、政治的關係，文人的閱讀書籍中和中國有著密不可分的關係。在

〔註29〕同註27，頁31。
〔註30〕同註27，頁89。
〔註31〕同註27，頁122。
〔註32〕康來新先生於口考時對詞語意義的解釋（時間：1999年5月57日，地點：國立中央大學現代教研室）。

戰前文人的閱讀日記中，《浮生六記》一直是文人的閱讀書單之一，可見它普遍受到臺灣文人的肯定。

《浮生六記》更因內容的關係，自五四以後便一直從家庭與愛情的角度來進行解讀。本文企圖由戰後臺灣的文人對《浮生六記》的接受狀況，強化九〇年代下《浮生六記》的新解讀。但透過文學史的宏觀來看，從戰前直至戰後討論《浮生六記》的接受狀況，由一完整的史觀角度，更可見其高度評價。

一、戰前文人的必讀書單

（一）新感覺派作家——劉吶鷗的古典書單

劉吶鷗（1905～1940），臺南柳營人。出生於南國的臺灣，一生則遊走於繁華的日本東京與中國上海，從事於文化事業。在臺灣觀點重新解讀之下，劉氏儼然是臺灣文學史重要的一張缺頁。劉氏在文藝上的成就，以在上海提倡「新感覺派」〔註 33〕，爲該派的始祖。作品中充滿了現代主義的心理分析及象徵手法，如《無軌列車》、《新文藝》等。此外，寫作風格上亦感染了五四文人郁達夫的頹廢與感傷。

在電影藝術與專業領域理論上，劉氏亦有著相當前衛的見解。如他曾和黃嘉謨主辨《現代電影》，提倡「軟性理論」，即是以電影是軟片所製成爲理論基礎。劉氏透過個人的創作與日本小說的翻譯再出版，也是二、三〇年代的電影先鋒，故劉氏是遊走時代、文藝尖端的戰前文人。

關於劉氏的讀書記錄，我們從已經出土，而即將出版的 1927 年日記來看〔註 34〕，劉氏閱讀的範圍十分廣泛，包括了日本、法國以及中國古典、當代的文學作品。其中古典文學有：一月十日的《聊齋誌異》、五月十日至十四日的《水滸傳》、十月的《浮生六樂——閨房記六》（筆者按：應爲《浮生六記——閨房記樂》）以及十一月的《全唐詩》等作品。對於新感覺派作家的劉氏，自然會喜歡沈復與芸娘之間的閨房情趣。《浮生六記》有著跨越時代的觀念與

〔註 33〕新感覺派是來自西方的文藝思潮之一，發端於歐美世界進而轉駐日本，在中國上海發跡則是經過劉氏轉口。該派以反寫實的態度，注重心理時間的流動與情緒的轉變，代表作家有劉吶鷗、施蟄存、戴望舒、穆時英等人。

〔註 34〕參見許秦蓁《重讀臺灣人劉吶鷗（1905～1940）——歷史與文化的互動考察》之〈附錄四之乙〉的「讀書記錄」舉隅（國立中央大學中文所碩士論文，1998 年 12 月），附頁 64～68。

見解，所以即使經過百代之後仍感動著前衛、新穎的劉氏。

（二）鹽分地帶文學之父——吳新榮的臺灣《浮生六記》

吳新榮（1907～1967），字史民，號震瀛，出生於臺南北門郡將軍庄。一生的著作甚多，包括詩歌、隨筆、日記、評價、長篇自傳體小說以及田野調察的記錄等，十分豐富。一方面在臺南佳里懸壺濟世，一方面亦是新文學運動的文藝工作者，將臺南鹽分地帶的文學引入臺灣文壇，被學者譽為「鹽分地帶文學之父」。其中吳氏以《亡妻記》而飲譽文壇，該記多稱之為「臺灣版的《浮生六記》」。

吳氏的《亡妻記》是由元配雪芬死一個月後的「逝去的青春日記」（由三月二十七日至四月二十七日），以及百日忌之前所寫的「在世之日的回憶」兩部份所組成的。他在四月二十五日的日記中提到：

> 今夜終於未能一睡，因而把沈復的『浮生六記』和蘇漫殊的『斷鴻零雁記』讀到今晨六點鐘。這兩本書是臺中C君為要安慰我的寂寞，昨日寄來的。然而雪芬喲，我們的生活既不那麼浪漫，也不是那麼傷感的。即使如此，死了妻子的男人的心理狀態豈非不可思議地一致嗎？〔註35〕

在其妻雪芬死後，吳氏一度曾藉著閱讀《浮生六記》來療傷，不同時代的人卻可感同身受。戰前作家王昶雄曾評《亡妻記》為：

> 他的隨筆在文學界的形象，相當突出，尤其是「亡妻記」一作，另創高峰，對於夫妻情深的描寫，力透紙背，被譽為經典之作。他的隨筆在那個時代而言，所注入的觀念，一點也不迂腐，也已不算保守。〔註36〕

新穎的觀點、真摯感人的情意是沈復的延續，故吳氏的《亡妻記》可視為是戰前臺灣與《浮生六記》互文的作品。

《亡妻記》的內容，寫作主軸是回憶妻子雪芬對吳氏無怨無悔的付出，在吳氏回憶的述說之中，雪芬儼然是「芸娘第二」，溫柔體貼有善解人意。我們可由王昶雄、黃得時、陳少廷等戰前文人對《亡妻記》比喻為「臺灣的《浮生六記》」的評價來看，二者在寫作性質上的雷同，如王昶雄所云：

〔註35〕參見吳新榮《吳新榮選集》（一）〈亡妻記〉（臺南：臺南縣立文化中心，1997年3月版），頁268～269。

〔註36〕同註35，頁11。

> 吳先生與心愛的妻子毛雪芬結褵有年，其愛之深，情之篤，眞有如「浮生六記」的當代版。「浮生六記」就是告訴你「貧賤夫妻」之間的溫暖，一杯苦酒二人分嘗，淚眼中帶著笑臉。他倆只是欣愛宇宙間的良辰美景，一意求享浮生半日閒的清福，也正是陳芸所企求的「布衣菜飯客樂終身」的生活，二人許願做「九世夫妻」，生生世世爲鴛侶。「陳芸第二」的雪芬，一旦分手成爲永訣，怎能不令丈夫悽愴哀慟。……自從雪芬嚥氣那一天起，他又悲痛又衝動，非提筆寫出追念亡妻的手記不可，日記把這精心作品命名爲「亡妻記」。〔註 37〕

又如黃得時、陳少廷亦有同樣的評價：

> 臺灣文學裡，詩人有郭水潭、隨筆家有吳新榮、張星建、陳逢源諸氏。發表於第二卷第三號的吳氏的「亡妻記」，令人想起「浮生六記」，讀之令人垂淚。〔註 38〕

> 吳氏在小說、小品文、新詩方面都有相當的成就。其中尤以「亡妻記」這本 Nonfiction 風行之時，這本書係記述與其亡妻雪芬女士的一段恩愛生活，不知打動了多少情人的心弦。故有臺灣的「浮生六記」之美譽。〔註 39〕

上述的文人、學者皆是戰前的前輩作家，從其對《亡妻記》的評價我們得以確定戰前臺灣文人對於《浮生六記》應是有一定程度的熟悉與喜愛，否則如此定論《亡妻記》爲「臺灣的《浮生六記》」。

（三）第一才子——呂赫若的古典書單

《浮生六記》內容的啓蒙性與前瞻性，在面對中國傳統家庭制度的思辯時，與《紅樓夢》皆受到高度的重視。戰前時期的文人，同樣的也面臨家族問題，如「日據時代作家中文學成就最高的一位」〔註 40〕才子作家——呂赫若（1914～1947），他以臺灣大家庭內部的種種問題爲創作的主要題材。作品主要特色是由家庭的生活層面來透視社會人生的各種現象。呂氏的創作生命雖然十分短暫，卻爲戰前時期提供了豐富的文學養分。

〔註 37〕同註 35，頁 13。負責吳新榮選集的主編——呂興昌亦以爲「〈亡妻記〉是新榮先生的散文代表作，曾有臺灣浮生六記之美喻。」

〔註 38〕此爲黃得時對《亡妻記》之評價。參見吳新榮《吳新榮選集》（二）（臺南：臺南縣立文化中心，1997 年 3 月版），頁 190。

〔註 39〕此爲陳少廷對《亡妻記》之評價。同註 38，頁 191。

〔註 40〕此爲葉石濤在《臺灣文學史綱》中對呂赫若的讚譽。

因爲呂氏十分重視家庭問題與封建制度下女性的命運，所以在閱讀的書單的記載中，有著內容性質相關的古典作品。如在一九四二年三月九日的日記中，記錄了他在閱讀《浮生六記》。十四、十五日欲將《紅樓夢》進行翻譯〔註41〕。《紅樓夢》與《浮生六記》在皆是探究個人與傳統社會制度下的衝突，故以家庭題材爲創作主題的呂氏，自然會吸收古典的文學養分。

戰前文人接觸中國古典文學如《紅樓夢》、《浮生六記》，其間的特殊意義在於日據時代的臺灣知識份子與中國文學的關係非常密切。事實上，日據時代整個的臺灣文壇的底盤是中國文學，尤以清朝時的作品影響臺灣文學居多，由此可見戰前文人對《浮生六記》這部書一點也不陌生。〔註42〕

二、鵝湖新儒家的「浪漫」禮讚

五四以後受到浪漫主義思潮的影響，傳統的婚姻制度與愛情方式開始動搖，追求個人自由的自我精神逐漸強化人們的價値觀，也因此《浮生六記》在戰後的臺灣，仍受到文化菁英的高度肯定，如鵝湖新儒家曾昭旭以中國人文浪漫愛情的觀點，對沈復浪漫的愛情予以禮讚。曾昭旭（1943～）廣東省樂昌縣人〔註 43〕，爲臺灣當代鵝湖新儒家的代表學者之一。近年來，對兩性關係及婚姻愛情的關注是其所致力寫作的方向。

曾氏對《浮生六記》的解讀，是基於中國人文風流蘊藉的愛情與西方熱烈激昂的愛情互文，認爲中國的愛情是建立在人文與藝術而成長，因而能細長如流水一般長久。其在〈說沈三白與芸娘的風流蘊藉〉一文中談到：

> 在中國，得愛情之道的夫婦容或不少罷！但可能是既以蘊藉爲性，便輕易不與外人道，遂使千載下人，無從一虧究竟。幸得沈三白《浮生六記》，以偶然的因緣成書面世，才使得這一種風貌，有一次如實的紀錄。我們若說從某一標準來看，這書是一份重要的歷史檔案。〔註44〕

所以，曾氏透過《浮生六記》的內容描寫，以中國式的風流蘊藉進行解讀，

〔註41〕參見陳映眞等著《呂赫若作品研究——臺灣第一才子》（臺北：聯合文學出版社，1997 年 11 月初版），頁 44。

〔註42〕此觀念爲陳萬益先生於口考時所提供的見解（時間：1999 年 5 月 57 日，地點：國立中央大學現代教研室）。

〔註43〕現任教於中央大學中文系所。著有《俞曲園學記》、《王船山哲學》、《情與理之間》、《人生書簡》、《從電影看人生》、《且聽一首樵歌》、《文學的哲思》、《在愛中成長》……等等。

〔註44〕參見臺北：金楓出版社的《浮生六記》之導讀，頁 3。

認爲「人間之愛是通過禮而成熟的」，進而以生活藝術來「圓成人情之好」，此即是中國愛情的風貌——「風流蘊藉」。〔註 45〕

透過這樣觀點的考察，《浮生六記》性靈生活的晚明餘韻部份，仍是最爲後人接受的。由此一窺沈復與芸娘之間的愛情是以中國式風流蘊藉來完成生命中之美好。循此，浪漫禮讚下的《浮生六記》是沈復與芸娘是因人文的愛情而倍受肯定與評價，也是五四重視個人自我、由「孝」而「情」精神的延續。

三、江南文學的「在地化」

（一）林爽文論〔註 46〕——臺灣史觀的強化

沈復一生以幕客爲業，其間因不喜官僚體係中的鄙陋之態，因而「易儒爲賈」，這是乾嘉之際的社會現象。然沈復第一次經商失敗，乃因「臺灣林爽文事件」，海道被清廷阻隔，貨物因而積壓而致窺損，所以藉沈復之描寫，臺灣與中國之間開展了歷史的記錄。近年來致立於臺灣紅學建構的康來新（1948～）〔註 47〕曾云：

> 這部誕生於乾嘉盛世的性靈小品，便可視爲告別十八世紀的一首輓歌，……而彼時，那個遠遠、遠遠的島嶼臺灣，已然自婆娑的洋面冉冉升起，走入了世界，展開了史頁，甚至化身爲命運，遙控了芸娘和三白的江南悲劇。〔註 48〕

所以，康氏從臺灣的觀點解讀《浮生六記》，十八世紀的沈復的命運便與臺灣相連。故由此臺灣史觀的觀點來看《浮生六記》，則是明清江南文學的臺灣在地化。

（二）憨園論〔註 49〕——邊緣角色的焦聚

沈復與芸娘之間的愛情，從飲食、閱讀以及日常生活中的種種互動，充

〔註 45〕關於「浪漫愛情」與《浮生六記》的關係，詳見〈中編・家庭生活〉的章節。

〔註 46〕「林爽文事件」與臺灣關係的描寫，詳見本文〈中編・貳晚清地緣〉之「臺灣——歷史議題」一節的描寫。

〔註 47〕現任教於中央大學中文系所。創辦並負責「曠野」雙月刊，並出版詮釋或研討古典小說的專書，近年來致力於臺灣紅學史觀的建構。此外也爲當代小說家編纂特集，如《陳映真的心靈世界》、《王文興的心靈世界》等，同時還進行現代短篇小說的選析工作，研究範圍廣泛。

〔註 48〕參見《新讀浮生六記》一書之導讀，頁 4。

〔註 49〕芸娘爲沈復納妾一事的描寫，詳見本文〈中編・生活藝術〉之「家庭生活之『新』」一節。

滿了性靈與藝術美感，多視爲是鶼鰈情深的表現，如：閒居時的賦詩論文、滄浪亭畔的納涼玩月、品論雲霞、書信往返中「願生生世世爲夫婦」的小章、遊山玩水、插花養石、更在蕭爽樓中與群友品詩論畫，到尙園煖酒烹餚與眾人共樂中。其中爲後人津津樂道之處是芸娘爲沈復納妾之事，也由此讓後來的作家蒙生許多的遐想，進而加以改編爲新作品。其中嚴曼麗〈人耦〉是由九〇年代下臺灣的創作出來的文學作品。

嚴曼麗（1949～）爲臺灣當代的小說家〔註 50〕。她以《浮生六記》中沈復、芸娘與憨園之間的關係，改編成〈人耦〉的短篇小說。〈人耦〉在 1995 年 8 月 5 日連載於中國時報人間副刊，故事將邊緣人物憨園與主要人物沈復、芸娘聚焦所產生的故事架構，透過現代女性的觀點進行改編。

故事主要是根據《浮生六記》中芸娘在乾隆六十年（1795）乙卯秋遇憨園，欲以其沈復之妾，至十八日芸娘則以翡翠釧贈之爲故事的主畏情節，背景是發生於劇場中，主角爲舞臺演員正在爲環臺巡迴演出〈三白與芸娘〉之劇在排演，因此展開三人的心理刻劃。

作者以寫實的筆法，透過情欲的書寫，將故事中海生之於三白、由綠之於憨園、阿荔之於芸娘的關係鋪陳出來，透過阿荔——芸娘之眼表達出他們內心的情感以及欲望。主題以「一個顛覆成功的『第三者』」爲標，來描寫現實生活中人性的眞實欲望。飾演芸娘的阿荔是一位割除卵巢的四十五歲中年女子，透過劇中芸娘爲三白找妾的入戲過程，阿荔不斷發掘現實生活中自己與海生（三白）婚姻生活，作者寫實的將人內心眞實的想法表現出來。如：

> 「淑姐，妳還是執意要跟伊結作姐妹？」三白眞心夾著刺問道：「像我這樣一窮二百，七子一個，勉強過活；加上一個妾，往後我拿什麼供養？有妳，我已經十分滿足，多一個人，不礙手礙腳麼？」阿荔忽然看到三白之爲男人的虛矯，可是丈夫流轉著三白猶不失誠摯的眼神，芸娘隨即爲之釋懷了。
>
> 阿荔就勢拍拍由綠的肩，瞧伊滿眼疑惑，她一時興起，問道：「憨園妹妹，你曾不曾想過，要是你眞順利嫁進沈家，這三白和芸娘還恩

〔註 50〕嚴曼麗，臺北縣人。曾以筆名嚴，寫作〈塵埃〉之短篇小說，收錄於歐陽子編《現代文學小說選集》（第二冊）（臺北：爾雅出版社，1977 年 6 月初版）。作者以寫實手法，敘述主角麗香飄泊無依、章苦不堪的唱戲生涯，其中亦描寫她與患肺癆的少年永生悲慘的結局。

> 愛如初嗎？」由綠幾乎不假思索道：「老實說，不很樂觀呢。妳想，男人有了小妾，怎麼可能跟從前一樣對待他的妻子？我看憨園要眞進了沈家門，三白無論如何都只能一心二用。他對芸娘，即使感情純度不變，濃度也很難不摻水吧。芸娘到底是女人；一個深愛丈夫的女人，就算她『樂意』和另一個女人共『用』丈夫，那樣的寬容大度，也總有個底限。再說，憨園是不是眞如芸娘想的那般完美，誰知道呢。所以，我以爲憨園他嫁，芸娘的心願未遂，整個故事在最淒美的地方結束，留下遺撼，也才動人。還有，我總覺得三白和芸娘這對被男人傳頌、女人豔羨的『典範』夫妻，雖然遭遇不少坎坷波折，他們的『恩愛』，恐怕還是未經烈火試煉的生鐵，而不是鋼。」
>
> 「芸姐姐，這鐲子我收了，這酒我喝了，往後三百是我的了。妳確定就不再有遺憾了？」

故事則以此爲中心，試圖藉由人性情欲的角度去重新看帶典範夫妻的婚姻，也可說是爲百年前的《浮生六記》，進行新的詮釋觀點。這樣對於邊緣角色的重新書寫，如《鶯鶯傳》中紅娘、鶯鶯與張生的關係，如《白蛇傳》中青蛇、白蛇與許仙的關係，亦如同〈人耦〉般透過人性情欲的角度，來描述男女之間的暖昧關係，是一種對典律作品的新閱讀嚐試。

九〇年代《浮生六記》的再創作是憨園（由綠）與芸娘（阿荔）之間的對話，由邊緣人物憨園的劇焦所凝聚而成的作品，故嚴氏的〈人耦〉可謂是九〇年的代表「江南文學」臺灣「在地化」的作品之一。

四、比較文學的次文類界定

自傳文的研究是因西方晚近重劃文類的疆土，才興起的自傳研究。中國自五四開始也面臨了中國自傳文不發達的問題，如胡適便是導最力的人。九〇年代的臺灣也十分重視這個議題，如學者李有成於 1986 年以 *TEXTUALISING THE AUTOBIOGRAPHICAL SUBJECT: DESCRIPTION, NARRATIVE, DISCOURSE*（《自傳主體的呈現：描述、敘述、論述》）爲博士學位〔註 51〕，

〔註 51〕李有成：*TEXTUALISING THE AUTOBIOGRAPHICAL SUBJECT: DESCRIPTION, NARRATIVE, DISCOURSE*（《自傳主體的呈現：描述、敘述、論述》），指導教授：朱炎，國立臺灣大學外國文學研究所博士論文，1986 年 7 月。

討論自傳文中的種種問題。《當代》雜誌社也於第五十五、五十六期，開闢了「自傳與傳記專輯」進行討論。這股自傳文研究的思潮帶動著《浮生六記》形式典律化的形成。

《浮生六記》的性質近於回憶、懺悔且是作者是自己所記錄個人生平的作品，研究中國自傳文一定會舉《浮生六記》爲例進行比較。如：張漢良（1945～）以〈匿名的自傳：《浮生六記》與《羅朗巴特》〉〔註 52〕一文來探討自傳作者的問題，作者以敘述時間的觀念來論述，如《浮生六記》中的「六記」，應視爲作者不同版本的自傳，每個版本呈現一個假面，是主角生平的一面傾斜的鏡子。杜瑞樂（Joel Thoraval）〈試論盧梭之《懺悔錄》與沈復的《浮生六記》〉〔註 53〕一文則透過自傳文類來探討東西方的人文社會背景。國立中興大學英文系的朱崇儀，1988 年於美國加州大學聖地牙哥分校更以《浮生六記》爲碩士論文主要研究的對象，論文題目爲 *PAPRIARCHY SUBZERTED BY AUTOBIOGRAPHY*，由父權體系受到自傳的顚覆之角度進行分析。他們以比較文學的方式，從文類的角度進行比較，試圖爲自傳作者定義出新的文學意義。本文藉次文類中自傳小說的觀點，試圖由中國經、史、子、集的傳統脈絡中，重新定位《浮生六記》爲自傳小說的形式，並非由西方分析比較自傳文的角度切入。

此自傳小說次文類的觀念來檢視《浮生六記》，乃是由沈復藉著第一人稱的敘述技巧，將自己和愛妻芸娘共同生活的二十三年之間，從聚到離、從生到死，過程中的點點滴滴，完整的安排在六記之中，而其中尤以芸娘形象的刻畫最爲成功。若就中國自傳系統而言，作者勇於創新，如命名的方式即是新創之一。此外，作者成功的將自傳以小說形式呈現，將乾嘉盛世的社會舖敘在世人面前，其深層的意義則暴露出中國傳大家庭的名份僵化之處，即作家意圖通過「自我」表達社會，反映出那個「我」所處的社會。透過自傳小說次文類的界定，是對《浮生六記》形式的加以解讀與肯定，也是《浮生六記》形式新探的重要關捩。

〔註 52〕張漢良〈匿名的自傳作者羅蘭巴特／沈復〉，收錄於《中外文學》第十四卷第四期。

〔註 53〕杜瑞樂（Joel Thoraval）〈試論盧梭之《懺悔錄》與沈復的《浮生六記》〉，收錄於《當代》第六十七期。

中編　新男性
——乾嘉文人沈復的承先與啓後

《沈三白和他的浮生六記》一書中，對於沈復這個人的生平其記載爲：

沈復（1763～1825 年以後），清代文學家。字三白，號梅逸，長州（今江蘇蘇州）人。少時奉父命習幕，曾在安徽績溪、江蘇青浦及揚州等作幕客。依人作嫁，見盡熱鬧場中卑鄙之狀，内心實厭惡，曾短時期經商，欲專門從事藝術，因生活窘困而不可能。由於大家庭發生糾紛，其妻芸娘爲翁姑所不無容，兩次被逐，終至貧病而逝。父亡故，又爲弟所逼，離家出走。嘉慶十年（1805），入其友時任重慶知府石韞玉幕，輾轉安徽、湖北、陝西及山東等地。嘉慶十三年（1808）朝廷派遣翰林院編修齊鯤出使琉球冊封其國王，沈復經石氏推薦，入使團爲從客。海行艱險。閏五月十七日抵達，十月初二日返航，在琉四個月半。他在那霸之天使館内寫作了回憶錄《浮生六記》（今存四記）。他繼宋代李清照〈金石錄後序〉和明代歸有光〈項脊軒志〉之後，以較長的篇幅記述夫婦間的家庭生活，歡愉處與愁苦處兩對照，眞切感人，在中國古代文學實屬稀見。書中還記述所經各地之風景佳勝。文章行雲流水，樸素自然，是優美的小品文。晚年在江蘇如皋作幕十年。在他六十花甲之日，友人顧翰寫了〈壽沈三白布衣〉詩，説他「買山無貲去歸引，賜繞吳門千百遭」。見《拜石山房詩鈔》卷六。六十三歲時，友人管貽葄爲《浮生六記》題詩六首。沈復生平好游覽山水，與吳門畫家魯璋、楊昌緒、袁沛、王巖諸人友善。善畫及篆刻，傳世有〈水繪園圖〉及「花好月圓人

壽」之印章等。詩作僅存〈望海〉、〈雨中遊山〉等篇，寫於琉球。其《浮生六記》一書大行於世。卒年不詳。〔註1〕

壹、晚明餘韻

成長環境與家庭背景是影響一個人價值觀生成的重要因素。沈復處於清中葉時期，此時不僅在社會文化、思想方面急遽變動，連帶著文壇亦呈現出複雜的面目，其價值觀上的改變在於人欲的解放與婚姻自由的追求、眾生平等的主張。沈復所記錄下與妻子芸娘二十三婚姻生活中的「樂」與「愁」，其人生追求與晚明性靈思潮是有所承續。這樣的精神的延續，我們可在沈復人生的三個選擇中，進一步深入了瞭沈復這位布衣文人具有那些明清性靈文人的典型性格。以下分成三個小節分別論述之，期以說明這位「布衣文人」〔註2〕的人格審美處。

一、生涯經歷

由沈復的生平記載中，我們得以見出在沈復的人生經歷中，經過三個的

〔註1〕此條目乃是陳毓羆先生根據自己在1986年《中國大百科全書》之〈中國文學卷〉以及1993年《中國文學大辭典》所撰寫的「沈復」和「浮生六記」兩條目，結合而成的條目。陳氏透過內證佐以旁支的考證，從兩方面進行：一是考證嘉慶五年以及嘉慶十三年出使琉球從客的名單；一是從《浮生六記》中的記事來判斷。考證出沈復應該是在嘉慶十三年間，經石韞玉的舉薦，隨翰林院編修齊鯤出使琉球，其身份是幕客，所以沈復的卒年應於1825年之後。詳見陳毓羆《沈三白和他的浮生六記》（臺北：大安出版社，1996年11月一版一刷）。

〔註2〕所謂「布衣文人」是指非傳統的士大夫，並不走科舉考試之途。布衣文人在明清社會結構改變時，商人從事商業活動，他們才逐漸發跡。文人漸專事文化副業，故布衣文人的生活、性質彈性十分大，如明．唐伯虎、清．鄭板橋皆是。這些布衣文人中，又有大量名氣不大或名不見經傳的普通文人。明末清初出現大量的才子佳人小說，正是這批布衣文人的產物之一。才子佳人小說的作者多爲屢試不第的落魄文人，他們在動蕩的時局與價值觀改變的社會中，無法通過正常的科舉和仕途證成自己，便力圖用手中的筆開闢一個新的天地，以寄託自己的情懷。豔情小說、世情小說的作品文人們大量創作，《金瓶梅》、《紅樓夢》皆是此期的巔峰之作，這些作品最大的特色是反映當時社會的社會禮教的矛盾與個人追求自由之主張。詳見方正耀《明清人情小說研究》（上海：華東師範大學出版社，1986年12月一版一刷）。此皆顯示出沈復能寫出《浮生六記》，也是受到明清社會文化經濟結構與價值觀改變下而創作出來的作品。

不同人生選擇。這些的選擇中，我們視爲沈復一生中的重要轉捩點。以下由此三個階段來看沈復的生涯經驗。

（一）幕僚生涯

沈復終其一生以游幕爲業，中途雖曾從商、賣畫，但仍以幕僚爲終身的謀生技能。乾隆四十六年（1781）八月〔註3〕，沈復之父稼夫公身患病瘧，深恐不起，故安排沈復到學館學習幕府工作。在〈浪游記快〉一記中，沈復是這樣描寫的：

> 辛丑八月，吾父病瘧返里，寒索火，熱索冰，余諫不聽，竟轉傷寒，病勢日重。余侍奉湯藥，晝夜不交睫者一月。吾婦芸娘亦大病，懨懨在床。心境惡劣，莫可名狀。吾父呼余囑之曰：「我病不起。汝守數本書，終非餬口計。我托汝於盟弟蔣思齋，仍繼吾業可耳。」越日思齋來，即於榻前命拜爲師。（1992：37～38）

其父稼夫公以幕府爲終其一生的職志，雖然這份工作「一生辛苦，常在客中」（1992：23），但仍是可賴以維生的一技之能，所以他要沈復繼承其業，這是沈復棄文習幕之始。其父所說的「汝守數本書，終非餬口計」，雖是無奈之語，實則反映了乾嘉之時文人所受到的社會考驗，此亦是促成沈復日後「易儒爲商」的社會因素。

所謂「學幕」，即是學習師爺所需處理的種種事務〔註4〕。沈復拜其父之盟弟蔣襄爲師，相隨習幕於奉賢官舍。一年多後，從蔣襄就揚州之聘。乾隆四十九年至五十一年間，隨其父稼夫公於吳江知縣何世珩及海寧知州王泰雷之府中，沈復此時應仍是在見習之中。直到乾隆五十一年初冬，應績溪知縣

〔註3〕本文所採用的年譜以陳毓羆先生所考證爲資料來源，以下的章節所談到沈復的年月記事便不再作註說明。

〔註4〕所謂「學幕」，就是學習專業幕賓（即形名師爺和錢穀師爺，俗稱爲「紹興師爺」）。清代的地方官署，除武職及鹽糧外，都是行政和司法不分，財政和建設不分。知縣既要管理全縣之行政事務，還要審理裁決民事刑事案件，徵收錢糧賦稅，開支各種費用，還有來往文書、公私信函等，所以要聘請幕賓來辦理這些事務。幕賓非官吏，乃官員私人聘請的私人助手。過去學幕，雖無固定的學校、學程和年限，但要拜師，要分別行輩。刑名和錢糧是學幕的主畏項目。學習之基本材料，全在明習律例。律文一定不移，例則因時更改，例案太多，雖有通知各省府州縣之文件，但不隨時匯集公布，全靠各人抄錄札記，學幕師徒間之傳授大都在此。詳見陳毓羆《沈三白與他的浮生六記》（臺北：大安出版社，1996年11月一版一刷），頁10。

克明之聘，才獨當一面的作業。然幕僚體系瑣細的工作與勾心鬥角的人際關係，卻令沈復身心疲憊，難以適應，因此在績溪未過兩年，與同事不合而拂衣歸里。雖然沈復終身從事幕僚的工作，但都是走投無路之際不得已才又重作馮婦。

在沈復以游幕為業的家庭裡，若依傳統「士、農、工、商」的社會中，在家庭和社會的安排下，他應當走上「學而優則仕」的人生規劃。然而，沈復從未有參加科舉考試的念頭，當然也不以傳統士大夫的科舉之路為自己的人生目標。他終其一生未踏上科舉之路，而以「布衣」的身份，專事幕僚工作。因明清社會的經濟結構改變，所以當時的文人或屢試不第轉化而來，或因才氣而樂於舞文弄墨，或因羨慕都市繁華而來尋求文化樂趣，或鄙視仕途而著書立說，或因生活貧困而被迫賣文等等而以布衣或處士終其一生，其中又有以江、浙地區的數量較多〔註5〕。這些布衣文人多醉心於山野風光、田園生活，江南地區所具有的自然環境，正可以滿足那些安於隱居者的需要。沈復生長在文人薈萃的蘇州，自小耳濡目染，所以他或因性喜自然、或因才氣、也或因生活貧困而專事文化，也走入這批布衣文人的行列中，醉心於山水間。

習幕對於沈復是一件極不願卻非得如此的工作，而習幕「此非快事，何記于此？」乃是「此拋書浪游之始，故記之。」以及每次提到游莫事，沈復總以類似「一無快遊可記」之話語，輕描淡寫地帶過苦悶之生活。幕僚的工作，沈復為何如此不能忍受呢？前面談過幕僚的工作性質多樣、繁雜瑣碎之事多不勝舉，這應還是沈復所能忍受的範圍之內。而是幕客替人辦理事務時，不得不去揣測別人的心理〔註6〕，以及在任聘其間，主人的升遷與否，與自己

〔註5〕錢杭、承載根據《明詩紀事》、《清詩紀事初編》為主，再參照其他明清詩文資料、著作的初步統計，十七世紀前後的一百餘年中，全國的詩文作家約有1700餘人，其中江南籍和長期在江南一帶活動的詩文作家將近1050人，約占總數的61%。當時的江南詩人作家中，江、浙地區或有科舉功名而不為官，或是連科舉都不涉足的布衣文人，數量超過那些既有官職，又能詩善文的士大夫。本文的研究對象沈復生活於十九世紀，這一、二百年期間，人數應成是直線上升的狀態。詳見二人合著《十七世紀江南社會生活》(1998)，頁207～215。

〔註6〕陳毓羆先生引用了同時期著名文人汪中寫的〈經舊苑弔馬守眞文〉說明為何沈復幕府工作深感痛苦。汪中生於乾隆九年十二月（1745），卒於乾隆五十九年（1794），只活了五十歲。此文是他在乾隆四十八年（1783）旅居江寧（今南京）之作。汪中之文最主要是說明幕客替人辦理文案，不得不揣測別人之

的未來有著密不可分的關係，故幕客們必須處心積慮的爲主人作事。而毫無功名之心的沈復，不求名不求利，只求一頓溫飽便心滿意足，因此感到「熱鬧場中卑鄙之狀，不堪入目」而易儒爲賈。

沈復淡泊名利、爽直不羈又酷喜浪游的性格，和居住的環境有著密切的關係。我們從他自小成長於蘇州居住於滄浪亭畔來看，滄浪亭「全園碧水瀠洄，未入園林先成景，波光瀲灩，水天一色。園內一邱一壑饒古趣，半村半郭忘塵囂。三面臨水的『面水軒』，彷如煙波小舟，時刻準備鼓枻而去；古樸的滄浪亭，距於藤蘿蔓掛的土石假山之巔，掩映於參天古木之下，質樸淡雅。」〔註7〕加以滄浪亭築園的背景是文人隱逸山林，藉以舒解政治生涯中的憤懣之情〔註8〕。煙霧裊繞的山水景物、古典韻味的園林建築，自然化育了不少的江南文人。綜觀蘇州文人山水園構園的普遍思想是隱逸山林、回歸田園、泛舟江湖和遊目聘懷、縱心物外，在這樣的環境之下，沈復耳濡目染自會感受到這股江南文人的風情與思想。所以，沈復面對官場上的權利鬥爭與人我猜忌，而自身又性喜自然、不喜世俗拘束。這種矛盾使他對於幕僚工作深感痛苦。

欲見其人先觀其友，沈復的性情我們可從其游幕期間所結交的好友來看。這些朋友的性格有的是「慷慨剛毅」、有的是「溫文爾雅」（沈復評價），都能和沈復傾心相交。他跟著蔣思齋見習時，與自己生平第一個知己的交往時，其不喜世俗羈絆、慷慨直爽的個性便已呈現出來：

> 有同習幕者，顧姓名金鑒，字鴻干，號紫霞，亦蘇州人也，爲人慷慨剛毅，直諒不阿。長余一歲，呼之爲兄，鴻干即毅然呼余爲弟，傾心相交。此余第一知交也。……憶與鴻干訂交，襟懷高曠，時興山居之想。（1992：38）

沈復和顧金鑒情同兄弟，兩人此時正值奮發向上的青年時期，可是幕僚工作帶來的不快，時常令他們萌生隱居山林的念頭。兩人皆性情直爽、襟懷高曠，

心理，不得不成爲別人之工具，而失去自己的獨立人格。詳見陳毓羆《沈三白與他的浮生六記》（臺北：大安出版社，1996年11月一版一刷），頁12～13。

〔註7〕參見曹林娣《姑蘇園林與中國文化》（臺北：萬卷樓圖書有限公司，1993年12月初版），頁61。

〔註8〕滄浪亭首以園主北宋詩人蘇舜欽（1008～1048）而聞名於世。蘇舜欽造園時，其主題是以滄浪之漁父自比，以示隱逸自愛之志。

不喜拘束的生活。到海寧縣見習時，沈復與生平第二位知己——史燭衡認識。史燭衡性情「澄靜緘默，彬彬儒雅」（1992：41），與沈復結爲莫逆之交。這二位朋友和沈復總是相約共遊山水，一起遊目騁懷、縱心物外。他們是沈復最爲談心的知己，雖相聚時間並不多，縱使已過了數十年歷經人生百態，然沈復卻銘之於心，可見其重情重義的性格。

飽經人生考驗的沈復對於幕客的生涯深感厭倦，爲了生活只好又依人作嫁。嘉慶十三年（1808），朝廷派遣翰林院編修齊鯤出使琉球，沈復經石琢堂的推薦入使團，其身份爲幕客，隨居海外，此行海行艱險。閏五月十七日抵達，十月初二日返航，待在琉球共四個月半。此次主要的目的是冊封尚灝（乾隆五十二年，嘉慶八年冬立）爲琉球國王。其次的目的要要進行交化交流，所以「赴琉使臣所帶的從客，都具有較高的文化修養和藝術才能」〔註 9〕，從客者皆需要善於筆墨半多才多藝的人，方能勝任。沈復能參與此琉球之行，在於他善於書畫篆刻，因此能有此機緣到域外〔註 10〕一遊。

出使琉球期間，最重要的是沈復在那霸之天使館內寫作了《浮生六記》。此時，他客居海外，回憶往事種種一一記之筆墨，以免「事如春夢了無痕」，而負上天之厚愛。寫作時，沈復應該是有苦要訴，然而由筆端所透露出來的情緒卻沒有一絲的後悔與怨恨，雖然他的人生有著太多的無奈與不願，卻不怨天尤人僅記住美好快樂的一面，此則是沈復不拘小節、喜歡大自然個性的

〔註 9〕陳毓羆據《續琉球國志略》卷五〈志餘〉之記載：「正副使奉命冊封，例許隨帶從客、醫士等，正使跟丁二十名，副使跟丁十五名，經禮部奏定有案。臣等查前使張學禮從客陳翼、授王世子、王婿輩琴操，醫士吳燕授國人醫理，徐葆光從客陳利川，授那霸官毛光弼琴法。但球人質樸好文，使臣將命后，求詩求字，日不暇給，從客長於筆墨者，自不可少，其他不必求備。至於僕從人等，不過以壯觀瞻而已。」證出從客之重要性。參見《沈三白與他的浮生六記》（臺北：大安出版社，1996 年 11 月一版一刷），頁 16～25。

〔註 10〕吳盈靜《晚清小說理論的域外發展——以星洲才子邱煒萲爲例》（收錄於國立中央大學中文系《第五屆近代中國學術研討會》，1999 年 3 月）一文中談到「域外」的觀念，其云：「域外」一詞，今人多云「海外」。其運用於文學，蓋首見周作人，周樹人（即魯迅）兄弟所編譯的《域外小說集》（1907），他們的譯介動機是希企「異域文術新宗，自此始入華土。」觀其選譯之書，多以俄羅斯、北歐等弱小民族作家的作品爲主，由此可推知魯迅兄弟不以「海外小說」爲名，乃是基於以海作爲分界所指涉的地區仍有限，至少作爲西北臨國的俄羅斯便不能涵括其中，故捨「海外」而言「域外」。此後研究者每論及晚清譯介小說時，便沿用周氏兄弟的說法，以「域外小說」稱之。沈復的琉球之行於清中葉年間，故在此亦沿用舊說，稱此行爲「域外經驗」。

呈現。沈復此時已飽經人生的生離死別，一生無心於名利，自甘於清貧，愛好自然山水與詩文書畫，不願庸碌了其一生，這是明清布衣文人典型性的表現，安於隱逸生活，不願追逐功名，選擇無牽無絆過一生。

若從時代背景來看，清乾嘉時期東南城市商品經濟又日趨繁榮，思想界出現了顏元（1635～1704）、戴震（1723～1776）等思想家，他們在精神的追求上都體現了鮮明的時代意義。此時晚明尊重個性、肯定人欲的思潮又呈現復歸，我們從此時小說中所反映人的精神，與晚明性靈學說大體相近。雖仍有一些作品描寫人們對讀書作官、富貴功名的追求，但更多的作品對此流露出鄙視、厭倦情緒，嚮往隱居安樂與出世逍遙的生活。沈復生於乾嘉盛世，自然會受到這種眾生平等、肯定人欲的性靈思潮的影響。我們從他毫無隱藏、眞情流露所記錄下來的一切，其描寫眞率的程度不下晚明性情解放的作品。沈復的個性深具明清時性靈文人「眞情至性」〔註 11〕的典型性格。循此，在大環境的影響與個人氣質使然，沈復終其一生心胸坦蕩、追其所愛，經濟雖然一直處於拮据的情況下，仍無損其樂天不喜拘束、酷愛大自然的天性。

（二）「易儒為賈」時期

乾隆五十二年（1787），沈復年二十五歲在績溪幕中，因看不慣官場中的種種卑微醜態，而歸蘇州。適遇姑丈袁萬九在盤溪作釀酒業，沈復便附資合伙，因而「易儒爲賈」。若從沈復所描寫的種種現況來看，明清之際的社會已異於傳統的社會結構與價值觀。我們知道明末清初是中國社會禮教向近代社會演變過程中的一個重要時期，商業經濟發展帶來了社會風氣的開放，帶動經濟的發展，進而促使城鎮的發達。受到經濟的刺激，資本主義亦在明清的社會中萌芽。人們受到經濟條件的刺激，對於傳統的仕大夫之途已有新的見解與看法，經濟因素已是百姓首當其衝的第一考量，傳統的仕途之徑並非唯

〔註 11〕此所謂的「眞情至性」基本上雖繼承晚明性靈思潮而來，而有所修正。在晚明的浪漫思潮中，文人的許多奇行異舉皆被視爲眞性情的表現。至清初時，浪漫思潮逐漸走向衰頹，加上歷經亡國慘禍，當時文壇的知識份子便興起一股「求實」的文風。沈復眞性情的行爲，多爲清初修正以後文人如蒲松齡等人的行爲表現，他的「眞」不再是以怪誕狂肆的行爲來表現，而是將性情適當的納入日常生活中的倫理規範，以不傷其自然之性又不流於放誕，所以沈復追求自我的性情更落實於日常生活中。此觀念詳見蔡怡君《搜「人」記——《聊齋誌異》的「文人探究」》（國立中央大學中國文學研究所碩士論文，1998 年 6 月），頁 29～35。

一出頭天的選擇，如其父所云：「汝守數本書，終非餬口計」。若就明清之際的社會文化背景，究竟那些因素刺激著沈復的經商之路呢？

沈復處於經濟中心的蘇州城，乾嘉年間正值經濟活躍之際。他並未以傳統的科舉之途爲選擇，其間也曾踏上社會潮流之下的經商之路。他一生一共經商兩次，乾隆五二年戊申（1787）沈復當時二十五歲到績溪返蘇州，易業爲酒賈。隔年（1788）因台灣林爽文之亂，海道被阻隔、貨物被積壓下來，販酒虧折資本，仍遊幕江北。此外，他在〈浪游記快〉中談到其居住在蕭爽樓時，表妹夫徐秀峰見其在家賦閑，乃勸沈復偕同一起經商。於是沈復：「余乃商諸交游者，集資作本，芸亦自辦繡貨及領南所無之蘇酒、醉蟹等物，稟知堂上，於小春十月，偕秀峰由東壩出蕪湖口。」經商於粵，此時沈復年已三十餘歲了。在沈復所從事的商業活動與地區，皆是當時明清之際最熱絡的經濟商業區。

從沈復現實層面的描寫中，我們得以一窺乾嘉之際當時生活的景像。中國封建制度的社會基礎是以自然經濟爲社會結構，農業與家庭手工業互相結合，所形成的自產自銷、自給自足的經濟方式，產品並不投入市場進行交換。這種情況至明中葉後期，以長江下游一帶開始出現了以物易物的經濟活動，如大規模改種經濟作物，其產品投入市場獲得極大的利益。這些因素直接促成明清資本主義的萌芽，進而改變整個社會的結構與民眾的價值觀。

在沈復所描寫的經商地點來看，都是明清之際繁榮的貿易地區。他在績溪販酒以及到嶺南（即今廣東）經商所路過的地點，都是明清之際因貿易關係而繁華的地區。如蕪湖位於徽州，地當大江長河匯流之處，交通便利，商業素稱發達。明清時期，隨著商品經濟的發展，蕪湖更是繁榮，成爲當時著名的商業中樞。「萬曆時，蕪湖已是『輳五方而府方貨』的都會。逮乾嘉之際，繁榮更甚往昔，『四方水陸商賈日經其地，闤闠之內百貨雜陳，繁華滿目，市聲若潮。』」〔註12〕當時，沈復和其表妹夫徐秀峰一起要到廣東沿海一帶作生意，廣東自明季以來是貿易、交通發達的通商口岸，是許多商人的經商之地。沈復和芸娘「自辦繡貨及領南所無之蘇酒、醉蟹等物」至粵應經商，顯然他們已深具商業活動中流通有無的概念。

明清社會資本主義的萌芽以及商業的發達，亦可從芸娘四歲喪父，自己

〔註12〕參見民國《蕪湖縣志》卷十及姚逢年《蕪湖縣志・序》，轉引自《徽商研究》（合肥：安徽人民出版社，1995年12月一版一刷），頁108。

靠著刺繡謀生獨立賺錢養家的情況來觀察。明清之際的社會結構已面臨著傳統與革新的接擊。以芸娘自小賴以爲生的刺繡而言，明清當時因爲養蠶、棉麻的革命在江浙地區一帶，各種產品之間的交換，生產物轉化成商品，形成了專業化的生產。由此推動整個江浙地區的商品經濟迅速發展，也孕育著新的生產方式。這種新的生產方式在當時最受影響的是可說是手工業的民營化。因爲手工業逐漸發展起來，促進了城鎮手工業商品生產的蓬勃、興旺，所以芸娘從小以刺繡當成謀生的技能，是當時的市場已將絲織品當成商品在經營。加上江浙地區是當時絲織生產與交換的中心，因此帶動了商業及整個城鎮及附近經濟的發展。經濟的發展而擁入大量的人口，明中葉後，經濟中心地市鎮興起，成爲明清社會與文化的重心。

由於明清之際商業化社會的興起，便形成「士／商模糊化」〔註 13〕與「科舉商業化」〔註 14〕的社會現象，說明清乾嘉時期商業都會經濟的發達帶動城鎮的興起，同時也刺激文化的發展以及人們對傳統價值觀的再思考。自明中葉以來，城市商業經濟逐漸繁榮，刺激了全社會日趨激烈的生存競爭，在這場競爭中，死抱著八股文不放的文人幾乎被社會所淘汰。所謂「凡是商人歸家，外而宗族朋友，內而妻妾家屬，只看你所得歸來的利息多少爲重輕。得利多的，盡皆愛敬趨奉；得利少的，盡皆輕薄鄙笑。猶如讀書求名的中與不中歸來的光景一般。」〔註 15〕如此狀況，不得不刺激讀書人重新思考窮經至

〔註 13〕蔡怡君《搜「人」記——《聊齋誌異》的「文人」探究》一文亦談到：「明代中葉以後，傳統以義利截然相對的觀念逐漸產生動搖。一方面，哲學家們提出各種觀點，將人的物質欲望合理化；另一方面，商業發展刺激人們利欲高漲，即令士大夫也不再諱言逐利。對於身處拜金狂潮的知識份子而言，科舉爲官的目的不再是一展個人抱負，或爲生民請命那麼單純，而是在其中夾雜了大量的利欲因素。」詳見《搜「人」記——《聊齋誌異》的「文人」探究》第四章〈由士而商——階層升降中的心態調適〉（國立中央大學中國文學研究所碩士論文，1998 年 6 月），頁 91～120。

〔註 14〕余英時先生以爲由於明清儒者對於「治生」、「人欲」、「私」都逐漸發生不同的理解，他們對於商人的態度因此也有所改變。而且明中葉後，士與商之間的關係已不易清楚地劃界線。此現象有二點原因特別值得注意：一是中國的人口從明初到十九世紀中葉增加好幾倍，而舉人、進士的名額並未增加，因此考中功名的機會自然愈來愈少。二是明清商人的成功對於士人也是一種極大的誘惑。明清的捐納制度又爲商人開啓了入仕之路，使他們至少也可以得到官品或功名，在地上成爲有勢力的紳商。詳見《中國近世宗教倫理與商人精神》（臺北：聯經出版社，1988 年 9 月初版三刷），頁 104～120。

〔註 15〕〈疊居奇程客得助〉，《二刻》卷三十七（臺北：世界書局，1967 年 12 月再

白首只爲一紙功名的價值觀，而產生「以商賈爲第一等生業，科第反在其次著」〔註 16〕的社會風氣。或者考取功名的動機上，以「利」字爲出發點，將士大夫的人格操守與爲人民求福祉的理念拋至腦後，冀求名利雙收。清中葉時期，對於士的基本要求是「必須在經濟生活上首先獲得獨立自足的保證，然後才有可能維持個人的尊嚴和人格」〔註 17〕。因此，沈復對於友人夏揖山安排逢森學習貿易經商之途，並未反對。

社會結構的改變亦對傳統價值觀重新判斷，直接刺激著人們想去經商以致富。明末馮夢龍以及凌濛初的作品中，便對這種情形有著深刻的描繪。「三言」、「二拍」中，我們可以看到棄農經商、棄官經商、棄舉業經商的描述。經濟因素的加入，傳統的價值觀已開始鬆動。從明末的社會背景來看，商人的社會地位已逐漸在抬高。傳統「士、農、工、商」的排位中，商人是居末座。這種情況在明中葉後「重本抑商」情況便在「崇奢」〔註 18〕的政治主導之下，商人逐漸成爲社會的中堅份子。所以，沈復的父親以爲習幕可當賴以維生的一技之能，故要沈復繼承其業。其父所說的「汝守數本書，終非餬口計」，並未安排他參加科舉及友人安排沈復逢森學習貿易的經商之途，皆是以經濟謀生爲第一衡量，可看出當時社會價值觀的改變。

從沈復描繪乾嘉時期經濟生活的片段圖畫，認識清之際商業社會的興起帶動了城鎮的發達，進而對社會根本結構產生改變。許多布衣文人走入民間，促使明清之際的江浙城市呈現極盛的文藝風氣。文人在城市經濟繁榮之下，

版），頁 721。

〔註 16〕同註 15，頁 720。

〔註 17〕余英時先生論及明清儒家的「治生」論時，以清沈垚（1798～1840）〈費席山先生七十雙壽序〉一文，論述明清之際儒家思想的一個新的變化。以沈垚強調士在生活必須經濟獨立的觀點，作爲「治生」論的論述起點。沈垚和沈復爲同一時間的人，這樣的觀點普遍落實於社會大眾之中。詳見《中國近世宗教倫理與商人精神》（臺北：聯經出版社，1988 年 9 月初版三刷），頁 97～104。

〔註 18〕陸楫，松江府上海縣人，生於正德十年（1515），卒於嘉靖三十一年（1552），著有《蒹葭堂雜著摘抄》，輯有《古今説海》一百二十卷。在陸氏的崇奢論中其重點在對「禁奢」的傳統政策提出質疑，則一意稱揚奢侈風氣對整個社會的好處而避談其害。陸氏得崇奢論不僅反映了當時江南一帶商業繁榮對社會生活的影響，而且是秦漢以下文人就「消費」對「經濟發展」的正面作用提出明確論證的第一人，從「觀念史」（History of Ideas）的角度來看，應有其超越《管子・侈靡篇》的創新意義。詳見林麗月〈晚明「崇奢」思想舉隅論〉，國立臺灣師範大學歷史學報，第十九期，1991 年六月。

於詩文書畫、技藝、游玩、園藝、飲食等文藝方面力求新異，追求精緻的文明生活。沈復身處於文化圈的中心——蘇州城，自然感染這種文人氣質薰陶，對於美的追求自然有他獨特的見解，故在〈閒情記趣〉中記下了許多匠心獨具的生活美感之創作。然沈復雖具藝術家的天性，在面臨世俗之事卻無法處理的很好，從沈復一生經商的兩次經驗中，以在廣東經商之行而言，他四個月中花費了一百多兩，所在意不是錢要如何賺，而是欣賞各地的文人風情以及新的玩意。此行應該是把所有賺的錢花掉許多，否則第二年秀峰再邀約，其父怎麼可能不准呢？且沈復又重為馮婦至青浦縣楊縣令府中應聘。沈復慷慨爽直、不拘小節的個性從未重視、在意過金錢，在意的是天地、宇宙的曼妙、朋友間的眞情交往以及與摯愛芸娘的生活，因此他能自甘清貧、閒情地逍遙於天地之間。

綜觀整個明清時代社會風氣的變化，最大的關鍵在經濟的發展促進資本主義的萌芽，尤其是商品經濟的發展。若從統治者維護禮制的立場來看，明清時代社會由儉轉奢，是「僭禮踰度」，是「貴賤無等」，是對傳統封建體制的挑戰；從思想層面來看，明中葉後「僭禮越度」「崇奢黜儉」的社會現象，也反映了人民不願受社會道德與禮教的束縛，追求物質享受的自我意識是促進了人欲解放的一種啓蒙思想〔註 19〕。且在時代思潮洪流的推動下，這種的習氣被整個激發出來，人們希望能無所顧忌地解放出自己的情欲去追求自我，不願再受社會禮教對人性種種無理的規範；加上科舉制度在當時十分的腐敗，官員們治國平天下的理想拋到九霄雲外，傳統知識份子「知其不可爲而爲之」的意識已不存在。因此，當時許多知識份子把「科舉仕途」視爲「混帳話」。所以，沈復自我的價值觀在社會思潮的滾動下，蘊釀出他追求自我的性情，他浪蕩不羈的個性未曾受科舉制度而壓抑，雖受限於經濟條件的惡劣，卻自甘清貧更加恣意的揮灑浪漫的因子，和芸娘共同享受天地之間的美景、與友人閑逸、快樂的浪游。

〔註 19〕參見林麗月〈晚明「崇奢」思想舉隅論〉，國立臺灣師範大學歷史學報，第十九期，1991 年六月。陳萬益先生〈晚日小品與明季文人生活〉中以劉志琴與徐汐的說法來談明末社會的變遷，他以爲明末的江浙城市，物質和精神生活都得以最自由地發展，在繁華侈麋的生活中，人民不願受傳統禮教的束縛，行爲放浪不羈；不甘受既有成規的限制，文藝競求新異。所以明末的文化是由商人從事商品經濟活動，而市井文人推展民間文學藝術，彼此相激相盪，所形成的不同往古的樣態。詳見《晚明小品與明季文人生活》（臺北：大安出版社，1988 年 5 月初版），頁 69～71。

（三）棄商賣畫時期

乾隆五十七年（1792），沈復之父因事怒逐芸，他們夫婦兩人得友人魯璋相助遷居於蕭爽樓，以書畫繡績爲生。在嘉慶五年（1800），沈復年三十八歲，這是他命運最乖蹇之際。因自己曾在書畫上下過苦功夫，尚能靠這一技之能過活。〈坎坷記愁〉:「余連年無館，設一書畫鋪於家門之內。三日所進，不敷一日所出。」又〈浪游記快〉:「芸以憤激致病，余與程墨安設一書畫鋪於家門之側，聊佐湯藥之需。」由此得知，沈三白在走投無路之時，一度開過「畫廊」，他作畫並非文人雅士玩票性質，而是眞正靠賣畫來維持家計，但其生意清淡，入不敷出，無法支付生活上的開銷。

若在從大環境下來審視的話，明清時期隨著經濟的繁榮，當時的繪畫又以江南一帶爲最發達。若就沈復未踏上仕途之路，以布衣文人的身份，曾一度靠著開畫館賣畫爲生的背景來看，他因時代的訴求不同，故和傳統文人的人生規劃有著不同。由明清社會經濟結構的改變與資本主義主義的萌芽等因素來看，市民階層登場，布衣文人興起與平民文學的誕生，對文學產生了巨大的影響。明清時期商品發達的城鎮地區，對人民起著越來越大的物質欲望與精神欲望。於是，新的價値觀和傳統的倫理道德發生衝突，對禮教社會的制度產生矛盾，進一步要求個性解放、思想自由。「以經濟實力爲前提，以實現人欲解放爲號召，追求個性解放，要求思想自由和一定的政治平等成爲明清平民意識重要內容。」〔註 20〕更多的文人在社會的變遷中，放棄傳統的仕途之路，走向市民、走向市場，將畫技當成賴以維生的謀生技能，所以當沈復賦閒家居時，能靠作畫爲生。

芸娘第一次被翁姑逐出家門，沈復和其妻遷居蕭爽樓。蕭爽樓裡的幾位畫家，沈復在〈閒情記趣〉中對他們作了介紹：

> 友人魯半舫名璋，字春山，善寫松柏或梅菊，工隸書，兼工鐵筆。（1992：19）
>
> 時有楊補凡名昌緒，善人物寫眞；袁少迂名沛，工山水；王星瀾名巖，工花卉翎毛；愛蕭爽樓幽雅，皆攜畫具來，余則從之學畫。寫草篆，鐫圖書，加以潤筆，文芸備茶酒供客。終日品詩論畫而已。（1992：19）

〔註 20〕陳東有《人欲的解放——明清社會經濟變遷與大眾審美》（南昌：江西高校出版社，1996 年 7 月一版一刷），頁 91。

蕭爽樓這幾位藝術家朋友，他們都是蘇州吳門畫家。在明清之際，江南地區文人受環境的影響，總是多才多藝，不知名的文人、畫家更是充斥於社會之中。生活在蕭爽樓這個地方的文人，其特殊之處在於彼此有著共同的藝術喜好，相互切磋，而且信念也相同，追求個人自我生存的價值、鄙棄功名利祿，不汲汲於名利，在當時應爲文人羨慕不已的「文藝沙龍」。沈復所提到的幾位畫家師友，從陳毓羆先生所考證的資料中，我們得以見出蕭爽樓這群藝術家的畫風與性格和明末以來的風流、放誕的性靈思潮密切關係著：楊昌緒，字補帆，長洲人，善山水，兼工仕女、花卉。時人針對他的思想及性格稱爲「楊瘋子」，可見他的不受禮教、風俗的束縛，勇於表現自我。袁沛，字少迂，杭州人，性恬淡，於書法亦善畫，和其父袁鉞性格，都以「不諧於俗」見稱。魯璋和王岩，皆善花卉。

與沈復交往的這幾位好友，和他有著不受世俗羈絆的性情與愛好藝術的美感性靈。從他們在蕭爽樓中品詩論畫來看，其言：

> 蕭爽樓有四忌：談官宦升遷，公廨時事，八股時文，看牌擲色；有犯者必罰酒五斤。有四取：慷慨豪爽，風流蘊藉，落拓不羈，澄靜緘默。長下無事，考對爲會。（1992：19）

從他們考對罰酒的生活中，詩與酒成爲這群文人生活的生命情境，這種「對酒當歌」的生活誠然有「不知老之將至」之感。他們所「忌」者爲社會禮教的教條式內容、僵化的官場生活；所「取」者是追求個性自由、自我意識的解放。這樣的行爲舉止如同魏晉正始年間以阮籍、嵇康爲首的「竹林七賢」，他們當時棄名教，在「禮豈爲我輩設哉」的宣言下，文人眞誠地面對生命，尋求自我的獨立。這種追求人性情中的灑脫與個性的眞實，當是文人專屬的生命情調。張潮云：「情必近於癡始眞」，在「求眞」的思潮下，這算是眞性情的流露。蕭爽樓這群人考對飲酒，忌談官場的見聞與升遷，風流儒雅、放曠不羈亦是沈復受晚明思潮的影響主張純任自然，深具明清性靈文人「癡」〔註21〕的性格。

蕭爽樓這群吳門畫家〔註22〕，多以清新自然、淡雅秀麗見長。他們的畫

〔註21〕「癡」者的性格往往顯的深沉靜謐，將全副心力投注在對某一事物的執著上。也就是說，代表對某種事物或某種境界的執意追求，以極大的熱情沉湎其中，彷彿忘卻現實人生其他部份。參見蔡怡君〈狂、癡、眞情至性——晚明思潮下的人格「偏愛」〉（國立中央大學中國文學研究所碩士論文，1998年6月），頁21～29。

〔註22〕關於吳門畫風，陳詔先生談到「蘇州是吳門畫派的發源地。代表人物爲『唐

風共同的特色是出現一種直抒胸臆的風氣，沒有深邃的哲理於其中，有的只是親切平和、自然平凡，是一種由細膩入微的對生活自身發出眞摯的感情。我們知道文藝上的自覺一方面源自社會風氣的轉型，另一方面也是由於人對主體生命的反思而更深入的刺激思想核心的轉變。故明清之際的這股風流、放誕的文人畫風，可說是與傳統社會的禮教相對立。如清初的李漁對於繪畫的評價，他認爲：

> 書畫之理亦然。名流墨跡，懸之中堂，隔尋丈而觀之，不知何者爲山，何者爲水，何處是亭臺樹木，即字之筆畫，杳不能辨，而只觀全幅規模，便足令人稱許。何也？氣魄勝人，而全體章法之不謬也。〔註 23〕

李漁對於畫中描繪、筆畫並未批評，而只針對「全幅規模」作整體觀察便可心領神會，注意是否「氣魄勝人而全體章法之不謬」。這種評價是針對個人直觀的感受而言。從李漁的評論中，當時不論是畫風或者文藝評論者，明清江南地區的文人實以「氣韻」、「靈性」爲評畫重要的準則之一。

關於沈復的畫風評價雖不多，民初鄧之初《骨董瑣記》中有這樣的記載：「長洲沈復，畫傳世不多。予以西小市以二餅金得一幀，氣韻清逸，滿紙靈性，筆墨當椒畦之上，亟寶藏之。世有眞賞，或不謬予。」〔註 24〕沈復的畫風以清逸靈性見長，這是沈復生命中追求自由的氣質表現。這種藝術靈氣體現在他在蕭爽樓的生活方式中，那種由「美」的素養造就出來的自然生活與生命風度，正是中國文人生活藝術中的風流蘊藉，也是明清江南文人的典型特徵。沈復雖未留下畫名，從他所提到的幾位畫家師友，諸如魯璋、楊昌緒、袁沛、王巖等，在蔣寶齡《墨林今話》中均有傳略，足以證明在乾嘉時並非沒沒無名之輩，沈氏畫名得附驥尾，理應在清中葉時得以留下時人的評價才

祝文周』：唐伯虎、祝枝山、文徵明、仇英、沈周等人，他們都是蘇州人，又擅長繪畫，合稱吳門畫派。又據《吳門畫史》稱，當時吳門畫師共有八百七十六人之多。吳門畫派的藝術風格是以清新、淡雅、秀麗見長。」詳見《漫說蘇州》（臺北：商務印書館，1994 年 11 月臺灣初版一刷），頁 53～55。

〔註 23〕李漁《閒情偶記・居室部・大山》（成都：巴蜀書社出版社，1997 年 3 月一版一刷），頁 152。

〔註 24〕按長洲即今日江蘇蘇州，至於「椒畦」，指的是清代著名山水畫家王學浩——王氏字孟養，號椒畦。鄧之誠爲當時有名的鑑賞家，一言九鼎，他的話應屬可靠。王壽來〈浮生若夢話「三白」〉，《聯合文學》十四卷十期，1998 年 8 月號，頁 135～137。

是。更何況沈復曾開過畫館，依賴繪畫來養家活口，其畫作應該不在少數。然沈復一生顛沛流離、命運乖蹇加上性情不拘小節，慷慨直爽，經濟一直處於困頓之中。故他開過畫廊之外，尙作過生意、當過幕僚，謀生的職業一直在更換，終未能以繪畫一技留名後世。

沈復是處於乾嘉盛世的布衣文人，當時的社會結構與文化思潮正面臨前所未有的衝擊：資本主義的萌芽與人民在物質與精神方面都要求解放。沈復生活於經濟與文化的重鎭——蘇州城，蘇州的環境優雅且是文人薈萃的集中地。沈復自小耳濡目染因而形成藝術家的氣質與重視形而上的性格，從他生活上的美感性靈以及喜歡遊玩山水的個性，都呈現出這位文人重視自我的意識與不受拘束的性靈。受到這種人文精神的洗禮，所以幕客的生活他從來沒有喜歡過，也沒有「學而優則仕」地進入官僚體系中。更因爲他深具明清文人的癡、眞情至性的性格，因此面對禮教社會中種種規範，導致了妻離子散，孤獨於世的一生。

這樣一位布衣文人深具明清性靈文人的典型性格——癡與眞情至性，從他所記錄下與其妻芸娘的婚姻生活更說明「新」的價値觀所在。所以，這位新文人的誕生預告了新時代的來臨。

二、生活藝術

生於乾嘉年間的沈復，以布衣文人的身份行走於當時的社會。因性喜自由、豪爽不羈，在幕僚生涯中官場上種種鄙陋之事令他身心疲憊，所以他未以科舉之途爲人生目標的追求。然即使他的生活清苦，但卻有著與世俗傳統觀念截然不同的前衛想法。這樣的價値觀從他所描寫和芸娘的生活過程中得知，若就當時的社會而言，民風應仍是十分傳統、衛道，他以隨心所欲的生活態度，不受世俗拘束，追求個人性靈的精神世界，自然會有著與眾不同之處。

繼上章討論沈復的文人典型性格，本章節進而探討是這位布衣文人不同於明清江南文人的獨特性之處，由他在生活細節上的點點滴滴，試圖得出這位文人的「新」觀念已預告新風貌的時代來臨。

（一）生活美學之「新」

沈復對夫妻間日常生活的逼眞描寫，營造出極爲動人的生活氣息與生活美學，這該是《浮生六記》歷久不衰的原因。所謂「生活美學」無非是對各種生活之美進行系統的研究。生活美包括了起居工作的環境美，和居室人體有關的裝飾美，來往於人際的行爲美等等〔註 25〕。沈復主要在描寫個人的婚姻生活、家庭變故、生活中的閒情逸趣與山水遊記等，故本節只針對文本中園林藝術與遊記、飲食、閱讀等幾項來討論。沈復夫妻的生活藝術主要表現在〈閒情記趣〉一記中，〈閨房記樂〉也時有描述。若與張岱、李漁等明末清初的生活美學大家參照互文，映照明清之際的江南文人城市的生活藝術，由此冀能見出沈復作爲「新」文人的特別之處。

1.「閒」中有真「趣」

文人的閒情是一種悠然自得的精神狀態，也是一種無所羈絆的美感心理。一般人的觀念裡，總以爲閒情逸緻是建立在富裕的生活中，在爲「五斗米折腰」的經濟壓力之下，生活美感的心靈世界逐漸被柴米油鹽取代。沈復即使在經濟極拮据的情況中，仍過著與好友同樂，節儉又雅潔的閒逸生活。他以「閒」記下他和芸娘之間的生活情「趣」，對能由大自然中去獲得樂趣的人而言，簡樸的寧靜生活就能夠使他們心滿意足了，故芸娘言「布衣菜飯，可樂終生」，是一句發自心底的話，他們也是在這種心境成全彼此共同的生命情調。在所有得怡情養性的事物中，是以「閒」爲基礎的，像讀書、遊名勝、交益友、著書，雖不是物質生活之所必要的，卻是追求精神生活的人所不能缺少的。誠如張潮云：「人莫樂於閒，非無所事事之謂也。閒則能讀書，閒則能遊名勝，閒則能交益友，閒則能著書。天下之樂，孰大於是？」〔註 26〕強調此「閒」是「心閒」而非「事閒」。這種「閒逸」思想是在晚明性靈思潮的推動下，成爲明末文人所具有的特色之一。

沈復的藝術美感在繪畫上、在園林建築的評鑑上、在盆景花木的經營與鑑賞方面都有很高的造詣。這種心的空靈是晚明性靈文人的延續，追求美好的精神世界，如明末的張岱、袁中郎等著名小品大家的遊記，又如明清之際的生活大師——李漁及張潮，他們皆捉住生活的本質，著重生活上的意趣而不在意強調物質的表面。又因爲江南在明中葉之後，社會結構的改變，城鎮的發微與市民階層的興起，這個地帶成爲人文薈萃的集中地。這批江南文人受了社會環境的刺激與性靈文學思潮的影響下，追求心靈的釋放與個人的喜

〔註 25〕參見康來新《紅樓長短夢》中〈飲饌皆幻——終極關懷下的紅樓生活美學〉（臺北：駱駝出版社，1996 年 11 月初版一刷），頁 152。

〔註 26〕張潮《幽夢影》（臺北：漢藝色研文化事業有限公司，1990 年 3 月初版），頁 89。

好，在如此人文薈萃的環境中與個人才性釋放的思潮下，文人更在意是讓自己心靈與性情適情適性的發展。

沈復生活於人文薈萃的蘇州，在這樣的環境自小就開始對於對美感的追求，從他寫童年時生活的「物外之趣」，最能表達他那種熱愛生活的藝術家天性。如夏天蚊聲如雷，他將其比擬成一群仙鶴在空中飛舞，放恣想像而能自得其樂。能將想像力化爲具體可見的呈現在日常生活之中，一切顯得如此喜樂。又如〈閒情記趣〉中，沈復的盆景藝術、插瓶剪裁之法，發揮個人獨特的創見，將平凡的事物表現出美感的線條。這種對於空間美感的表現，亦可從沈復談到亭園空間的見解時看出，其云：

> 若夫園亭樓閣，套室回廊，疊石成山，栽花取勢，又在大中見小，小中見大，虛中有實，實中有虛，或藏或露，或淺或深，不僅在周、回、曲、折四字，又不在地廣石多，徒煩工費。（1992：17）

園中鑿池映景，即是著意於層層深入中，化實爲虛，寫虛爲實，以增其空靈曼妙，得其味之雋永。其妻芸娘更見巧思，她利用兩支四五寸長的細樹梢做成的矮條凳的樣子，讓中間空著，安四個橫檔，寬一尺左右，四個角都鑿上眼，在眼上插上竹編的方格屏，再用紫砂花盆種上扁豆放屏裡的「活花屏」，巧思運用在平日的生活空間，使空間更具有美感韻味。由此可見，心閒比事閒更是美感心靈的重要條件，誠如沈復所云：「或密或疏，或進或出，全在會心者得畫意乃可。」

沈復的生活美學主要表現在夫妻兩人注重平常生活的享受，在園林建築、房屋布置、室內擺設、飲食服飾、家庭閒賞等方面都有不少的講究，但與此同時，它又是美而不奢、達於精神的。例如他們對草木花卉中蘭菊的特別喜愛；在飲食上講求素淡，不喜葷腥；服飾上講求雅緻，不喜金縷錯采。他們生活樂趣還表現在交友之樂與游歷山水之樂，這些樂趣在古代往往是屬於男性所專有的權利，而在這裡卻是夫妻共享的樂趣。故沈復的「新」，表現在《浮生六記》中的生活美感，是沈復與芸娘以靈性的心靈共同創作出來的生活藝術。

2. 飲食生活中見閒適

自《金瓶梅》、《紅樓夢》始，「碟兒碗兒」、「不厭精細」〔註27〕成爲文學

〔註27〕所謂「不厭精細」有多重的涵意：不吝於講究、不憚於繁鎖、不懼於從枝微節末處窮研旁人、眾人乃至所有人以爲無意義之意義、以爲無價值的價值。

創作中特殊的表現。同樣的，《浮生六記》也透過對婚姻、家庭生活的描寫，細細的刻畫，如從食物方面亦可顯現個人的風雅情趣，所以吃飯穿衣皆體現作者的價值觀與審美取向。

閒適的江南文人，透過對「美」而有所玩味。對江南文人而言，從「味」與「色」中可發現生活當中的愉悅與充實。如張岱、李漁、袁枚，都是可資證明的，他們都是「市隱」〔註28〕的江南文人，擁有豐沃的生活條件〔註29〕。如李漁的《閒情偶寄》中的飲饌部分，反映出他借重自然美、講究意境等美的思想；從嗜吃蟹、筍可見出他對美食要求，以致不惜耗資購買，直至不再出產爲止。他爲了怕蟹季一過，吃不到，還叫家人早早就洗淨瓦甕釀酒，以便在蟹大出時醉蟹，以供蟹季過之後，仍可食用。對食物的品味中，可見明末清初的江南文人對於生活的美從而觸發生命中內在本質的意義。

沈復與芸娘二人生命中皆具有江南文人的「閒逸」氣質，這種氣息體現在他們生活方式中的藝術靈氣，那種由「美」的素養造就出來的自然生活與生命風度，正是中國文人生活藝術中的風流蘊藉，也是明清江南文人生活美感的典型。然他們不刻意去附會風雅，對美的追求表現於日常生活中，是天性使然。〈閒情記趣〉中女主人細心製作「荷花茶」，正是生活美學中「以無用爲用」的思維。芸娘將茶葉以小紗囊裹住，置於花心上：因爲夏日的荷花

詳見張大春〈不厭精細捶殘帖——一則小說的起居注〉《小說稗類》（臺北：聯合文學出版社，1998年3月初版），頁159。

〔註28〕明末文人寄居江南城市的生活方式，是一種「市隱」的形態。明末清初夏基以爲：「大隱隱跡，市隱隱心。二者非有異同。客曰：何謂隱心？予曰：人之心不澹，則生豔想；人之欲不靜，則生競心。二者非隱心也。心喜榮華，即思美其田宅，庇其妻子，盛其服食玩好，澹則無之矣；心喜奔競，即思廣其交遊，炫其學問，逞其博辯雄談，靜則泯之矣。好靜者，心若枯禪，情同止水，燎之無炎，激之不汜，隨緣而已；好澹者，竹几藤床，疏梅澹石，茶灶藥爐，衲衣襆破，安分而已。安分隨緣，悅情適性，是曰心隱。若必買山而居，築室而處，志在林泉，心遊魏闕，則終南有捷徑之譏，北山多移文之誚，吾恐慕爲隱者之非隱也。」轉引自陳萬益《晚明小品與明季文人生活》（臺北：大安出版社，1988年5月初版），頁77。

〔註29〕張岱居處的魚宕，橫亙三百餘畝，多種菱芡。李漁在南京則建構了「芥子園」，園內遍植花草樹木，兼有石、亭、榭、臺，園內還有棲雲谷、一房山等泉。袁枚在南京也建有「隨園」，其美「一房畢，一房復生，雜以鏡光晶瑩澄澈，迷於往復，宜行宜坐」，「清流洄洑，竹萬竿如綠海」。由此可見他們具有優裕生活的基礎。詳見伊永文《明清飲食研究》（臺北：洪葉文化事業有限公司，1998年3月初版一刷），頁356～359。

初開之際，傍晚的花瓣會合緊，到清晨時才又綻放。此時荷花的香氣浸入紗囊中，早晨取出，烹水泡之，別有韻味。如飲食方面，女主人也在省儉實爲雅潔的情境中設計了「梅花盒」：用六只二寸大小的白磁深碟放在裡面，中間放一只，外面放五只，盒子用深灰色漆好，形狀像一朵梅花，底和蓋子上都有突出的木楞花紋，蓋上還有個像花蒂一樣的把。放在桌上，好像是一朵梅花在綻放，打開蓋子一看，菜好像盛在花瓣中。與二三知己好友小酌一番，即使是粗茶淡飯，也有無限風味。又如芸娘喜歡吃芥滷泡的腐乳（蘇州俗稱「臭腐乳」）及蝦鹵瓜，是民間粗簡低廉的常食簡饌。然而，芸娘卻有文人雅士歌詠食物的創意，她將鹵瓜搗爛拌腐乳，取名爲「雙鮮醬」，描摹出食物的奇妙滋味。所以，夫婦兩人的婚姻生活可說既是「柴米油鹽」又是「風流蘊藉」。〔註30〕

江南文人講求飲食更與人生狀態連接在一起。「粥」，是日常的民生食品之一，在李漁的《閒情偶記・飲饌部》中的穀食類中有著詳細的記載，故粥在江南地區應爲民間日常飲食之一。越是平常的食物愈能顯出文人特有的品味，「粥」雖屬俗常之物，代表著「味」之「清」、「眞」，也代表著江南文人在自我生存方式與飲食行爲間的審美關係，所以「粥」的創藝雖平常，反映出的人生態度卻很深邃。在《浮生六記》中「粥」異於江南文人生活情調，在於沈復與芸娘的愛情是因粥結緣，「粥」之於兩人無疑是一卷浪漫的愛情史、婚姻史的代表。起初是愛的表白與情的流露，婚後則是兩人恩愛甜蜜的象徵，最終則離家、死亡的預言。「粥」的清淡、雅潔更代表著沈復、芸娘二人生命情調的淡泊、樸素。所以沈復在經濟拮据的物質生活，也營建出一個悅目賞心的生活場景出來：

> 綠樹蔭濃，水面風來，蟬鳴聒耳，鄰老又爲製魚竿，與芸垂釣於柳蔭深處，日落時登土山觀晚霞夕照，隨意聯吟，有「獸雲吞落日，弓月彈流星」之句。少焉月印池中，蟲聲四起，設竹榻於籬下，老嫗報酒溫熱飯，遂就月光對酌，微醺而飯，浴罷則涼鞋蕉扇，或坐或臥，聽鄰老談因果報應事，三鼓歸臥，週體清涼，幾不知居城市矣。（1992：10）

這是一位布衣文人的生活。相較於明清江南生活大師的張岱、李漁、袁枚等幾位生活美學家，他們不僅滿足於對美的飲食淺嘗輒止，還傾注全部心力把

〔註30〕參見〈中編・家庭生活之「新」〉一節。

飲食當成一門學問研究，可視爲明清飲食美學的代表。而沈復依著自身的藝術美感，安於清貧簡樸的生活，與芸娘過著布衣菜飯，可樂終生的平淡生活，這是沈復的審美與價值之取向，亦是他所具有別於江南都會文人的地方。

雖然沈復有著異於江南文人的一面，然從卷六〈養生記逍〉來看，沈復亦強調傳統的養生觀念。卷六〈養生記逍〉後人證實是僞作，只不過經過時間的流逝內容散佚，後人加以作僞成爲今日足本的內容，但沈復確實有寫作此記。由沈復寫作養生的情形而言，他的觀念中深具傳統江南文人養生的觀念〔註31〕。從這方面而言，他是一位兼具舊傳統與新觀念的文人。

3. 古樸天然的園林藝術審美觀

俗云「蘇州園林甲天下」，沈復自小生長在人文繪萃的蘇州城加上性喜旅遊，故對於園林藝術自有自己評定的標準，其言：「名勝所在，貴乎心得，有名勝而不覺其佳者，有非名勝而自以爲妙者。」他只贊許南門幽靜處的九峰園；杭州西湖諸景，他卻批評不脫脂粉氣；蘇州虎丘，他只取後山之千傾云一處；蘇州城中人人激賞之獅子林，他卻不以爲然。再精緻的園林，若人工斧鑿，他都不能與之融洽親近，他喜歡「天然」二字，其實這就是沈復個性的寫照，故沈復評價園林藝術的標準總以「天然」二字爲高。這意謂沈復和芸娘甘於平淡樸實的生活，且能閱樂於此。如有一次芸娘和沈復到蘇州郊外菜園去避暑，對面鄉村的景象，喜不自勝對沈復說：「他年當與君卜築於此，買繞屋菜園十畝，課僕嫗値瓜蔬，以供薪水。君畫我繡，以爲詩酒之需。布衣菜飯，可樂終身，不必作遠遊記。」這種平平淡淡的生活，是他們夫婦兩人價值觀的映照。

綜觀蘇州文人山水園構園的普遍思想是隱逸山林、回歸田園、泛舟江湖和遊目騁懷、縱心物外。在這樣的環境之下，沈復耳濡目染自會感受到這股江南文人的風情與思想。從沈復的敘述中，他古樸淡雅的性格表現的非常明顯，隱逸山林的想法一直存於內心深處，而「幽深僻靜」、「古樸天然」正是他評價園林的最主要的原則。自晚明開始，文人便以遊山水視爲自我追求方式之一。晚明文人多縱情於山水之間，到處尋勝探幽，不斷變換自己生活的

〔註31〕陳詔《漫說蘇州》（頁93～95）提到蘇州人講求養生之道，其云：「在繁華街市中，藥材鋪參茸鋪觸目可見，有書寫『川廣藥材』、『發兑人蔘』、『川貢藥材』、『膏丹丸散』、『藥酒』者，這是做大宗貿易和批發業務的。還有『藥室』，專爲病家處方配藥。同時，亦有臨街搭建的高級攤檔，上懸『萬病回春藥酒』、『兼售膏藥』布條，在鬧市銷售藥物。由此可見藥物對市民的需要。」

環境。所以，文人們的足跡幾乎遍及各地。因此山水景物是明末文人創作的主要題材，所以在晚明小品中「遊記」的作品數量甚多。

以晚明生活大家張岱為例，他喜遊山水，其一生遊蹤，殆不出西湖、補陀、泰山，偏向於南方的遊歷。其南方之遊，又絕大部份在西湖，而遊居西湖實多徜徉亭園閣樓中。《西湖夢尋》五卷之中，在其遊歷之處，有亭、樓、寺、祠、廟、庵、觀、舍、塔、橋、堤、莊園、墓，與附近名泉、山房，然大多是人為建築，或與建築相依之名勝古蹟。張岱對於遊玩山水「他所在意的是人事而非天然，山水不過是他匠寫的生活背景」，所以他是一位「都會詩人」。〔註32〕

張岱遊玩的方式多以「一人為主要『主持』，備好小船、坐氈、茶點、盞箸、香爐、薪米等。約請遊玩的每個人，也要自備一簋、一壺、二小菜。遊無定所，出無常期，客無限數。」〔註33〕如秋天時，他模仿虎邱故事，會各友於蕺山亭時的情景：

> 每友攜斗酒、五簋、十蔬果、紅氈一床，席地鱗次坐。緣山七十餘床，衰童塌妓，無席無之。在席七百餘人，能歌者百餘人，同聲唱「澄湖萬頃」，聲如潮湧，山為雷動。諸酒徒轟飲，酒行如泉。夜深客饑，借戒珠寺齋僧大鍋煮飯飯客，長年以大桶擔飯不繼。命小傒岕竹、楚煙，於山亭演劇十餘齣，妙入情理，擁觀者千人，無蚊虻聲，四鼓方散。〔註34〕

從遊記中充份呈現了「晚明江南的都市風情及文人的生活」〔註35〕是如此講究意境與風雅。

與張岱這位「市隱」的江南文人相較之下，沈復這位布衣文人的遊記，更見其「心隱」的志向與個人古樸淡雅的眞性情。從他對古蹟的愛好與評價，其質性天然的個性全然躍於紙上，下表所列為沈復個人在《浮生六記》中遊玩時，對景物所提出的評價：

〔註32〕參見周作人《澤瀉集・陶庵夢憶序》（臺北：里仁書局，1982年7月版），頁25。

〔註33〕同註29，頁364。

〔註34〕張岱《陶庵夢憶》卷七〈閏中秋〉（臺北：漢京文化事業有限公司，1984年3月初版），頁67。

〔註35〕詳見陳萬益《晚明小品與明季文人生活》（臺北：大安出版社，1988年5月初版），頁153。

時　　間	景　　　點	審　　　　　　美
乾隆四十年（1775）	山陰吼山（今浙江紹興）	「閣後有道通旱園，拳石亂矗，有橫闊如掌者，有柱石平其頂而上加大石者，鑿痕猶在，一無可取。」（1991：36）記之的原因乃是為生快遊之始。
乾隆四十三年（1788）	趙省齋學於杭州，遊西湖	沈復以為西湖美景之勝，「結構之妙，余以龍井為最，小有天園次之。石取天竺之飛來峰，城隍山之瑞石古洞。水取玉泉，以水清多魚，有活潑趣也。大約至不堪者，葛嶺之瑪瑙寺。其餘湖心亭，六一泉諸景，各有妙處，不能盡述，然皆不脫脂粉氣，反不如小靜室之幽僻，雅近天然。」（1992：36）
乾隆四十七年（1782）	與好友顧金鑒同遊蘇州寒山與明末徐俟齋〔註 36〕隱居之處的亭園	「村在兩山夾道中。園依山而無石，樹多極紆回盤郁之勢。亭榭窗欄，從樸素，竹籬茆舍，不愧隱者之居。有皀莢亭，樹大可兩抱。余所歷園，此為第一。」（1992：39）
乾隆四十八年（1784）	沈復跟著蔣思齋到揚州幕府任聘，遊揚州園林。	「平山堂離城約三四里，行其途有八九里。雖全是人工，而奇思幻想，點綴天然；既閬苑瑤池，瓊樓玉宇，諒不過此。其妙處在十餘家之園亭，合而為一，聯絡至山，氣勢俱貫。其最難位置處，出城入景，有一里許緊沿城郭。夫城綴於曠遠重山間，方可入畫，園林有此，蠢笨絕倫。而觀其或亭或臺，或墻或石，或竹或東，半隱半露間，使游人不覺其觸目；此非胸有丘壑者，斷難下手。」（1992：39～40） 「過此有『勝概樓』，年年觀競渡於此，河面較寬。南北跨一蓮花橋。橋門通八面，橋面設五亭，揚人呼為「四盤一煖鍋」，此思窮力竭之為，不甚可取。橋南有蓮心寺。寺中突起喇嘛白塔，金頂纓絡，高矗雲霄，殿角紅牆松柏掩映，鍾磬時聞，此天下園亭所未有者。」（1992：40） 九峰園另在南門幽靜處，別饒天趣；余以為諸園之冠。（1992：40）
乾隆四十九年（1784）	沈復隨父至海寧王明府（今浙江省北部）處時，與第二位知己史燭橫遊陳氏安瀾園	陳氏安瀾園「地占百畝，重樓複閣，夾道迴廊。池甚廣，橋作六曲形，石滿藤蘿，鑿痕全掩，古木千章，皆有參天之勢，鳥啼花落，如入深山。此人工而歸於天然者，余所歷平地之假石園亭，此為第一。」（1992：41）
嘉慶五年（1800）	沈復與王星瀾等人遊來鶴庵與無隱寺	隱寺的「飛雲閣」為沈復認為的妙，因它四周「四山抱列如城，缺西一角，遙見一水浸天，風帆隱隱，太湖也。倚窗俯視，風動竹梢，如麥浪。」（1992：51）

〔註 36〕徐俟齋：徐枋，號俟齋，明末舉人。明亡後隱居不仕，工書畫，善詩文。著有《居易堂集》二十卷。

嘉慶十年（1805）	正月偕夏一家人遊靈巖、鄧尉 九月遊元季忠臣余公〔註 37〕之墓，同游者有蔣壽朋、蔡子琴	「吾蘇虎丘之勝，余取後山之千頃雲一處，次則劍池而已。餘皆半藉人工，半爲脂粉所污，已失山林本相。即新起之白公祠、塔影橋，不過留雅名耳。其野坊濱余戲改爲『治芳濱』，更不過脂鄉粉隊，徒形其妖冶而已。其在城中最著名之獅子林，雖曰雲林手筆，且石質玲瓏，中多古木，然以大勢觀之，竟同亂堆煤渣，積以苔蘚，穿以蟻穴，全無山林之勢。以余管窺所及，不知其妙。靈巖山爲吳王館娃宮故址，上有西施洞，響屧廊、采香徑諸勝，曠無收束，不及天平、支硎之別饒幽趣。」（1992：54） 「南城外又有王氏園，其地長於東西，短於南北，蓋北緊背城，南則臨湖故也。既限於地，頗難位置，而觀其結構，作重臺疊館之法。重臺者，屋上作月臺爲庭院，疊石栽花於上，使遊人不知腳下有屋。蓋上疊石者則下實，上庭院者則下虛，故花木仍得地氣而生也。疊館者，樓上作軒，軒上再作平臺，上下盤折，重疊四層，且有小池，水不漏洩，竟莫測其何虛何實。其立腳全用磚石爲之，承重處仿照西洋立柱法。幸面對南湖，目無所阻，騁懷遊覽，勝於平園，眞人工之奇絕者也。」（1992：55）

從上表中可見，沈復所喜愛的是古樸自然、不經人工雕琢的景觀，地點以幽靜雅致爲心之所向。所以他對於清貧的生活能甘之如飴，過著隱者般的日子。

沈復與好友野宴遊玩的方式也有異於張岱的都會風雅之處。如他在與蕭爽樓友人春日野晏南、北園之時，見出其省儉雅潔的一面。當沈復與友人因「攜盒而往，對花冷飲，殊無意味」，眾人提議看花歸飲，又不如對花熱飲爲快，苦無兩全之策，芸娘見「市中賣餛飩者，其擔鍋灶無不備」而以此當爐火用之，再佐以砂罐烹茶，屆時諸人同坐柳蔭，觀花品茗，迨酒餚已熱，坐地大嚼。杯盤狼藉，個個皆陶陶然。雖無篕、紅氈、床等設備，則以巧思靈活的運用與布置，與三五好友笑談於天地之間，不問世事的是與非，只求當下的盡興與否。

對於亭園建築中空間所表現的美感，沈復將之與書畫理論合觀，尤其是山水畫意常與亭園藝術合而爲一，此觀點是明清之際園林建築理論的共識，

〔註 37〕余公即余闕（1303～1358）元盧州人。至正十三年出守安慶，任都元帥、淮南行省左丞，與紅巾軍相拒數年，十七年冬爲陳友諒所圍，次年城破身死。轉引自《閒書四種》〈浮生六記〉（武漢：湖北：辭書出版社，1995 年 10 月第一版、1997 年 1 月第四刷），頁 249。

如明代造園大師計成《園冶》所謂：「不佞少以繪名，性好搜奇，最喜關仝、荊浩筆意，每宗之。」〔註 38〕循此，明人構園實本自畫論。沈復本身即是一位畫家，加以遊歷之地除了四川、貴州和雲南沒到過之外，幾乎全遊遍了。沈復的遊記結合了空靈與寫意的美感境界，如描寫太湖的情景：

四山抱列如城，缺西南一角，遙見一水浸天，風帆隱隱，即太湖也。倚窗俯視，風動竹梢，如翻麥浪。（1992：51）

他深得園林建築之理，下筆時，文章寫意亦不離不即，符虛實相生、相合、相濟之理，所以在〈浪遊記快〉一記中能效亭園的層次，能使文字之間疏密得體，互相呼應，有一種飛躍、靈動的氣勢於其中。在生活中亦將靈活的將巧思安排在盆景與居室的空間設計上，在寄寓揚州時，便將臥房、廚房、客廳打破原來的空間界限，安排的有上有下，被芸娘取笑爲：「位置雖精，終非富貴家氣象」，儼然將文學、繪畫，遊玩與生活結合。

沈復一生顛沛流離、命運乖蹇，雖未嘗有經濟充裕的時候，但他總和芸娘以一顆活潑、靈動的心靈，將人文藝術的巧思融入於生活中，使生命即使在困頓中仍有閒逸安定的靈性來享受生活。對一個天性懂得品味生活滋味的人來說，環境再糟糕，也擋不住他追求美好生活的嚮往；而他也總有辦法化腐朽爲神奇，把不可能變可能。沈復具備了江南文人性靈的一面，從飲食、繪畫、園林及閱讀等生活細節中，將省而儉的生活轉化爲高雅、細緻的品味生活。然而，追求空靈性情難以抵制大時代的封建禮教，從沈復眞誠所寫下夫妻間眞實的情況，他雖不畏當時的社會風氣，但還是記下了他和芸娘坎坷記愁的命運。

（二）家庭生活之「新」

《浮生六記》藝術魅力及感人的地方在於「閨房記樂」與「閒情記趣」，令人羨慕的亦是他們夫婦間風流蘊藉之愛，與天地萬物俱爲一體的愛。然而爲何這樣美好的婚姻生活卻是一場悲劇？沈復〈坎坷記愁〉的文中，對於他和芸娘兩人走向被逐家門以及後來芸娘的死亡，訴諸於：

人生坎坷何爲乎來哉？往往皆自作孽耳。余則非也！多情重諾，爽直不羈，轉因之爲累。況吾父稼夫公慷慨豪俠，急人之難，成人之事，嫁人之女，撫人之兒，指不勝屈，揮金如土多爲他人。余夫婦

〔註 38〕計成《園冶》〈自序〉（臺北：金楓出版社，1987 年 5 月初版），頁 18。

居家，偶有需用，不免典質，始移東補西，繼則左支右絀。諺云：「處家人情，非錢不行。」先有小人之議，漸招同室之譏。「女子無才便是德」，眞千古至言也！（1992：22）

雖然沈復個性的爽直不羈漸造成家庭經濟上的拮据與以及芸娘有才而命運乖蹇，這兩個因素是沈復發出無奈的嘆息的主因。然更深層的原因在於「新」的家庭觀念根植在沈復與芸娘的價值觀中，這樣「新」的想法勢必和傳統禮教有所扞格。以下由家庭生活的「新」，看沈復這位「新」文人的家庭觀。

1.「新」的家庭觀念

沈復和芸娘的愛情是禮與藝術所結合，是「中國式的愛情讓浪漫通過人文，以成風流蘊藉。人文者其要素包含禮與藝術二個要素。禮，是指人情交流時的步驟與分寸，並非指扼殺人性硬梆梆的禮教制度。透過人際間有分寸的應對進退，才能使感情的抒發得到合理的保護，才能使感情細水長流。藝術，並非指某一種專技的創作，是指將靈心巧思注入生活，使生活超越了衣食謀生的生理層次而呈現出生活的細緻與美感。禮與藝術結合，生活之美也就是人情之美，與人有情也同時是與物有情。愛情在禮與藝術中行，是更人間的，更與天地萬物打成一片。」〔註39〕的確，沈復和芸娘的相知相惜是建立在兩人心靈的完全契合，在這種愛情生活中，在平常的舉手投足之間都是愛情的表現，兩人眼神的交替皆是情意的傳遞，若有若無，生活的全部都是愛情的流露。沈復和芸娘的愛情在人文的修養之下更見情濃，然而這樣的愛情並不見容於傳統的宗法制度。

中國文化重倫理，長期下來便形成優劣共存的龐雜體系，既以慈孝敬養、尙禮修睦的倫理原則給人們敦睦有禮的訓示，卻又以其綱常名教的禮教弊端，爲人們所痛心疾首，如朱熹非常強調倫常秩序對治國的重要性：「治身齊家以至平天下者，治之道也。建立治綱、分正職、順天時以制事」、「三綱正、九疇敘，百姓大和，萬物咸若，乃作樂以宣八風之氣，以平天下之情」〔註40〕所以本應和樂融融的家庭生活，便在理學名份之下變的僵硬悖於情理，更不用說可以容納個性自由和創造精神的個人主義思想於其中。

〔註39〕參見曾昭旭〈說沈三白和芸娘的風流蘊藉〉《浮生六記》導讀（臺北：金楓出版社，未登出版年），頁2～3。

〔註40〕參見〔宋〕朱熹、呂祖謙撰、〔清〕江永集注《近思錄》（江蘇廣陵古籍刻印社影印，1990年10月一版一刷），卷八，頁390；卷九，頁399。

「家」與「族」是中國社會的基層結構，家庭是連結個人與社會的重要中介，社會生活的變化更多地通過家庭關係的改變，進而影響到個人的觀念信仰和行爲方式。因此，家庭生活是傳統文化與新時代觀念撞擊最基本的，也是最深刻的層次。邵伏先先生《中國的婚姻與家庭》一書中對婚姻制度與封建宗法制度的關係，提到宗法家族制度是「通過同構效應與中國封建國家相互依存一起發展、強化而成爲一種普遍的社會制度，從而達到了家族與國家的統一、家族與國家的統一。家族成爲封建國家統治個人的基礎。」〔註 41〕婚姻制度是爲了社會制度中家族穩定的關係而定，所以是配合家族體系所制出來的，一切須遵照宗法所定的規矩。因此傳統社會的婚姻，一般是由父母所包辦，很少是因愛情的因素而促使兩人結合。

基於這種認識，中國傳統的宗法家庭與美感生活的嚴重相剋，其因素爲：第一，前者群體取向與超穩定的需求，必然扼殺後者在個我與創意的追尋。第二，傳宗接代既是家族最普遍信仰，則婚姻何異於性交？而戀愛亦自易付諸闕如也。第三，群聚形成依賴的心習，勞逸不均，不論是艱辛或遊惰，均損害了美。第四，禮教與家庭聯手，對於「個人」迫害尤劇，規矩豈可能是美的溫床？〔註 42〕這些因素使沈復夫婦在追求個人性情與愛情自由，勢必會與傳統體制有所扞格而走向毀滅之途。

在沈復和芸娘的婚姻中很幸運的先有愛情作爲基礎。他們兩家是姑舅表親，沈復從小便立志「非淑姊不娶」。兩人在婚前便有著深情爲對方的舉動，如芸娘在未出嫁前，有次在親朋聚會中藏粥專待未婚夫之事被眾人傳爲笑柄。婚後的他們「耳鬢相磨，親同形影，愛戀之情有不可以言語形容者」。新婚後沈復的父親召他到學館讀書，而告別芸娘後的沈復「恍如同林鳥失群，天地異色」，直至先生放他回家，他「喜同戍人得赦」，回至家中，與芸娘見面，「握手未通片語，而兩人魂魄恍恍然化煙成霧，覺耳中惺然一響，不知更有此身矣」透過這些生活細節，沈復傳達出夫妻二人間濃烈的情份和百般的思念，然而這是有違禮教社會中以家國社會爲重、個人情感爲輕的規範。

〈坎坷記愁〉中分別敘述了沈復夫婦二次被逐皆由公婆之間相處之間所引起的種種細節問題，終至引起失和而被逐出家門。也是因爲如此，爲兩人

〔註 41〕參見邵伏先《中國的婚姻與家庭》（北京：人民出版社，1989 年 3 月一版一刷），頁 214。

〔註 42〕參見康來新《新讀浮生六記》導讀（臺北：漢藝色研文化事業有限公司，1994 年 4 月初版），頁 12～13。

的一生以「坎坷」畫下了兩人二十三年婚姻生活悲劇的句號〔註 43〕。對於芸娘與家庭間的交惡，沈復在書中雖隱約其辭，但我們實可想像芸娘處境之惡。在中國傳統的大家庭中，基本上是爲穩定社會制度而設，並非成全小夫妻的愛情而設。因此父子關係才是家庭結構的主流，而夫妻的關係是爲了穩定家庭、傳宗接代而設，所以追求自我、眞性情是不被體制所允許的。我們看沈復及芸娘在別居滄浪亭畔時，在寄居蕭爽樓時，遠離大家庭的干擾、家族人事間的是非，兩人的生活是如此舒暢。故宗法家庭的群體取向與超穩定的需求，與純粹的美感生活嚴重相剋，必然一定會扼殺個我與個人創意的追尋。雖然他們的愛情有著濃厚的感情基礎，仍難以抵抗傳統社會制度的體制。對於在個人的性情釋放與生活創意的追尋，在當時的禮教社會制度之下是需要有極大的勇氣與堅毅的性格才有辦法去實踐。沈復前衛的新觀念表現在他和芸娘勇敢的去追求兩人的精神世界，不畏社會風氣。

2. 開放的女性與悲劇的人生

沈復眞實地展示了他的家庭生活，委婉曲折寫出了夫婦之間的恩愛之情。芸娘在《浮生六記》中是沈復所描繪、刻劃出栩栩如生的人物，她在傳統的婦德思想中兼具了新時代思想的女性形象。如剛過門時，她「滿望努力做一個好媳婦」每天起的很早、勤儉持家、對人恭而有禮等等的期許，皆是傳統道德中對女性予以「婦德」的規範。事實上，也是「婦德」的因素使得沈復和芸娘二次被逐出家門，所形成的悲劇命運。她的思想開放和沈復皆爲前衛的代表者，然而這樣「新」的想法，卻不見容於傳統的禮教社會。

在中國幾千年的歷史上，愛情、婚姻和女性的命運表現出這樣的規律：社會比較開明，女性身上的繩索比較少一點，捆綁的鬆一點，愛情就會比較自由。如唐朝是中國以來最開放的社會，此時禮教對於女性的束縛是最鬆的時代。若從文學作品來看，所有的文學幾乎都貶低婦女的情況下，民間文學中愛情描寫較少，婦女形象塑造的活潑多姿，對婦女的評價給予比較大的彈

〔註 43〕第一次乃因芸娘代公公倩媒物色因而失歡於公婆，加上替沈復之弟啓堂作保人，啓堂反不認帳之事，更在給沈復的信中直呼公公爲「老人」，導致被迫離家的命運。第二次則因憨園之事所起。芸娘一心替沈復納妾，認識妓女憨園，兩人結盟爲姐妹，此事又爲翁姑所憎惡。在一次錫山華氏派人來問候芸娘病情，公公以爲是憨園所派，怒不可遏地說：「汝婦不守閨訓，結盟娼妓。汝亦不思習上，濫伍小人。若置汝死地，情有不忍，姑寬三日，速自爲計，遲必首汝逆矣。」（1992：25）

性空間。而宮廷文學，或接近官方的文學中，愛情是被犧牲的，婦女形象應遵守「婦道」，否則便視爲殘花敗柳。在中國的社會禮教裡，愛情和愛情文學表現的特徵是缺少自主意識，依附於政治和道德的意識中，在某些具有叛逆性的愛情和愛情作品中，一般也都以「玉碎」爲結局，以女性的犧牲爲代價。如《孔雀東南飛》的劉蘭芝、《紅樓夢》中的林黛玉、《浮生六記》的芸娘，直到魯迅筆下的祥林嫂等等，我們看出社會禮教下愛情是不見容於婚姻中。中國宗法封建下的婚姻，婦女的個人意志和人格被附予婦道的禮教中，沒有個人的生命力。

我們由明代時上位者大力推行程朱理學來看，連皇帝和皇后都親自站出來編寫《女誡》之類的書，提倡所謂「女德」，極力表彰爲社會禮教歷教殉喪的所謂「貞婦烈女」，所以在禮教社會中女性是被附予極高的道德規範。據《明史・烈女傳序》記載，當時婦女因節烈而死者：「著于實錄及郡邑志者，不下萬餘人。……故名節重而蹈義勇歟。」〔註 44〕從《孔雀東南飛》到《浮生六記》，作品深層的意義皆是表達對傳統宗法制度中不合理處的抗議與革命。二者所不同的在於夫妻生活的革命，芸娘雖每天起的很早、勤儉持家、對人恭而有禮「滿望努力做一個好媳婦」，這是傳統道德中對女性予以「婦德」的規範，她亦努力遵守著。但她卻有著當時女性所不敢的「前衛」行爲。

芸娘的「前衛」行爲自小得見端倪，芸娘四歲喪父，家境清寒，她靠著刺繡養活寡母幼弟，並供弟弟讀書。自小即自食其力、是家中的經濟支柱。她天性聰慧、勤奮好學，「刺繡之暇，漸通吟詠」。從小，她便須是一位獨立自主的小女孩，因此受到傳統價值觀念的壓抑與桎梏是較少的。婚後，沈復的自由、不受拘束的個性又使得芸娘的個性得到進一步的發展，使得她得以發展自我。沈復不僅不以男尊女卑傳統的夫權思想去壓制她，反而總是支持她、鼓勵她衝破傳統觀念的束縛，讓芸娘的自我得以舒展、不受傳統道德訓教所影響。如沈復曾慫恿她女扮男裝〔註 45〕去水仙廟看神誕花照，曾與她密

〔註 44〕《明史・烈女傳序》，楊家駱主編《新校本明史并附編六種一》（臺北：鼎文書局），頁 7690。

〔註 45〕「女扮男裝」的意義在於古代傳統女性爲個人爭取自由，擺脫禮教對女性的種種束縛所想出來的一種方式。在中國歷來的民間文學作品中，「女扮男裝」的層出不窮，從北朝民歌《木蘭辭》至明清時戲曲、寶卷、彈詞中都有《梁山伯與祝英臺》的故事。在這些故事中，女性找到了可以舒解的空間，想像和男性一般可以加入社會上的種種活動，因此，「女扮男裝」的意義可謂是女性對傳統社會禮教的一種抗議與挑戰。

謀托言歸寧，事實是兩人同去游歷太湖，還商議了等到芸娘鬢髮斑白後要偕同出游，飽覽江南的名山秀水。這些行爲在當時可說是犯了禮教中「婦德」之大忌，故芸娘的「前衛」可以說是女性對傳統封建制度的挑戰與個人自我的成全。最令人訝異的是，這位「不妒之妻」〔註46〕還要效法李漁《憐香伴》幫丈夫選妾，故眞正的愛情是成全對方而非去佔有對方，也因此沈復能以亦友亦妻的態度與芸娘同遊山水、談論古今。在當時沈復能接受芸娘如此前衛的思想，實可謂是革命性的創舉。

沈復夫婦間的愛情，我們不但可以從他們閒居的賦詩論文中見，在納涼玩月、品論雲霞中，在書信往來中「願生生世世爲夫婦」的小章中，在玩水遊山、插花養石中，在刺繡繪畫、輯佚補殘中，也在與鄰老納涼、聽因果報應中、與素雲飲酒射覆、共樂晨夕中；更在蕭爽樓中與群友品詩論畫，到尙園煖酒烹餚與群賢共樂中。我們見到這份心靈共感的愛情是寬廣的、包容的，沒有私心與嫉妒。「這種愛情風貌，便是與物有情、邀月共飲的，便是獨樂樂不如眾樂樂的。藝術的功能原來不在誇耀才情而在圓成人情之好！而愛情的最後理想也當是與天地萬物俱爲一體！」〔註 47〕的確，沈復和芸娘營造了極爲動人的生活氣息與生活美學，這種風流蘊藉的愛情其基礎是建立在中國人文的精神與藝術品味中，兩人心靈共通，彼此各爲對方的知己，愛情因而可長長久久。

自清中葉（即十九世紀初）小說的作者多有表現自我的勇氣，而《浮生六記》所不同於此，乃在於沈復細膩描寫出作者與妻子之間的誠摯愛情與生活細節，此乃描繪前人所未寫過之事，表達前人不敢表露的情感。因爲在傳統的宗法禮教制度下，婚姻是社會體制內的律法之一，愛情通常於婚後便化爲無形，只餘責任與義務。傳統男女並不似現代的自由戀愛，在這禮教制度之下，愛情是在婚後才培養出來的。歷來的愛情小說大抵只描寫結婚以前的分分離離的遭遇，結婚便是小說以喜劇收場的最完滿結局。事實上，婚後的生活因爲是表現在日常瑣碎的細節上，若要構成具有敘述性的情節、舖排成結構完整的作品，誠屬不易。在愛情小說這方面，唐傳奇已締造出許多可歌

〔註46〕唐・賈公彥：「七出者，無子，一也；淫泆，二也；不事姑舅，三也；口舌，四也；盜竊，五也；妒忌，六也；惡疾，七也。」這是傳統宗法社會修媳的條款，也是社會交給公婆的七根鞭子。此所謂芸娘爲「不妒之妻」是針對第六條「妒忌」而言。

〔註47〕同註39，頁8。

可泣的愛情故事，但傳統男女的愛情大多數是在婚姻之後才開始，「而偏偏這個中國最普遍的愛情體驗卻在愛情小說中是一個被遺忘的空白，直到《浮生六記》才彌補了這個缺憾，爲中國人愛情生活中最普遍的現象提供了一個出色的藝術標本。」〔註48〕

三、人格審美

明中葉之後，性靈文學思潮在江南一帶蔚爲風氣，文人開始追求自我、尋求個性的解放，反對道統理學與六經的介入。沈復深具晚明性靈文人的人格特質，然他與這些文人不同之處，在於沈復前衛、新穎的婚姻觀。先從〈閨房記樂〉中沈復對文章發表個人的見解：

> 《國策》、《南華》取其靈快，匡衡、劉向取其雅健，史遷、班固取其博大，昌黎取其渾，柳州取其峭，廬陵取其宕，三蘇取其辯，他若賈、董策對，庾、徐駢體，陸贄奏議，取資者不能盡舉，在人之慧心領會耳。（1992：4）

我們發現沈復個性追求性靈，對於正統文學中奉爲經典的六經、《論》、《孟》他並未奉爲必閱之書。沈復的中心思想是以個人的心領神悟爲主，所以他所在意的是性靈，即個人性情中所能接受、領會的爲主。可見他的觀念相較於傳統的讀書人而言是開放的、多元的，只要是文學中優秀的傳統，不分儒、道，不分駢、散，皆可閱讀。晚明在反理學的性靈思潮之下，谷文學的地位抬高，文人重新正視《水滸》、《西廂》等書，張潮云：「水滸傳是一部怒書，西遊記是一部悟書，金瓶梅是一部哀書」〔註49〕，這純屬個人經驗的讀書心得，事實上這乃是受性靈文潮下的影響，所以已見沈復不受傳統拘束的性格。

若再從芸娘在新婚之夜時閱讀著《西廂記》的事情來看，西廂在當時仍爲道統下的禁書之一，沈復不僅沒有斥責，還與芸娘共同討論、交流彼此的心得。然而，這卻是性靈的交流，閱讀的生活藝術，沒有社會的價値判斷於其中，只有個人的眞性情在交流著。沈復與芸娘之間心靈契合的世界，可謂是「烏托邦的世界」〔註50〕，是理想中的一片淨土。這片淨土「無時不在承

〔註48〕參見何滿子《中國愛情與兩性關係》，頁188。

〔註49〕同註25，頁73。

〔註50〕余英時《紅樓夢的兩個世界》（臺北：聯經出版事業公司，1978年1月初版、1987年6月第三次印刷），頁74。提出曹雪芹在紅樓夢中創造了兩個鮮明而對比的世界，這兩個世界分別爲「烏托邦的世界」和「現實世界」。其云：「大

受著園外一切骯髒力量的衝突」，所以沈復、芸娘兩人的愛情雖可以躲過家庭的壓迫，畢竟還是逃不過社會傳統制度的桎梏。芸娘開放的行爲與思想，逐漸與家庭交惡，雖然沈復選擇了與其同行，在當時大環境的桎梏之下，也終以悲劇作爲人生的句號。

當時冒襄、陳裴之、蔣坦與沈復這四位明清文人回憶家庭生活的著作，皆採用「憶語」式的寫作，以極罕見的追求個人自由與幸福的性靈文字呈現。這是自晚明以後性靈思潮刺激文人個人自我意識的覺醒，這四位文人的出現代表著一個明顯的標誌。這四人皆是生長在江南一帶，江南地區是晚明以後商業經濟較發達的商業區，也是受個性解放的社會思潮比較深的地區，在這種成長背景之下，個人的自由與眾生平等的觀念影響他們的價值觀較多。若由他們的生平來看，多深具文藝氣息，如《影梅庵憶語》的作者冒襄是明末復社的四公子之一，他學識淵博，一生著作甚多。《香畹樓憶語》的作者陳裴之善于詩詞創作，他和《秋燈瑣憶》的作者蔣坦，都有詩詞集傳世。《浮生六記》的作者沈復，曾就名師名下，他長於書法繪畫，在園林藝術上有著極高的品味。他們終生都沒有走向傳統知識份子的仕途之路，或隱逸閒居，或游幕經商，皆以個人性情爲取向。

這幾位眞性情的文人，皆以親身經歷寫下了至情至性的感人文字，冒襄與陳裴之所寫的都是高門望族的公子和風塵的青樓妓女之間的愛情，男女雙方在身份地位上相差懸殊，他們的結合，過程想必要衝破重重的難關和阻礙。沈復與蔣坦所寫的是對於家庭中與妻子相處的回憶。這四位文人皆如數家珍地記述生命最快樂、最美好的生命。所不同的在於冒襄把他和董小宛共同生活的九年中，日常生活中的點點滴滴集中寫成專章；蔣坦通篇幾乎都是在回憶和妻子秋芙所共度的快樂時光。這些作品是屬於人生片斷的選取。而沈復則對一生作全面性的回顧，文中明白道出其名及和其妻芸娘之間一生的「閒情」與「坎坷」，沈復異於前者之處，寫所不敢寫的閨房之樂，如：

> 合巹後，並肩夜膳。余暗於案下握其腕，煖尖滑膩，胸中不覺怦怦作跳……；芸卸粧尚未臥，高燒銀燭，低垂粉頸……戲探其懷，亦

觀園是紅樓夢中的理想世界，自然也是作者苦心經營的虛構世界。」、「曹雪芹雖創造了一片理想中的淨土，但他深刻意識到這片淨土其實並不能眞正和骯髒的現實世界脫離關係。不但不能脫離關係，這兩個世界並且永遠密切糾纏在一起的。任何企圖把兩個世界截然分開並它們作個別的孤立的瞭解，都無法把握到紅樓夢的內在完整性。」

怦怦作跳，因俯其耳曰：「姐何心舂乃爾耶？」芸回眸微笑，便覺一縷情絲搖人魂魄；擁之入帳，不知東方既白。（1992：3）

面對婚姻生活時，沈復從與芸娘相識至深愛與最後二次被逐家門，一點一滴記錄下來。此外，沈復不管面臨什麼問題，總是選擇與妻子同行，在當時封建制度的社會下，這樣的舉動，皆代表沈復對傳統宗法制度的革命。

冒襄與董小宛的愛情並非受限於封建制度下家庭、社會和禮教的逼迫，冒襄對董小宛的死亡悲痛欲絕，總是感慨和小宛之間的情份如此短暫，全篇則以這種感慨的語調來回憶董小宛，不脫才子佳人的胭脂粉氣。陳裴之、蔣坦亦以感慨的語調來回憶，具有才子佳人小說的成份。故《影梅庵憶語》、《香畹樓憶語》、《秋燈瑣憶》等作品這樣的「眞」只是個別的、是文人以煽情式的筆法所勾勒出來的，不似《浮生六記》的「眞」是來自個性與禮教的衝突，所產生的悲劇。沈復以平淡眞摯的筆法，利用第一人稱「我」的敘述技巧，緩緩道出一生的經歷。故冒襄的故事只可以引起讀者的感慨與惋惜，而《浮生六記》儘管它的語調是如此輕婉，卻是在讀者的心靈徘徊蕩漾。倘若要作個比喻，我們可「把《影梅庵憶語》比作是清初的才子佳人小說，那麼《浮生六記》就是『一覽眾山小』的《紅樓夢》。」〔註51〕

綜上所論，自宋代李清照〈金石錄後序〉一文便以文字刻劃她和先生趙明誠兩人的婚後生活，雖如筆記文般，但開啓明清《影梅庵憶語》《浮生六記》等婚姻實錄的先河。晚清、五四以迄三〇年代，《浮生六記》與《影梅庵憶語》、《秋燈瑣憶》經常並稱，因屬傳統文學中極少見的婚姻記實之作品，眞切感人。《浮生六記》的問世，對於小說發展的進程而言是一種肯定，雖然在三〇年代時受到五四運動的影響，才得到世人重新論定，但這些都無損其文學及學術上的貢獻。我們從明清生活美學部份至婚姻生活的討論過程，沈復的「新」價值觀在於全面性的記錄他一生的經歷，尤著重在他的婚姻生活上。從六記的安排次序中可見出端倪，以前四記爲例：〈閨房記樂〉〈閒情記樂〉〈坎坷記愁〉〈浪游記快〉，沈復自我的價值中心是——婚姻、愛情爲第一。五四時期，在文人們對傳統制度下婚姻、家庭重新省判的思潮下，《浮生六記》因此才受到重視與肯定。

文學隨著社會、時代的改變而改變，因爲她是從生活中取材來加以抒寫，

〔註51〕參見徐柏容、鄭法清主編《沈復散文選集》（天津：百花文藝出版社，1997年8月一版一刷），頁16。

也正因爲如此文學才是人學，才是歷史的見證者之一。故一部文學作品的產生有著外在與內在的因素所組成，若從多元化的角度來詮釋可讓作品發出更多的聲音，「現實」與「民主性」是文學和社會結合的兩個重要因素，這兩項因素的增加使得文學的內容更爲貼近人們的生活。循此，《浮生六記》不僅是沈復記錄個人的生平，若從「現實」與「民主性」的角度來看：「現實」，它提供了當時現況生活的景象；「民主性」，則是從晚明開始所披露的個性解放、婚姻自由、眾生平等的反抗意識〔註52〕。活動於十八與十九世紀之間的沈復，具有新時代的觀念於胸中。基本上，沈復的「新」觀念是對於晚明性靈思潮的呼應，事實上這樣的呼應也反映著當時社會結構已產生轉變，這些的轉變皆帶動著當時已有文人重新省視自身的價值與存在的意義。

「新」文人的特質亦反映在沈復「新」的活動路線，新路線預示晚清中國的改革。在沈復深層的價值觀中仍是屬於傳統知識份子的隱逸思想，然而與成千上萬的傳統文人相較之下，他並沒有受到傳統禮教社會的禁錮。相反的，他突破傳統社會對個人自我的束縛，追求自我。再加上以和社會互動中，由中心逐漸到沿海的選擇，皆是中國受西方思想改革前的預告。

貳、晚清地緣

沈復「新」文人的特質從他活動的路線圖可見出其「新」之處，他活動的地帶是從中心至沿海地區移動，這是異於傳統知識份子的地方，即使明清時候布衣、處士的文人散布在各處，然大多仍是居於繁華、熱鬧的都市。如張岱、李漁、袁枚等江南文人，他們「市隱」於當時文化重鎮的蘇杭一帶。相較下來，沈復的活動地點顯得格外的特別。以下由沈復的遊玩地方、經商地點以及最特別的域外經驗，來看這位文人的「新」活動路線。

一、邊境——浪遊采風

沈復從乾隆五十八年（1793）至粵第二次經商後，至嘉慶十三（1808）年間的琉球之行，其生活範圍幾乎在沿海一帶，所以他的活動地帶是「新」的遊記行程——從沿海至域外之行，異於傳統知識份子。乾隆五十八年，沈復與表妹夫徐秀峰相約起程，遠賈嶺南，十二月十五日時抵粵省城：

〔註52〕參見康來新〈依舊是：浮起與記下——世紀末讀《浮生六記》〉《新讀浮生六記》導讀（臺北：漢藝色研文化事業有限公司，1994年4月初版），頁24。

> 臘月望，始抵省城，寓靖海門內，賃王姓臨街樓屋三椽。秀峰貨物皆銷與當道，余亦隨其開單拜客。即有配禮者，絡繹取貨，不旬日而余物已盡。除夕蚊聲如雷。歲朝賀禮，有棉袍紗套者。不維氣候迥別，即土著人物，同一五官，而神情迥異。（1992：44）

對於性喜浪遊的沈復而言，來到異地自然對於新奇的人土風情十分好奇，在粵期間，他品嘗了檳榔與荔枝、與秀峰挾妓玩樂、狹客中有人抽鴉片、遊海珠寺看見禦海寇的大炮等閱歷，將廣東沿海一帶的民俗風情刻畫出來。從沈復的廣東之行所閱歷禦海寇的大炮來看，乾嘉之際的清廷政府對於沿海經商貿易或海上倭寇作亂的種種問題已非常重視。

嘉慶九年（1804）沈復隨夏揖山至東海永泰沙收花息，「沙隸崇明。出劉河口，航海百餘里。新漲初闢，尙無街市，茫茫蘆荻，絕少人煙。僅有同業丁氏倉房數十椽，四面掘溝河，築隄栽柳遶於外。」（1992：53）崇明島清代屬江蘇太倉，島爲沙積而成，四周臨海。此次之遊中，沈復「肆無忌憚，牛背狂歌，沙頭醉舞，隨其興之所至」是他一生中最無拘無束的遊玩。嘉慶十一年（1806）便隨著石琢堂從河南進入山東濟南城，雖未見到所爲登州的海市蜃樓〔註 53〕，然此次的遠遊開啓了沈復的域外經驗。

二、琉球——域外經驗

嘉慶十三（1808）沈復隨著清廷派遣的使臣去冊封琉球國王，正使是翰林院編修齊鯤，副使是工部給事中費錫章，沈復以從客的身份隨行。在沈復的生涯裡，此次的琉球之行應該是最遠程的旅遊經驗。他所撰的〈中山記歷〉，因琉球古代有中山國，故稱「中山」。其稱琉球國，爲古國名，即今琉球群島。隋時建國，自大業以來，即與中國頻有往來。中琉宗藩關係建立於明洪武五年（1372）正月，明太祖遣楊載爲使，招諭琉球入貢。自此琉球三山即三王國開始朝貢中國。對明代而言，是首次開封其國爲王國，封其王爲國王之始。對琉球而言，此亦是爲琉球首度對外稱臣入貢、受封〔註 54〕。直至「明朝爲

〔註 53〕登州，州、府名，轄境在今山東蓬萊一帶，此地可見勃海廟島群島倒映出的海市蜃樓。沈括《夢溪筆談》:「登州海市，時有雲企，如宮室、臺觀、城堞、人物、車馬、冠蓋、歷歷可見，爲之『海市』。」轉引自《閒書四種》〈浮生六記〉（武漢：湖北：辭書出版社，1995 年 10 月第一版、1997 年 1 月第四刷），頁 259。

〔註 54〕參見徐玉虎《明琉球王國對外關係之研究》（臺北：學生書局，1982 年 10 月初版），頁 9～43。

滿清所代，海道中斷，其使不得歸，兩國關係亦因而中輟焉。」〔註 55〕

清初，康熙皇帝打開海洋的視野，展開與海外洋人的交流，學習西方科技文明，所以對琉球群島亦保持非常密切的關係。在《琉球歷代寶案》（Ⅱ）、（Ⅲ）記載琉球國王與清廷之間往來的原始文書，從清康熙三十六年（1697）至清咸豐八年（1858）共有二百卷，咸豐九年（1859）至清同治六年（1867）共有十三卷的公文往來〔註 56〕，清廷與琉球之間的往來較之明代更爲密切。中琉貿易的意義在於「明清時代，琉球已經是太平洋上頗爲重要的海上貿易王國，其商業航道，向南經呂宋至南洋各埠，向北經鹿兒島至日本各埠，再延伸至朝鮮。琉球物產雖然並不豐富，但是由於琉球與中國的朝貢貿易，而有助於改善其經濟狀況，並以中國特產轉售日本及南洋諸國牟利。」〔註 57〕所以在乾嘉時期清廷與琉球亦保持彼此密切的往來關係，因此沈復方能有這次的域外經驗——琉球之行。

對於當時而言，沿海是海盜作亂的集中地，就居於文化經濟中心的文人而言，應是盡量避免到所謂的「蠻夷之地」。更以傳統文人的想法而言，應是以京城爲個人升遷的最佳落點才是。而沈復從乾隆五十八年（1793）至嘉慶十三（1808）年間，其生活範圍幾乎長期在沿海一帶，若相較於乾嘉時期的文人，沈復的活動地帶是有代表的意義存在。如乾隆時代詩人黃仲則（1749～1783），他出身於科舉世家，少年不以經書爲宗、不以時文爲業，後來曾參加五次鄉試落第亦曾作過幕僚，期間他曾浪遊過湖南、杭州、南昌、武昌、陝西，最後病死在運城河東鹽運使沈業富署中。黃仲則雖仕途蹭蹬，然一直未損其意志往京城發展。和沈復同年出生的焦循（1763～1820），爲江蘇甘泉人。壯年時期的他在山東、浙江等地作過幕客。在嘉慶六年（1801）時中了舉人然未曾應試。終生足跡未踏出揚州城，致力於戲曲的學術研究〔註 58〕。

〔註 55〕《明史》卷三二三〈琉球傳〉，參見徐玉虎《明代琉球王國對外關係之研究》（臺北：學生書局，1982 年 10 月初版），頁 43。

〔註 56〕參見徐玉虎《明代琉球王國對外關係之研究》〈琉球歷代寶案研究〉中的內容。此外陳捷先〈清代奏摺資料與中琉關係史研究〉一文中，談到關於兩國的通使、貿易、關稅、貢品等探討中琉關係，從中亦可見清廷與琉球往來之密切。（收錄於《第一屆中琉歷史關係國際學術會議論文集》，臺北：中琉文化經濟協會，1988 年 5 月再版，頁 289～303）

〔註 57〕參見莊吉發〈故宮檔案與清初中琉關係史研究〉，收錄於《第二屆中琉歷史關係國際學術會議論文集》（中文版）（臺北：中琉文化經濟協會，1990 年 10 月出版），頁 35。

〔註 58〕參見《江蘇歷代文學家》「黃仲則」、「焦循」條（江蘇：江蘇古籍出版社，1992

而沈復出路相較之下便具有時代的前瞻性，雖然與同時期文人有不踏上科舉之途的選擇，然他的行程卻從中心逐漸向沿海移動，預告著十九世紀末的中國將封閉的封建制度思想打破，打開大門與西方國家學習的國際視野。

後來的馮桂芬（1809～1874）〔註 59〕、薛福成（1838～1894）〔註 60〕、王韜（1828～1897）〔註 61〕他們都與沈復一樣爲蘇州人，且都是由內地至沿海推動時代的改革。沈復的遊走路線提前了數十年，所以是新途徑的先例。這樣的途徑也預告了十九世紀末中國沿海與西方文化互動的時代即將來臨。與海結緣的沈復自從芸娘病死、其父嫁夫公以及其子逢森接二連三地相繼死亡，一直處居異地的沈復面臨人生種種無情的考驗之後，在海行之中感悟人生如滄海一粟的渺小，回憶往昔的種種經歷，爲了避免「事如春夢了無痕」，因而寄居在琉球之時一一記之筆墨，寫作成《浮生六記》。

三、臺灣——歷史議題

在沈復的生涯中，「易儒爲賈」在人生經驗中應該是人生重要的轉捩點。

年 6 月一版一刷）。

〔註 59〕馮桂芬是重要的學者、教師、官方顧問和經世傳統的改革者。他生於蘇州，1840 年中進士後在翰林院任職多年。他的治學興趣十分廣泛，包括語言學、數學、行政問題與國外事務。太平軍占領南京，他幫助組織防守蘇州。1860 年蘇州被占領後，他被迫逃到上海。於上海期間寫作成《校邠廬抗議》一書。參見〔美〕柯文著、雷頤與羅檢秋合譯《在傳統與現代性之間——王韜與晚清改革》〈早期改革者與沿海〉一節（江蘇人民出版社，1994 年 9 月一版一刷），頁 246。

〔註 60〕薛福成是一位中國早期的外交官。生於江蘇無錫，是一位州牧之子。雖爲秀才，卻在曾國藩（1865～1872）、李鴻章（1875～1884）幕府中作幕客。著有《籌洋芻議》。1889 年被任命爲駐應國、法國、義大利、比利時的公使。在歐洲四年多（1890～1894），此期間的日記給他帶來做爲改革者的聲譽。參見《在傳統與現代性之間——王韜與晚清改革》〈早期改革者與沿海〉一節，頁 247。

〔註 61〕王韜是生於江蘇甫里，他曾第一名考上秀才，第二年闈試，沒有考上。他便到上海英國傳教士主持的「墨海書館」工作。工作十餘年間，他因思想異於俗世，被迫逃到香港。在港期間，他廣泛接受西方文化。同治六年（1867）時他便遠渡重洋到歐洲。二年多的時間內，他的足跡便及了歐、亞、非三洲，在當時而言，是很少中國人到過歐美國家。歸國後，他竭力鼓吹學習西方、又須保有中國自己的風格。1874 年春，他在香港創辦《循環日報》。這是中國人最早創辦的報紙之一。所以後來有人稱王韜爲「清末變法論之首創者及中國報導文學之先驅者」、「中國歷史上第一位報刊政論家」。參見《在傳統與現代性之間——王韜與晚清改革》以及《江蘇歷代文學家》「王韜條」，頁 393～401。

他一生一共經商兩次，第一次經商在乾隆五十二年戊申（1787）沈復當時二十五歲到績溪返蘇州，易業爲酒賈。隔年（1788）因臺灣林爽文之亂的影響，海道被阻隔、貨物被積壓下來，販酒虧折資本，仍遊幕江北。所以林爽文事件影響著他的人生，應是沈復經商經驗中的一大挫敗，對歷史議題而言乃是「新」地名的浮現——臺灣林爽文之變。

首先，林爽文事件發生在臺灣但卻被清廷視爲內亂。我們看臺灣與中國的關係發展爲：

> 臺灣古未隸中國版圖。隋開皇中，虎賁陳稜略澎湖三十六島；元末置澎湖巡司。明永樂時，太監鄭和舟下西洋，至東番，其國人所居名雞籠山，即臺灣地。嘉靖末，遭倭寇焚掠，稍稍避居山後。神宗末，荷蘭國紅毛番遭颶風，泊舟於此；愛其地，築城居之；復築赤崁樓與相望，設市城外。而漳、泉商賈往往前往漁利，屹然爲海外一隩區矣。天啓初，東洋甲螺顏思齊寇海上，福建南安人鄭芝龍附之，據臺灣。自是劇盜繼起，皆倚爲固。崇禎時，熊文燦招芝龍降，而海上諸寇猖獗如故，終明之世，迄未就平。〔註 62〕

明初時因海上倭寇作亂，明廷實施海禁政策，防止沿海人民私自出洋，在這種政策之下，遂使臺灣成爲海寇的天堂。到了嘉靖之後，閩海地區的倭寇便與荷蘭人結合，後來鄭成功趕走荷蘭人佔據臺灣，臺灣一直是孤立於外的海島。直至清初康熙皇帝以其開闊的胸襟，打開海洋的視野，平定海盜經常出沒的澎湖與臺灣，將之納入疆土。因此「臺灣」地名對於清代之「新」，在於康熙二十二年（1683），明鄭劉國軒兵敗澎湖，施琅入臺，鄭克塽降清，臺灣這塊土地才正式納爲中國的版圖。從此臺灣的動亂，不再是「海亂」而視爲「內亂」〔註 63〕。「臺灣」這個新興的地名，方才浮現出中國歷史的表面。

〔註 62〕參見《欽定平定臺灣紀略》卷一（南投：臺灣省文獻委員會，1987 年 6 月版），頁 101。

〔註 63〕吳盈靜〈在大清與大和之間——宦游紅學〉（引君入夢——1998 年紅樓夢博覽會：另類研討：新新人類與新興紅樓，9 月 18 日）中指出：「明嘉靖年間海盜（包括雄視海上的兵商）幾乎都集中在福建一帶，而經常出沒於臺灣與澎湖，鄭成功之父鄭芝龍即是海盜出身。而以海盜發跡的鄭氏家族竟成爲明遺最後的希望，後來滿清入關，施琅平臺，代表明廷勢力的正式瓦解，而臺灣之入版圖，也意謂著臺灣已成爲中國海疆之地，從此臺灣所發生的分類械鬥均被視之爲『內亂』，不再是『海亂』了。」

再就林爽文事件爲何會對沈復的經商產生嚴重虧損的影響來探討，此事件發生於乾隆五十一年（1786）十一月至五十三年（1788）二月，前後歷年一年多。林爽文，福建漳州平和人，乾隆三十八年（1773）時隨父母來臺居彰化大里杙莊。當時天地會勢力正盛，臺灣道永福知府孫景燧乃密飭所屬會營緝治，其後會黨殺官，總兵柴大紀接報，縱兵補數十人，歸罪楊光勳一家，依法定獄，財產入官，結果引發激戰，以林爽文爲首，起義抗清，先後陷大墩、彰化、新竹，隨即在彰化登基建元，遵故明，其後又陷諸羅、斗六、南投、鳳山一帶，最後的目標是要奪取府城臺南。戰役中，朝廷守將多棄城逃走，或靜待觀望。所以這次的「官逼民反」成爲全臺規模最大的一場戰亂，一直要到陝西總督福康安來臺督軍，才逐漸弭平這場民變。

事件爆發期間沈復正附資合伙姑丈袁萬九在盤溪作釀酒業，袁萬九是從事海上販酒，與臺灣作生意。生意受臺灣林爽文事件蔓延，海道被阻隔、貨物被積壓下來，因而虧損。原因乃是乾隆在臺剿捕林爽文，預防林爽文等餘黨從海道逃逸，而將所有的海口封鎖，當時圍剿的情形從乾隆的奏摺上可知乾隆皇帝之重視：

> 福康安等於拏獲林爽文後，諒已遵照前旨，帶兵前赴南路擒捕莊大田，收復鳳山。……且此事，亦必擒獲莊大田、南北兩路賊匪兩行廓清，方爲蕆事。福康安等務宜奮勉辦理。至海口一代，已有旨交常青專司堵截。前據常青奏，訪聞莊大田在南仔坑地方潛匿，派令副將丁朝雄帶兵駐笱東港、會同廣東、泉州莊義民就近搜捕，並相機前進，恢復鳳山等語。……惟妨其由海道竄逸最爲緊要關鍵。……將丁朝雄所帶之兵撤回，於各海口要隘分投巡防，勿任潛逸，較爲嚴密。〔註64〕

以環境而言臺灣四週皆是海，山易於搜，而海難於捕，所以海道的防守尤爲重要。所以清廷封鎖閩南、廣東一帶的海道，因此沈復他們的貨物才會因海道被阻隔，貨物被積壓，因而虧損。

沈復以居處內地的文人身份，記錄下沿海地區的大事件。若由同爲蘇州人的趙翼來相互參照，更可見沈復選擇至沿海一帶經商已是當時大多數商人的選擇，而清廷亦十分重視沿海地區的治安。趙翼在乾隆三十一年離開京，

〔註64〕見《欽定平定臺灣紀略》（下）（南投：臺灣省文獻委員會，1987年6月版），頁838～839。

出任廣西鎭安府知府。四年後，調任爲廣東廣州府知府，又提升爲貴西兵備道。乾隆五十二年參與過鎭壓臺灣林爽文起義的軍事活動〔註 65〕。十七、十八世紀，江蘇、安徽、浙江三省，都是商業特別發達之區〔註 66〕，沈復同樣生處於經濟發達重心的江南一帶，他經商卻與「海」結緣，受臺灣林爽文事件的影響，才將「臺灣」這個新地名記錄下來，此對於當時的社會而言因沿海地區爲海上貿易、經商的好地方。此次經商遇到林爽文事變，相較於居於內地的傳統文人應是全新的體驗與見識。

參、五四先河

《浮生六記》在二、三〇年代之後廣爲流傳，在於沈復和芸娘間的悲劇乃是因封建社會所產生。沈復這位新文人不拘禮教，和芸娘同享個人性靈的生活，仍須受到封建宗法制度的忝罰，骨肉離散、夫妻死別，沈復自己雖以爲「多情重諾，爽直不羈，轉因之爲累。」五四以後的解讀，以爲是宗法制度中大家庭的結構所導致的。如俞平伯云：「其閨房燕昵之情，觸忤庭闈之由，生活艱虞之狀，與夫旅逸朋游之樂，既各見於書，而個性自由與封建禮法之衝突，往往如實反映，躍然紙上，有似弦外微言，實題中之正義也。」〔註 67〕《浮生六記》內容雖似平淡、閒逸，卻將個人自由與封建禮法之衝突安排在情節之中，藉「余」之言所表露出來。所以五四時期受到西方浪漫主義思潮的影響，反對社會禮教對自我的種種束縛，認爲追求自我就畏從家庭的體制開始改革，而《浮生六記》正是在這樣思潮下受到重視與肯定。

一、家變一：大變小

受到西方浪漫主義思潮的影響，五四文學青年將個人青春的熱情投入內

〔註 65〕參見《江蘇歷代文學家》（江蘇：江蘇古籍出版社，1992 年 6 月一版一刷），頁 347～354。

〔註 66〕參見〈中編・生涯經歷〉的內文部分。

〔註 67〕參見俞平伯《俞平伯散文雜論集》〈德譯本《浮生六記》序〉（上海：上海古籍出版社，1990 年 4 月一版一刷），頁 531。此種觀念鴛鴦蝴蝶派趙苕狂的〈浮生六記考〉中云：「本書作者的所以遭坎坷，不得於家庭，實是一個大原因；而他的所以不得於家庭，他們夫婦倆都生就了浪漫的性情，常與大家庭所賴以維生禮法相納鑿，又是一個大原因。這一來，夫婦倆沆瀣一氣，伉儷之情固然愈趨愈篤；但與家庭間卻愈成水火之勢！」（臺北：世界書局，1992 年 9 月四版，頁 2）

在的精神生活〔註 68〕。因此他們對自由的憧憬常常與愛情相連，愛情不在依附封建制度中，它成爲「五四」文學獨立的主題。他們要求婚姻自由、戀愛自由，冀望能擁有屬於自己心靈中的伴侶。

自我個性解放的意識早就在傳統文學中萌芽著、蘊釀著。我們可以追溯到十八世紀中葉，《紅樓夢》和《儒林外史》作品便已顯示這種想法，通過具有個性的人物形象，作者肯定了與傳統背道而馳的人生道路，顯示了尚在萌芽的近代個性意識之端倪。甚至，還可以追溯道明嘉靖至萬曆年間李贄、馮夢龍與湯顯祖等人。然而，當時這些「離經叛道」的想法只有在知識份子才起作用，並未在廣大的民眾中成爲一股風行，直至五四青年的文學改革，才帶動出所欲改革的社會新風貌。五四的啓蒙思潮是反叛這種倫理道德上的種種束縛，家庭本應和睦詳和的休憩港，卻在宗法制度之下就會變得僵硬專橫而悖於情理，個性自由和創造自我很難容於其中。西方的浪漫主義思潮帶動五四文人要求建立合乎愛情之道的小家庭制度，如魯迅《祥林嫂》便是反叛這樣宗法制度的不合理。

五四受到西方浪漫主義思潮的影響，文人開始對傳統的社會制度產生動搖、懷疑進而要求改革舊有的制度，主張發揚個性、自我、奔瀉內心情感以及坦誠的面對自我。因爲，傳統制度中大家庭的劣質結構是有損人至眞性情的，故五四文人追求婚戀自由。受到浪漫主義思潮的影響，《浮生六記》中沈復追求自我的婚姻生活、不受世俗傳統觀念的影響，符合五四文人的文化期待，受到五四文人的重視。

二、家變二：孝而情

五四文人接受《浮生六記》的原因在於中國人向來不重視小家庭，家庭關係只是爲了穩定社會，婚姻制度更是爲了傳宗接代而設定的，所以在中國古代的婚姻甚少是因爲愛情因素而結合。《浮生六記》的出現則彌補了這樣的遺憾，沈復在六記之中全心全意只描寫一個人一即是其妻芸娘，從初識到結

〔註 68〕李歐梵〈五四文人的浪漫精神〉一文以爲五四時期的文學運動與十九世紀初的浪漫主義一樣，都是因「反動」而起，所反對的是一種古典傳統的迂腐、雕琢、形式化，而主張發揚個性、主觀、人性、皈歸自然，奔瀉一己的坦誠和情感。五四文人崇拜西方浪漫文人和文學，如徐志摩、郁達夫、蔣光慈等人。此文收錄於周陽山主編《五四與中國》（臺北：時報文化出版事業有限公司，1982 年 9 月六版），頁 295～409。

婚、從相聚到死亡，沈復一一記之。更「因思〈關雎〉冠《三百篇》之首，故列夫婦於首卷」，所以在沈復的價值觀中，婚姻、愛情是生命之中最重要的。再從他重視小家庭觀念來看，愛情是重於親情，沈復的個性便是如此的大膽前衛、不畏世俗之風。

五四以後由從「大家庭變小家庭」的新觀念進而討論傳統宗法制度對個人性情的束縛，認爲追求自我就要從家庭的制度開始改革，故時代之風已由孝到轉爲愛情。俞平伯、趙苕狂等人更是以爲大家庭的惡質體系是不容許個人情愛於其中。所以沈復婚姻觀呈現出「由孝而情」價值觀的轉變，五四文人深喜《浮生六記》中芸娘的可愛、沈復的前衛以及他們勇於追求自我的行爲。

三、家變三：夫妻大於親子

沈復與芸娘的悲劇，在於芸娘失歡於翁姑被翁姑逐出家門，因而導致家破人亡。從芸娘被逐出家門，沈復亦隨著腓開家門，兒女則安置於友人家的情況來看，他重視夫妻的關係大於親子，所以並未放棄與芸娘同行。緣此，沈復價值觀中的倫理關係應是前衛的思想，不受傳統禮教的束縛，一切依內心情感傾向而作選擇。

五四時期由於受到西方文化衝擊下的五四文人感受到中國傳統制度對個人的種種束縛，力圖爭取個人自由（不論是愛情、婚姻或個人未來的選擇）。而在清中葉時期的沈復和芸娘一同出遊還慫恿芸娘女扮男裝，可見沈復是前衛、新穎的觀念來看待夫妻間的關係、兩人的家庭生活。這點使《浮生六記》受到五四文人的高度接受。就沈復的愛情、婚姻觀而言，他超前了當時數十年，故探討《浮生六記》這部作品其深層意義，或許正在於沈復這位新文人的誕生，意謂著一個新時代的來臨。

下編　新小說
──《浮生六記》的繼往與開來

壹、新文類的自傳小說──《浮生六記》的形式表現

《浮生六記》以夫妻間感人的生活爲題材，記成「樂」、「趣」、「愁」、「快」等主題，將一生做全面性的回顧，構成一部小說。九〇年代後《浮生六記》多被視爲自傳小說，從這樣的接受情況來看，說明現代學者肯定《浮生六記》爲沈復將個人一生經歷，以小說的形式分成六個主題來表現。因此本文從現代學者接受《浮生六記》爲「自傳小說」的情形，來討論《浮生六記》的形式問題。「自傳小說」的定位，是重新認定《浮生六記》的特殊結構，即沈復在創作時不自覺地使用小說結構在安排，其創作更具備前衛的現代小說技巧，因此作品的形式本身即具有小說美學，以此故言「新文類」。

一、自傳小說的界義

自 1985 年後在古典小說鑑賞辭典中，現代學者評價《浮生六記》的文類多以「自傳小說」爲之定位。文類理論的研究是要研究文類系統的組成及文類的功用，尤其要注意互爲文本之間的系統，文類的創作、運用、與讀者的接受，皆在這個指導原則之內〔註 1〕。本文所運用的「自傳小說」，就字義上

〔註 1〕班奈特・湯尼《文學外觀》（倫敦：路德格出版公司，1990 年），頁 22。轉引自游志誠〈中國古典文論中文類批評的方法〉，《中外文學》第二十卷，第七期，1991 年 12 月，頁 97。頁 89 言及文類是「決定於閱讀主體之辨識」，若就文類的性質而言是開放的、兼容並蓄的，並沒有絕對的範圍且是後設的，

而言，乃是作品運用小說的創作手法來進行「自傳」的創作，創作的主要架構爲小說的形式，個人的生平爲創作的題材，故「自傳小說」可謂是小說這文類之下繁衍出的第二級文學體裁。

自傳開始並不被視爲文學，而是附屬於「史」的領域。從傳統文學中早期的碑文、墓誌銘等應用文多附於傳記中歸於史部。因是屬於「史」的範疇，就表示須是正確記述且描述必須誠實，不容有「想象虛構」的性質存在。然文學創作並非實錄或起居注等流水帳式的記錄，如司馬遷的《史記》文學成份是它成爲經典作品之故。所以，自傳的創作日益成熟後才被歸爲文學的範疇。自傳文的研究成爲顯學，是因西方直至晚近才重畫文類的疆土，才興起自傳研究。主要是針對自傳的虛構性以及「自我」這一概念的虛構化加以討論〔註 2〕。近來對中國自傳文的研究也開始正視自傳之虛構性的問題，提出「虛構」不但來自作者有意的將事實虛構或扭曲，有牽涉到書寫本身虛構的說法〔註3〕。所謂的「虛構」是指作者創作時所選擇的種種材料，因爲是作者從自己的記憶中經過選擇性的事實去重新組織、想像與記錄，所以

它會隨著時空的改變會有所變化。總體而言，文類和次文類二者的制約約定有大半因素決定於閱讀主體之辨識。既然「決定於閱讀主體之辨識」，故文類／次文類的標籤是後設的。在此，我們以「自傳小說」的次文類《浮生六記》爲貼上新次文類的標籤，而這樣的觀念可由附錄中見出近代肯定《浮生六記》之處是它具有小說體的形式，然未有詳細的討論。因此，本論文針對《浮生六記》第一人稱的敘述方法論析《浮生六記》是新文類的自傳小說。

〔註 2〕西方「傳記」屬於歷史學的觀點到十九世紀末才發生變化，一些西方學者在肯定傳記的歷史性的同時，開始注意到傳記的文學性，主張傳記是文學的一個分支。中國對傳記的看法亦經歷類似的變化，現代中國學者一般都摒棄了傳統的觀念，把傳記列入文學的範疇，其中最有代表性的是胡適與朱東潤。因此，自傳文的研究亦是晚近才興起。

〔註 3〕在「無中生有」的層次之外，書寫行爲本身就無可避免另一層次的虛構。一本自傳不是漫無目的的什麼都寫，而往往是有主題、有重點的。賦予自傳主題，猶如寫文章有主線、有重點，是寫作時賦予，而不是與天俱來的。主題只是自己對過去的舉動劃出一條明顯的軌跡。以一個現在的觀點來檢視繁複的一生，把散漫、零碎的印象予以整理，使之井然有序，即有情節、有發展、有因果關係。但在這貫串事實成一生命歷程的編輯過程中，固然使不相連屬的點滴回憶獲得意義，但無可避免的，這中間一定有所剪裁取捨。從無意義到有意義，從混沌到事出有因，構成一可閱讀的生平；這從無到有、從零散到建構成篇，呈現出意義明朗的一生，這就是書寫的虛構。詳見廖卓成《自傳文研究》（臺灣大學中國文學研究所博士論文，1992 年 6 月），頁 147～149。本文是從小說美學的角度來檢視《浮生六記》，自傳文所討論「虛構性」非本文的討論範圍，故只以註腳的方式來補充說明。

未必代表自我實體的全貌。自傳作者之自我創作的要點，是將自我版本公開的呈現出來（希望公眾認知的版本是最重要的地方）。因此，自傳的虛構性，不等同不實或說謊，而是自傳作者在創作上必然發生的情況。在這種的觀念認知之下，自傳在傳主與作者同為一人的情況之下，作者的書寫不僅只是「記錄」，而是另一種的「創作」。本文的討論對象——《浮生六記》是沈復以個人的生平應用了文學中的想像去重構、組織以往的記憶，依過去的種種按照性質，運用小說體去重新安排、構成。本文以小說美學的角度，新探《浮生六記》的文類。

《浮生六記》自九〇年代後多被學者定位為「自傳小說」，作品情感眞摯、文字生動及人物形象鮮明，具有小說特質。沈復的創作雖無心立異，實際上卻是十分前瞻性的創作手法。五四時期的「自剖」、「自敘」小說，開啓了現代小說「我」創作手法的運用。中國古代文言小說裡，雖有作品使用第一人稱，卻非文學技巧使用的「我」。若透過對古代文言小說作品形式的整體觀察，發現中國古代文言小說使用第一人稱的作品數量並不多，以自傳性的手法使用第一人稱的作品更是少之有少。然而，我們卻發現清中葉的沈復利用第一人稱，分六記全面地回顧一生，這樣的「我」是文學想像運用下的特殊筆法。循此，《浮生六記》的創作手法，預告了五四時期的「自剖」、「自敘」小說。

因五四文學強調追求自我表現、個人主義的精神，故也產生了以「我」第一人稱限知敘事觀點的「自剖」、「自敘」小說。所謂自敘體小說取材於作家自身的生活，重在表現作家自己的體驗和自己的心境。郁達夫曾言：「我覺得『文學作品，都是作家的自敘體』這一句話，是千眞萬確的。」〔註4〕代表著五四作家以第一人稱「我」進行創作，追求「自我表現」。五四時期第一篇現代小說——魯迅的《狂人日記》，是以第一人稱「我」，利用日記體的形式所寫作，最重要的意義在於第一人稱的創作，是現代小說的文學技巧之一，且啓蒙了現代文學旳意識。古代傳統小說使用這種筆法，為數並不多，陳平原先生在面對中國小說敘事模式轉變的時空背景時，談到：

> 作為故事的記錄者與新世界的觀察者而出現的「我」，在古代文言小說中並不罕見。中國古代小說缺乏的是由「我」講述「我」自己的

〔註 4〕參見郁達夫《郁達夫文論集》〈五六年來創作生活的回顧〉（杭州：浙江文藝出版社，1985 年 12 月第一版第一刷），頁 335。

故事，而這正是第一人稱敘事的關鍵及其魅力所在。〔註5〕

《浮生六記》的特殊之處，便是在於沈復以「我」來講述「我」的故事，以「我」的眼睛記錄乾嘉之世的一個切面。所不同在於沈復的「我」是不自覺使用，異於五四時吸收西方文學理論，刻意所琢磨出來的「我」。本章節欲以「自傳小說」次文類〔註6〕觀點來統整、分析，《浮生六記》兼具自傳、筆記、小品散文方面的特性，而以小說形式爲作品整體架構的主軸。本文以「自傳小說」的次文類概念，分析《浮生六記》在體裁上的特色，試圖說明《浮生六記》所使用的之第一人稱是自傳小說的成功之處，且預示五四時期使用「我」之自剖體小說的創作方法。

《浮生六記》創作年代處於新舊替換的文學變動之際，它的出現事實上已是中國古典小說的改革與五四新文學發端的預言。「自傳小說」是近代學者肯定《浮生六記》小說美學之處，我們以「新文類」稱之。以下從形式的承續與創新來談新文類的作品——《浮生六記》。

二、史傳傳統的繼承與開創之「自傳小說」

《浮生六記》的特殊處在於題材與形式都別具一格，無心立異而自成特色。事實上，在它問世之後，晚清的楊引傳與王韜，便已注意這本書的存在及特殊處。直至俞平伯將它重新標點印行，漸漸引起五四文人對它的熱愛。隨著文學理論的日益成熟、繁雜，《浮生六記》特殊的形式漸漸受到重新評價，不再以自傳文、筆記小品等視之，九〇年代後學者更以自傳小說視之。

沈復以記實的手法創作，利用第一人稱記下一生回憶，俞平伯〈重印《浮生六記》序〉對《浮生六記》的形式亦有稱許之處：「記敘體的文章在中國舊文苑裡，可眞不少，然而竟難找到一篇完美的自敘體。」又言「是書未必即爲自傳文學中之傑構，但在中國舊文苑中，是很值得的一篇著作。」〔註7〕沈復之作，雖非傑作但卻是中國古代文言小說中的「奇葩」——「自傳小說」

〔註5〕參見陳平原《中國小說敘事模式的轉變》（臺北：久大文化出版，1990年5月初版），頁74。

〔註6〕所謂的「次文類」是在大體類之下的再分類，即是大體類的更精細之學問。故「次文類」在此指文學上的第二級。文學上的第一級，指詩、散文、小說、戲劇、等，稱爲文類。於第一級分類之下再作分類，如小說有可分爲長篇小說、短篇小說等，則爲第二級分類，稱爲次文類。

〔註7〕詳見《俞平伯散文雜論編》（上海：上海古籍出版社，1990年4月第一版第一刷），頁65～69。

的呈現。《浮生六記》的體裁近自傳，卻將家世背景化整爲零在六記之中；近小品文，又體現小說的架構於其中；近筆記的「短篇語錄」，兼具有傳奇體的特色。特殊之處乃是作者吸收了傳統紀傳體的文學養份，對自己一生作回顧，又在結構上精心裁剪出小說的形貌。所繼承的是史傳的紀傳體的文學養份，且又開創形式使其具備小說美學，可謂「新文類作品的先知」。

《浮生六記》以洗淨鉛華的語言行文，散偶結合而不呆板，始終以高度的自傳性，不斷的反芻、研磨自己過去的生活，批露而爲公共文本。沈復選擇了小說架構所寫下人生的歷程，眞實具體而且獨特。在次，我們面臨了分判自傳與小說的問題。自傳，是傳記的另一大類，我們在此將自傳界定爲「以作者本人爲對象的傳記」以及「自傳作品的核心在於作者對於自我存在的價值的解釋和敘述自我成長的歷史」〔註 8〕中國傳統文學中的自傳，由史傳文學的脈絡中脫穎而出自成體系，而《浮生六記》繼承史傳文學的寫作，更將傳統予以創新與改革。

傳統文學中自傳之始爲著作之序言，至司馬遷的〈太史公自序〉才算是最早最完整的自傳散文，而其所著的《史記》不論是史傳文學或小說方面皆可見受其影響之處。自傳者，乃是作者自述其一生之經過，屬於回憶錄的性質。在傳記文學中，自傳的作者，有傳主即作者本人或者假托他人之名另起雅號者兩種情況。如阮籍的《大人先生傳》、陶淵明的《五柳先生傳》、王勣的《無心子傳》、《五斗先生傳》、白居易的《醉吟先生傳》、陸龜蒙的《甫里先生傳》、《江湖散人傳》、陸羽的《陸文學自傳》、劉禹錫的《子劉子自傳》等，若就作者的構思而言，這些傳記作品已有近於小說之處，也就是說作者將自己當作客觀描寫的對象來敘述，猶如爲他人作傳一般，有意識把自己一分爲二，化主觀爲客觀而形成距離感。這樣的構思與創意，對小說，尤以自傳小說無疑地更富於啓發性。若以唐傳奇元稹的《鶯鶯傳》爲例，是一篇具有自傳性質的小說〔註 9〕。就其材料而言，是以眞人眞事舖排而成，用虛構的

〔註 8〕參見楊正潤《傳記文學史綱》（南京：江蘇教育出版社，1994 年 11 月第一版第一刷），頁 30。「自傳」的定義與內涵，研究者的意見紛歧，廖卓成先生《自傳文研究》（臺灣大學中國文學研究所博士論文，1992 年 6 月）對此情況以張瑞德、李有成先生等人的說法有作說明，其言：「自傳就是自述的傳記，這樣的定義雖然籠統，卻最有彈性、最易爲人接受。」將自傳的範圍定義於此，本文也基於此種認知，同意楊正潤先生對自傳的定義。

〔註 9〕汪辟疆《唐人小說・鶯鶯傳》中的按語說「至其傳中之所謂張生，宋人有疑爲張籍者。王銍、趙德麟并爲辨正，以張生爲元微之托名，微之諸本集詩歌，

筆法穿針引線的傳奇傳記小說。自傳誠如史家之筆，在追敘眞人實事時，仍須「忖之度之，以揣以摩，庶幾入情合理。」〔註 10〕但仍難免有虛構、失眞的地方。虛構筆法，實已更接近於小說，即所謂「傳記使用歷史家的技巧，自傳更加接近於小說」。〔註 11〕

「傳」或「記（紀）」命名多受史傳文學的影響，《浮生六記》名爲「六記」在體裁上應當受史傳文學相當大的影響。全書所記之事，按時間先後敘述，將大部分自傳都會或詳或略敘述的生世、祖籍以化整爲零的方式於作品中。而且文中沈復個人的事業或者畫作等等都未論及，如此的分題敘事，將一般自傳（或傳記）的寫作傳統顚覆，此爲其獨創處。然沈復仍吸收了史傳文學的成份，如家世多有年月日可尋，俞平伯因此得做《浮生六記》年表。李少雍談到小說與史傳文學之間的影響時，提出小說中「按時間順序記事」的體例，乃是吸收了紀傳體的文學養份：

> 世情小說《浮生六記》。作者一開始就說「余生乾隆癸未冬十一月二十有二日」，繼而又云「余年十三，隨母歸寧，……母亦愛其柔和，即脫金約指締姻焉，此乾隆乙未七月十六日也。」全書所記家庭細瑣之事，多有年月日可尋。俞平伯因此得做《浮生六記》年表。《年表》自乾隆二十八年起，至嘉慶十三年止，凡四十六年。……按照時間先後順序記事，逐處標明某人的生或死或種種生平際遇發生在某年某月某日，這是人物傳記特別是司馬遷所寫歷史人物傳記在體裁上的特色之一。〔註 12〕

及其年譜，皆與此傳相吻合。」其又在傳後的〈辨傳奇鶯鶯事〉一文中說：「則所謂傳奇者，蓋微之自敘，特假他姓以自避耳。」

〔註 10〕錢鍾書《管錐篇第一冊》（臺北：中華書局，1984 年版），頁 166。

〔註 11〕安東尼・M・弗蘭森編《傳記的新方向》，頁 94，轉引自楊正潤《傳記文學史綱》（南京：江蘇教育出版社，1994 年 11 月第一版第一刷），頁 33。

〔註 12〕在《史記》人物傳記體裁的影響下，古典小說形成了按時間先後順序記事的傳統特色。一般來說，它們並沒有西洋小說中常有的那種倒序。而且小說家們還常常把時間記得很具體、很明確，給讀者以強烈的歷史眞實感。其原因即在於他們受了把小說比附歷史的傳統觀念的支配，以「異史氏」自居，攀附正史的冀尾。而這種「正史」的體例，就是司馬遷所創造的人物傳記爲主的紀傳體。詳見李少雍《司馬遷傳記文學論稿》（重慶出版社，1987 年第一版第一刷），頁 135～138。齊益壽先生亦談到此種觀念：「《浮生六記》實作者的自傳。一般的自傳皆以時爲經，以事爲緯，略似《春秋》編年的體裁。而《浮生六記》則以事爲經，以時爲緯，將一生經歷，統括爲六個綱領，即所謂六沈復緣情而生文，將生平所經歷的過程之中，感受最深的往事，繫之於文字，故作品具有回憶錄的性質，但又不像日記體般逐日記事，而是採以事繫言的方式，將某年某月某日的事按時間順序記錄。雖受史傳文學人物傳記體裁的影響，但並未如同年譜、或傳統自傳般將家世條列出來，此亦爲作者匠心獨具之處。

若就自傳小說而言，沈復的一生在《浮生六記》有清楚的描述，他分別以「樂」、「趣」、「愁」、「快」、「歷」、「道」等六個主題來敘述一生，打破傳統自傳的敘述模式，以情節的安排集中取得更生動的效果。沈復第一人稱的敘述觀點，具備五四時期「自敘體」小說的概念存在，欲藉「我」去發現乾嘉之世的面貌以及反映當時封建制度的束縛。楊正潤先生提出對自傳小說的看法：

> 自傳小說是基本情節是眞實的，主要人物的性格和人物關係也是眞實的，作者只是對某些次要的情節和次要的人物進行調整，使情節的發展更爲緊湊，集中取得更生動的效果。（1994：33）

《浮生六記》歷來皆視爲是作者以散文式的筆法所寫的自傳性的筆記、小品文；然其雖以記實的手法創作，情節發展又不同於傳統的年譜。主要人物及次要人物的刻畫上，沈復是由文學家的角度去寫內心所欲表達的想法，如芸娘經作者妙筆生花的刻畫，神韻栩栩如生的展現在讀者面前。就結構而言，係作者以生平之回憶述說的主體，以事爲母題所構成的生平回憶，已具備小說的體例。

《浮生六記》雖具有回憶錄的性質，以傳記來講，應該寫自傳比寫別人的傳記清楚，因爲自己的事一一親歷，不需要再研究材料；事實上，在人物的寫作上講，因爲有各種的顧慮，似乎剛剛相反。作者巧妙運用筆記體的隨意與傳奇體的架構，描寫出小說化的生活細節之刻劃，雖「不自以爲在寫小說」卻自覺地虛構，力求眞實的境界。利用第一人稱來進行人物內心的情感流露，人物形象的塑造上靈活運用對話使人物更具有生命力。何滿子在以「長久被冷落的一顆明珠」一文中談到：

> 《浮生六記》的作者不自以爲在寫小說，而且他那樣的人生和愛情

記……各記分看則各自獨立，合看則俱爲一體之各個部分，其體裁頗似《史記》紀傳之體。」詳見《古今文選》新第三〇〇號（臺北：國語日報社，1973年7月27日），總頁1669。

> 體驗的自我表白，用第三人稱敘述法是會失去眞切和導致感情疏隔的，因此中國有了這樣一部唐以後久失墜的第一人稱敘述法的紀實小說。〔註 13〕

所謂「紀實小說（faction）」是結合事實（fact）和小說（fiction）兩字而成，消除或者模糊了虛實之間的界限〔註 14〕。文學是以人在日常生活中所組織出的一點一滴爲描寫的對象，倘若離開了人，文學也就沒有生命了。所以，小說須更客觀具體刻劃人物的際遇、生活環境及社會面。也就是說，任何稱爲小說的作品，那怕形式多簡短，也必須構成一個以上人物形象的畫面，一個完整的結構系統。

沈復以第一人稱的限制觀點，有結構的鋪排出他和芸娘的愛情與坎坷的一生。這種限制觀點的使用，在中國古代傳統文言小說中，雖有作品出現，但爲數不多，更何況是自傳性質的作品，在受傳統傳記文學的寫作影響則多以第三人稱的手法去創作，這是沈復爲新體裁所作的貢獻。我們再由六記的結構來看，此架構經過精心剪裁，在回憶的過程中運用小說的技巧進行組織，絕非生平的紀錄片，而是應用了文學中的想像去重構以往的記憶，是故現代學者更以「自傳小說」的定位來評論。緣此，我們試圖爲《浮生六記》的形式進行新的詮釋。

三、情眞、景眞、筆亦眞之「自傳小說」創作

潘近僧對《浮生六記》的題辭云：

> 是編合冒巢氏《影梅庵憶語》、方密之《物理小識》、李笠翁《一家言》、徐霞客《遊記》諸書，參錯貫通，如《五侯鯖》，如《群芳譜》，而緒不蕪雜，指極幽馨，綺懷可以不刪，感遇烏能自已，洵《離騷》之外篇，《雲仙》之續記。向來小說家標新立異，移步換移，後之作者幾於無可著筆。得此又樹之一幟。〔註 15〕

《浮生六記》在內容上以「余」從婚後至芸娘死去的夫妻生活爲小說的主軸，

〔註 13〕何滿子《中國愛情與兩性關係——中國小說研究》第五章〈《紅樓夢》以後的愛情小說〉（臺北：臺灣商務印書館，1994 年 4 月香港出版、1995 年 1 月臺灣初版第一次印刷），頁 191。

〔註 14〕此種新文類的產生，是由於美國大眾既熱中私人傳記、回憶錄、政治告白和「非虛構文類」等號稱眞有其事的出版社，卻又要求這些書讀來像小說一樣精彩生動。在雙重要求之下，所產生的新新文類。

〔註 15〕參見《足本浮生六記等五種》〈原題辭二〉，頁 12。

分「樂」、「趣」、「愁」、「快」等主題，將生平的經歷互相交錯而成。這樣的寫作方式已從史傳文學的紀傳體中另創一格，將過去的種種運用小說體重新安排、組織。潘近僧以爲「向來小說家標新立異，移步換移，後之作者幾於無可著筆。得此又樹之一幟」，所以沈復的創新使《浮生六記》成爲「筆記和傳奇的綜合體」、「神似『小品』實爲『小說』」的作品，以下由此角度進而界定《浮生六記》「自傳小說」的定位。

（一）筆記和傳奇的綜合體

沈復的《浮生六記》，明顯的告訴我們其以「記」的體例來作爲作品的骨架。首先，就「記」而言，已有記敘之意，吳納《文章辨體・記》類序《金石例》云：

> 『記者，紀事之文也。』西山云：『記以善敍事爲主。《禹貢》《顧命》，乃記之祖。後人作記，未免雜以議論。』後山亦曰：『退之作記，記其事耳；今之記，乃論也。』

「記」的字義解釋中有敘事的描述手法及作者的議論於其中，雖是指諸子的散文，《史記》本紀所運用各種藝術的方法，所創作出來具有人物傳記性質的「記」或者「紀」。就小說命名「記」而言含有敘事的成份於其中，我們若從徐師曾《文體明辨・紀事》類序的解釋中，可知「記（紀）」命名的散文或小說深受史官文化的影響：

> 按記事者，記志之別名，而野史之流也。古代史官掌記時事，而耳目所不逮者，往往遺焉。於是文人學士，遇有見聞，隨手記錄，或以備史官之采擇，或以稗史籍之遺亡，各雖不同，其爲紀事一也，故以紀事之。〔註 16〕

「記」同小說一樣始於稗官野史之流，附庸在史部之中。這裡便產生兩個問題：其一是「傳」「記」中的人物刻劃，是受司馬遷《史記》紀傳體的影響，而「記」以善敘事爲主，因此以記人記事爲內谷的人事雜記自唐宋以後日趨繁盛。其二則是因爲「文人學士，遇有見聞，隨手記錄」則成爲日後的筆記散文，於明末之際便演進爲小品文。這兩個問題是針對筆記、小品文的影響而探討，若就小說而言，「記」形式的短小、有議論，「殘叢雜語」的筆記小說便受其影響。

〔註 16〕〔明〕吳納〈文章辨體序說〉，頁 41。徐師曾〈文體明辨序說〉（臺北：長安出版社，1978 年 12 月初版），頁 145。

所謂「筆記體」為散行式文言體，即「無論記敘、議論、考據、辨證以及抒情志感等，信筆所至，無所不宜，內容與形式最為自由。所以從前的士大夫解職歸田或晚年倦於著作，多喜追述舊聞，以消暇日。宋人的不少雜記，往往非公餘瑣錄，即林下閒談。明清兩代談掌故、記時事之風較前益盛，至近代而不衰。」〔註 17〕「筆記」體歷史悠久，通行古今，凡在形式上不韻不駢的散行文言，在內容上或考據辨證、或歷史所聞的雜錄隨談、或野史雜說，都可以歸入「筆記」。筆記小說中「雜記體」小說則以平淡雋永的境界為上，此境界至宋代作家才強化了這藝術宗旨〔註 18〕。筆記體小說除了形式殘叢小語的篇幅之外，多用第一人稱的敘述觀點。沈復在書名上命為《六記》，且以第一人稱敘述觀點，抒發自己的情感，信筆所至，內容與形式自由的創作，符合筆記體的形式準則。然《浮生六記》又非考據辨證、歷史所聞的雜錄隨談或野史雜說，而是婚姻記實的個人自傳小說。不僅辭藻優美、情節完備，創作技巧方面更具備傳奇體小說的「傳奇精神」、「傳奇風格」的創作手法。

「傳奇體」即是指具備了「傳奇精神」與「傳奇風度」。「傳奇精神」，指的是一種浪漫情懷；而「傳奇風度」，指的是傳奇小說的才情和藻思。富於想像，文思婉轉〔註 19〕。故「傳奇體」即是小說體之意，作品以傳奇為骨，具有傳奇精神與傳奇風度的特色，注重才情與藻思，故產生大量以愛情與俠客為主題的故事，在敘述上則多以第三人稱為敘述觀點，對於古體文言小說影響深遠。《浮生六記》兼具了浪漫情懷與才情藻思，沈復對生命自由的推崇，行文散偶相結合。在人物的刻畫上、語言文字的運用，實富於想像與藻思，整體而言，內容方面具備了傳奇體的特色。無怪乎俞平伯譽之為：「妙肖不足奇，奇在全不著力得妙肖；韻秀不足異，異在韻秀以外竟無似物。儼如一塊

〔註 17〕劉葉秋《江庸〈趨庭隨筆〉》，見劉氏《古典小說筆記論叢》（南開大學出版社，1985 年版）。轉引自董乃斌《中國古典小說的文體獨立》，頁 156。

〔註 18〕劉葉秋《宋代筆記概述》，見劉氏《古典小說筆記論叢》（南開大學出版社，1985 年版）所說：「以唐宋人筆記比較來看，唐人筆記有時與傳奇難分界限，文字或仍為六朝駢麗之遺，稍見雕琢矜持之跡。宋人筆記，則公餘瑣記、林下閒談，大都信筆直書，於樸實自然中顯露文采，蔚成一代風格。所寫內容，也較唐人筆記涉及的範圍更廣。」轉引自董乃斌《中國古典小說的文體獨立》，頁 163。

〔註 19〕詳見陳文新《中國筆記小說史》（臺北：志一出版社，1995 年 3 月初版），頁 301。

美純水晶，只見晶瑩，不見襯露明瑩的顏色；只見精微，不見製作精微的痕跡。這所以不和尋常的日記相同而有重行付印，令其傳播的更久更遠的價值。」〔註20〕

《浮生六記》運用了第一人稱限知敘事敘述其生平，其篇幅短小以「六記」爲一整體且作品風格平淡雋永，「無所爲而作」的創作，就形式而言是比較偏於筆記體小說。但若由其六記的結構來看，這樣的架構是經過精心剪裁，在回憶的過程中運用小說的技巧進行組織，絕非生平的紀錄片。而是應用了文學中的想像去重構以往的記憶，過去的種種按照性質運用小說體重新安排，加以人物描寫與情節布局的巧奪天工，則又接近於傳奇體（即小說體），不同處在於傳奇體多用第三人稱的敘述筆法。縱而觀之，《浮生六記》吸收了二者的文學養份，雖近於筆記體的敘述，但作品骨幹實爲傳奇體之規範。

（二）神似「小品」實為「小說」

小說在晚明「性靈」思潮時已經由文學的邊緣地帶開始向中心移動，這是不少文人致力於提高小說的地位的結果，小說的地位也確實在逐步提高。此時小說不再只是「消閒」與「娛樂」之作用，個人抒情情志與創作技巧已有現代純文學的觀念。嘉慶年間，沈復運用類似李清照《金石錄後敘》、歸有光《項脊軒志》的筆法創作小說，故本小節所謂的小品則是以晚明性靈的小品文爲對照討論的對象。

晚明小品的創作起源於性靈文風的帶引，因此其富涵之「性情」特質，本來亦由性靈文人所提供之創作風格而來。就性靈文學思想而言，其核心爲表彰「性情」，以「性情」爲文藝創作之根由，在諸多性靈文論中，凡稱「情」、「情性」、「童心」、「性靈」、「元神」、「精神」或「性情」者，所指的意思皆無二致。全面性地提倡「性情」落實於語言文字，且蔚爲一股風潮者，則須等到公安、竟陵，在晚明小品的寫作中，才凸顯其中「本色獨造語」所指的眞實內涵。就「情」而言，表現於語相即是「本色」，故而強調因「情」而表露，袁中郎〈敘小修詩〉中說：

> 大都獨抒性靈，不拘格套，非從自己胸臆流出，不肯下筆。有時情與境會，頃刻千言，如水東注，令人奪魄。其間有佳處，亦有疵處，

〔註20〕參見《俞平伯散文雜論編》（上海：上海古籍出版社，1990年4月第一版第一刷），頁79。

佳處自不必言，即瑕處亦多本色獨造語。〔註21〕

性靈的抒寫內涵，在於呈現諧趣、韻遠、致逸、意妍、語不拖沓。然所謂「性靈」語，即是「性情語」，此爲晚明小品文學表現所宗。且這些內容的呈現，與晚明文人生活不可分離。因之，晚明小品爲文人生活感發之創作，其皆本諸「性情」。總之，「幾乎說『情』便包括了『韻』、『趣』，說『趣』亦不離乎『情』、『韻』」〔註22〕，至於偏、奇的特質，亦都由對「眞情」的強調而來。

小品散文刻劃人物主要重在表達作者對人物的主觀感受、寫個人主觀的感覺，對人物的刻劃只是就作者個人主體感受的某一點特徵或某個生活片段進行勾勒。且不注重故事情節而講究眞實自然、追求情調意境的散文結構，即所謂「形散神不散」。如明歸有光〈項脊軒志〉，以項脊軒（即作者的書齋名）的變化爲線索，著重寫家庭的興衰、人事的變遷，以及對已去世的祖母、母親和妻子深情的回憶。回憶中反映出夫妻恩愛的生活樂趣，從而抒發自己對亡妻的懷念之情。全文樸實自然，語短情深。在人物的刻劃上捕捉人物最有特徵的形神風貌和最有典型意義的生活場景進行白描，表達出作者某種特定的主體情感。文章講求平淡雋永的風格，但不注重故事情節。其創作手法，便純爲敘述、描繪，在文辭及遣字意義上，表現出作者的觀點及看法。不像小說那樣旨在刻劃人物的性格，記錄人物的生活、命運的歷程，把人物放在性格的衝突中、複雜的情節中進行藝術塑造。

沈復以第一人稱的敘述手法，描寫出他和芸娘之間的夫妻生活。以六記（其中五、六兩記爲僞作）組成《浮生六記》，每記形式篇幅皆以短小見長，充滿性靈小品的神韻。因此，《浮生六記》的文類長久以來都被當成自傳性的筆記、小品文，或日記體看待。其回憶與懺悔性質的晚明小品文，亦是眞性情表現的方式之一。晚明小品文大家張岱《陶庵夢憶》的自序與「自爲墓誌銘」，以條列方式陳列出自己的一生，如：

> 蜀人張岱，陶庵其號也。少爲紈褲子弟，極愛繁華。好精舍、好美婢、好孌童、好鮮衣、好美食、好駿馬、……年至五十，國破家亡，避跡山居，所存者破床碎几、折鼎病琴，與殘書數帙、缺硯一方而已。

〔註21〕參見《袁中郎全集》（臺北：世界書局，1964年2月初版），頁5。
〔註22〕陳少棠《晚明小品論析》（香港：波文書局，1981年2月初版），頁18。

> 初字宗，人稱石公，即字石公。好著書，其所成者有《石匱書》、《張氏家譜》、《義烈傳》、《琅環文集》……。生於萬曆丁酉八月二十五日卯時，魯國相大滌翁之樹子也。母曰陶宜人。〔註23〕

其文雖和《浮生六記》同具回憶的性質，然沈復更加突顯的是以事連貫成六記，構成一完整的文學結構，不似張岱以傳統紀傳體條列式的寫法，陳列出自己的一生。故沈復的寫法絕非小品文的寫法，而是具有情節的小說形式作品。

《浮生六記》的筆觸雖近於小品散文，卻又不石於小品散文的筆法與意圖。小說的散文性、敘事性與散文所不同是：小說主要是通過塑造人物形象和描摩社會生活下，來表現主體的審美情感、審美判斷和審美理想。小說實際上是作者審美情感的統治下，重鑄了一個現實世界。這個重鑄的藝術世界是虛構的又是眞實的，運用環境和人事構築起來的藝術世界，滲透了作者的審美情感，是運用從生活中提煉出來的材料，按照生活的邏輯創照出來的生活〔註24〕。小說與小品散文最大差異點即在於作品是否具有小說美學，不論是情節的舖陳，抑是結構的緊湊與否。沈復不自覺的以小說的方式在創作，前四記每篇所描寫的重點不同，有夫妻的閨房之樂，有親朋好友的交游逸趣，有生離死別的窮愁悲苦，有浪遊山水名勝的樂事，貫穿整篇的中心人物和故事，是夫妻兩人生活中的閒情逸趣、生離死別之苦，同時也表現出清中葉時文人雅士的生活美學。吳志達《中國文言小說史》曾有著如此的評價：

> 沈復的《浮生六記》，自傳性更加明確，但仍不失爲優秀的文言小說。其故事之委婉曲折，形象之鮮明，情致之動人，比它以前的同類作品，有過之而無不及。〔註25〕

《浮生六記》不但在小說美學方面具有「故事之委婉曲折，形象之鮮明，情致之動人」的特色，亦反映清中葉社會的制度面及生活情景。此外，沈復更以

〔註23〕張岱〈自爲墓誌銘〉（臺北：金楓出版社，1986年12月初版），頁129～131。

〔註24〕陸志平、吳功正《小說美學》（臺北：五南出版社，1993年11月初版一刷），頁13。

〔註25〕詳見吳志達《中國文言史》（山東：齊魯書社，1994年9月第一版第一刷），頁809。吳志達本書的特殊之處在於特闢「自傳體文言小說《浮生六記》」一節，但卻未能有深入的探討，因此對於這種遺憾，本論文將其擴展爲論文來討論。鄭明娳亦談到：「自傳式小說常有許多片斷的散文小品出現，例如沈復「浮生六記」。」《現代散文類型論》（臺北：大安山版社，1987年2月第一版第一刷、1992年5月第二版第二刷），頁10。

平淡之筆端舖設動人的故事，就傳統文學而言是極少見的婚姻記實的作品。

《浮生六記》運用小品散文的寫作技巧在經營小說整體的表現，楊昌年《現代散文新風貌》談到了小說與散文的不同，提到「小說在表現形式上，它關切的是，作者透過文字理念及情節舖展等等，是不是可以表現出一個完整的結構；所以，在形式的要求上，小說不能只光只有一個點的展現，它必須要經由設計及架構，來完成一篇有情節，或有故事性，甚至帶有節奏性的完整作品。」〔註 26〕沈復的作品於平淡樸實中表現出夫妻眞摯情篤，雖然篇幅短小、粗略，但在結構上並不採用傳統的自傳寫法，而是將生平的一切化整爲零的融合在六記之中，完整架構出小說基本的形式與情節，雖然只有六記，但事實上每記可獨立爲一篇小故事，組織起來則成爲一部有情節、故事性的小說。因此，我們以「自傳小說」次文類的概念視「它是小說世界久被冷落的遺珠」。〔註 27〕

本節主要在釐清《浮生六記》文類界定的範疇。在文類界定的問題方面，《浮生六記》以自傳的方式撰寫其一生的回憶，然其筆記近於性靈小品的文字，卻在結構以事爲經、以時爲緯，巧妙地安排出六記，雖名爲「記」，又具有小說美學。故以自傳小說的概念重新省視《浮生六記》，從史傳文學與自傳、小說的關係作一初步判斷，進一步從筆記體小說與傳奇體小說方面與晚明「性靈」小品文析分，以見清中葉時期自傳小說《浮生六記》在傳統文學中所具備小說美學的藝術內涵。本節的論述中，在時間順序上、內容次序上容或有所交叉的經緯線，並不呈「斷代」的方式，難免有所交疊與重覆，而這樣的交疊用意主要是將《浮生六記》文類上加以界定，以「自傳小說」的文類觀加以整合，這樣的文類雖情節單純、敘述手法並未有純熟的技巧，就清中葉時期的作品而言已有小說改革的意識。

貳、《浮生六記》的藝術形式美

清中葉沈復以第一人稱「余」的寫法構成六記，就中國自傳的書寫傳統

〔註 26〕楊昌年《現代散文新風貌》（臺北：東大圖書公司，1988 年 2 月初版、1993 年 3 月再版），頁 129～130。

〔註 27〕何滿子《中國愛情與兩性關係——中國小說研究》第五章〈《紅樓夢》以後的愛情小說〉（臺北：臺灣商務印書館，1994 年 4 月香港出版、1995 年 1 月臺灣初版第一次印刷），頁 187。

而言，《浮生六記》的寫法之獨特即在於此：以第一人稱「余」的敘述觀點，成就《浮生六記》。若以文學史的發展來看，它的特殊處在於突破中國文言小說與自傳的全知敘述觀點〔註 28〕。故本文針對此特色的部分予以討論，並試著詮釋它們在《浮生六記》小說形式建構上的意義，並不打算對所有的形式技巧進行通盤的整理與分析。因此討論的重點放在敘事觀點、結構舖排與語言文字等三方面。

整體而言，沈復的作品在形式上彰顯了既新且舊的文學特色。在新的方面，他以新形式的嘗試——將自傳以小說體的方式寫作；舊的方面，則有古代傳統文學寫法的繼承。在舊傳統與新型態之間，嘗試努力新文體，預告中國小說變革與新文體的開端。繼上一節分析《浮生六記》對於傳統文學養份的吸收與所作的改變，我們將新舊傳承的關係釐清後，本章節則進一步探討《浮生六記》作品中的「我」，作者寫作上的創意，具備何種前瞻性？以及作

〔註 28〕文言小說的敘事方式在古代皆爲全知觀點，但這不等於中國古代小說全都採用全知敘事的方法。從唐傳奇到明清筆記小說，我們發現亦有不少採用限知敘事的例子。如唐傳奇中第一人稱敘述的作品有：唐傳奇發軔期的名作之一張鷟的《游仙窟》，篇首說：「仆從汧隴，奉使河源」，「仆」是第一人稱自謙的說法，以後全用「余」的口吻來敘述。採用了第一人稱限制敘事的賦作形式，以鋪張見長，情節進展遲緩。其它不用賦體的第一人稱限制敘事之作更多，如王度《古鏡記》，則以王度的口吻敘述，文中對話則以「我」爲觀點。李公佐《謝小娥傳》同《古鏡記》一般，文中小娥的自白部份爲「我」、「余」第一人稱。白行簡《三夢記》之二，以「予」的口吻與其兄同遊曲江之事。韋瓘《周秦行記》，篇首寫道：「余眞元中舉進士落第，歸宛葉間」以後全用「余」的口吻來敘述所見所聞及自己的言行。沈亞之《秦夢記》敘述自己「晝夢入秦」之事，文中雖不用「余」字，但以「亞之」自稱。《薛偉》（出《續玄怪錄》），亦利用「我」、「予」。可當作自己本人的自傳爲元稹《鶯鶯傳》，爲作者假托張生之名。明清時期筆記小說作品的數量，如雨後春筍般地叢生。這時期的文人採用第一人稱爲敘述觀點的作品亦有數量上明顯的增加，有：明・芙蓉夫人輯、情癡子批校的《癡婆子傳》，其特殊處在於作者利用第一人稱倒敘的敘述方式。董妃的《東游記異》、王綽的《看花述異》、徐瑎的《會仙記》、史震林的《西青散記》、焦東周生的《揚州夢》、冒襄的《影梅庵憶語》、陳裴之的《香畹樓憶語》、蔣坦的《秋燈瑣憶》、余懷的《板橋雜記》、沈復的《浮生六記》皆以「予」「余」的口吻敘述，這種敘述觀點只限於自己的視野之內，已突破唐傳奇第三人稱限制的觀點。且第一人稱限知觀點在傳統文學中，較多使用於短篇的文言小說中。詳參陳平原《中國小說敘事模式的轉變》第三章〈中國小說敘事角度的轉變〉，頁 63～104。此外，明清代時期同具回憶性質作品的出現，根據《歷代筆記小說集成・清代筆記小說》的選錄中，作品有明顯增多。所不同的在於沈復利用第一人稱，將自己的一生經歷以小說的形式來創作。

品運用的文學技巧在形式上所表現的美學風貌，皆是本章節針對《浮生六記》的藝術形式美〔註29〕所進行探討的問題。

一、《浮生六記》的形式藝術表現

所謂的「形式」包括章法結構、情節設計、人物塑造、敘事手法、修辭技巧等有關小說的藝術形式或技巧。《浮生六記》既爲自傳小說，其在形式上一定有著特殊的特色。以下我們由自傳文體中作者的出現與限制角度技巧的使用，來看其藝術形式的表現。

（一）自傳小說中的「奇葩」

清乾嘉年間，文人兼畫家的沈復所創作的《浮生六記》是一部動人的自傳小說，〈閨房記樂〉開頭第一段云：

> 所愧少年失學，稍識之無，不過記其實情實事而已。若必考訂其文法，是責明于垢鑑矣。〔註30〕

沈復以第一人稱的敘述方式帶出自己的一生，這是整部《浮生六記》在形式上的獨特處。中國早期的自傳，用第一人稱的並不多，尤其是史傳，絕大多數都是用「無我的」第三人稱敘述。在郭登峰《歷代自敘傳文鈔》中所收錄的自傳中（參見附錄三——「自傳」一類），這些作品多用史傳第三人稱的敘述觀點。爲了保持傳記的客觀性，用「我」、「吾」等第一人稱的敘述方式不多。直至明代才漸有使用「吾」自稱的作品。《浮生六記》不僅運用第一人稱的限制觀點，突破傳統自傳的全知敘事（此指大多數的自傳文），連寫法亦不按照傳統自傳的家譜式寫法，連芸娘個人的家世背景亦入其中，傳統自傳的內容，女性通常無立傳的份量，沈復「凡事喜獨出己見，不屑隨人是非」的個性，寫作的價值取向亦是如此。

傳記、自傳、日記、回憶雖然各其有創作原因，共通處在於皆由作者自述回憶（不管是他人或自己）。「傳」「記」散文倘若沒有文學性，無異成爲流

〔註29〕所謂的「藝術形式美」，是中國古典美學的看法，以爲眞正的藝術形式美，不是在於突出藝術形式本身的美，而是在於通過藝術形式把藝術意境、藝術典型突顯出來。對於藝術形式美的觀念，葉朗先生以爲藝術形式美的目的不是追求筆墨字句本身形式美的突出，而是追求整個藝術意境的完滿表現。參見葉朗《小說美學》（1978），頁43～49。本章節所探討的「藝術形式美」則是基於這樣的概念下對《浮生六記》進行美學角度的分析。

〔註30〕同註1，頁1。

水帳式起居注，正史中的帝王本紀就有著此弊端存在〔註 31〕。故「一個眞實的材料，倘不經藝術化，則傳之記之的結果，終不過是材料而不能傳神。」〔註 32〕也就是說，純文學觀念的日趨成熟，是以創作者能否駕馭想像力，善用文學技巧所組織出的文字爲判斷準則。因此，傳記文學須在求眞求美、史學與文學的雙重標準下作判斷。但人的記憶以文字方式呈現則會有失眞的現象，如史家在追述眞人實事時，「忖之度之，以揣以摩」，仍難免有虛構、失眞的地方。自傳的作者是以記憶的方式，呈現自己一生事蹟，如此便會有失眞、虛構的成份。赫伯特·史本塞（Herbert Spencer）以爲在我們的一生之中，記憶力會遺棄、加強、省略以及改變事實，其言：

> 一位傳記作家，或一位自傳作者，不得不從自己的敘述之中省去日常生活的平凡事情，幾乎完全只限於明顯的事件、行爲、以及特性。如果不這樣，就需要卷帙浩繁的篇幅來容納，而寫作和閱讀這樣的篇幅也是不可能的。但，生活中平凡的部份卻是主角和其他人的生活所共同具有的極大部份，如省略這部份，只敘說顯著的事物，結果就使人認爲他的生活和其他人不同，但實際上並不如此。這個缺陷是不可避免的。〔註 33〕

作家會選擇生活中眞實材料進行重新的組織與編排，而這樣文學創作的舉動就已加入虛構的成份存在。也就是說文學作品在眞實與虛構之間本有著難以劃分、釐清的部份。故就《浮生六記》而言，其文筆敘述之簡潔，情感之眞

〔註 31〕《隋書經籍志》卷二（臺北：中華書局，頁 49）：《起居注》者，錄記人君言行動止之事。《春秋傳》曰：君舉必書，書而不法，後嗣可觀？《周官》，內史掌王之，遂書其副而藏之，是其職也。漢武帝有禁中《起居注》，後漢明德馬后撰《明帝起居注》。然則漢時起居似在宮中，爲女史之職。然皆零落，不可復知。今之存者，有漢獻帝及晉代已來《起居注》，皆近侍之臣所錄。晉時又得《汲冢書》，有《穆天子傳》，體制與今起居正同。蓋周時內史所記王命之副也。近代已來，別有其職，事在《百官志》。

〔註 32〕王夢鷗〈傳記·小說·文學〉：在古代不太分別材料價值與藝術價值，往往把材料與藝術混爲一談。因此它們追求良好的傳記，必找有「藝術價值」的眞實材料，亦即所謂可歌可泣的人與事。重寫《唐書》傳記的歐陽修，在其《集古錄唐田布碑》之〈跋〉尾上說，像田布其人其事，至爲壯烈，可惜作者庾承宣沒有左丘明、司馬遷那樣的文筆替他傳神，遂使其人其事汨沒不彰。引申他的意思實即是說：一個眞實的材料，倘不經藝術化，則傳之記之的結果，終不過是材料而不能傳神。收於《什麼是傳記文學》（1985），頁 80。

〔註 33〕安德烈·莫洛亞，陳蒼多譯《傳記面面觀》（臺灣：商務印書館，1986 年 12 月初版），頁 121。

摯，雖言「記其實情實事」，其生平在作者的創作中實已被敘述加工〔註34〕。這意謂著沈復在創作時的態度是以藝術家的視野出發，以小說美學爲創作的觀點，在自傳小說中可說是「奇葩」，我們可分別由篇幅及內容來檢視。

以《浮生六記》的篇數而言，若就中國古代的自傳，大多爲短篇且不足以成冊，除了早期幾篇附於著作的自序之外，清代之前少有幾千字的自傳，僅有《法顯傳》〔註35〕，然所記生平略少。直到清乾嘉年間沈復的《浮生六記》將自己的生平全面性的回顧，尤其是夫妻的生活細節上之敘述，更是不可能出現在古代的自傳當中。直至清末，也沒有再出現過類似這麼長篇的分題敘述自己生平之事的自傳。作品創新之處，在於沈復之前的自傳雖然也有描寫閒情或遊歷的，卻未曾有自傳像他一樣的分題處理，更不會把夫妻生活放在作品最顯著的位置，而不注重個人的功業。

再就自傳的寫作內容而言，《浮生六記》可說另創一格，專記別人所不記之事。沈復在卷一時便先介紹芸娘的家庭背景以及她的性情、喜好，而歷來自傳對於妻子，絕大部分只記其姓、其父爲誰，如呂坤自撰的墓誌銘記錄了女兒的名字，甚至還記錄了媳婦的姓名，但對於妻子卻只說她的姓。歷來自傳並不記夫妻之事，甚至史傳或文集之中的傳記，有絕少記載夫妻之愛的。若有提到，亦僅是寫其婦德的一面，夫妻情愛的細節是只有在豔情小說中才會出現的。何況沈復寫作多在清中葉時期，當時社會風氣仍是有濃厚的封建氣息，兩人的閨房生活內容敢如此公開，實爲自傳小說中的「奇葩」。

（二）記憶與書寫——《浮生六記》的寫作策略

《浮生六記》運用第一人稱敘述法敘述全書，作者利用自身的記憶去模擬（是指選擇記憶，以書面來進行架構出作品整體）出一個世界在讀者面

〔註34〕沈復以敘述者「我」扮演了眞實性的角色，但眞實作者與敘述者以敘述學的觀點而言是兩個不同的概念，作者是生活在現實世界的人，敘述者則是作者想像的出來的代言人。所以在「書面敘述中，敘述者只是一個敘述學上的功能，一個『紙面上的存在』。是作者『偷聽』到這個敘述者講的故事，寫到紙上成爲敘述文本。實際上這個敘述者是作者創造的作品中的一個人物，一個特殊的人物。」自傳作者的「敘述我」、「記憶我」、「文本我」一直是近來敘事學研究的重點之一，其牽涉的虛構與眞實的問題，並非本文所討論的重點，故在此不以此觀點加入討論之中，只藉用書寫虛構中的記憶選擇的觀念，來予以釐清說明自傳小說的特色。

〔註35〕《法顯傳》又稱《佛國傳》、《歷遊天竺記傳》等等不同的名稱，其實都是同書異名。此書多記佛祖遺跡的傳說，記自己的事不多。

前，並且使這一敘事法和小說產生內在互動性的結構關係，決定了小說的主題趨向。在敘述手法上有一個技巧性的運用可以說是別開生面，傳統的小說中從來沒有充分臻至的，那就是用第一人稱「余」為敘事觀點來演述故事，從唐傳奇至明清筆記小說，雖有作品以第一人稱為創作手法，但並非是作者本人的經歷。如唐・元稹《鶯鶯傳》雖可視為元稹個人的自傳，但其卻以張生之口吻為敘述者，並非以第一人稱「我」的手法；事實上，在各種敘事法中第一人稱「我」的敘事運用，看似單純，其實是變化多端的。韋勒克的「文學論」就曾經說過：「用第一人稱講述一個故事，是一種較值得慎重斟酌的方法。」〔註 36〕言下之意，「我」的敘事法之運用得當，可考驗出作者筆下之真章。

《浮生六記》中沈復以作者兼敘述者的身份，將個人身邊的瑣事、喜怒哀樂，其一生的經歷透過文本中的「余」來表現。繼李清照〈金石錄後序〉與歸有光〈項脊軒志〉之寫作傳統描寫夫妻婚後的家庭生活，採用回憶的方式展開書寫。作品中沈復、芸娘在生活中的點點滴滴活躍於紙上，如〈閨房記樂〉中二人在交換讀書心得時其對話充份顯現了夫妻之間的默契，一切盡在不言中恩愛之情則洋溢於紙上，其言：

> 余曰：「唐以詩取士，而詩之宗匠必推李、杜。卿愛宗何人？」芸發議曰：「杜詩錘鍊精純，李詩瀟灑落拓；與其學杜之森嚴，不如學李之活潑。」余曰：「工部為詩家之大成，學者多宗之，卿獨取李，何也？」芸曰：「格律謹嚴，詞旨老當，誠杜所獨擅；但李詩宛如姑射仙子，有一種落花流水之趣，令人可愛。非杜亞于李，不過妾之私心宗杜心淺，愛李心深。」余笑曰：「初不料陳淑珍乃李青蓮知己。」……余笑曰：「異哉！李太白是知己，白樂天是啓蒙師，余適字三白為卿婿；卿與『白』字何其有緣耶？」芸笑曰：「白字有緣，將來恐白字連篇耳。」相與大笑。（1992：4）

作者以細膩的文筆刻畫出生舌的瑣碎對話，利用「余」的觀點來進行描述，這樣的方式透過文學語言——「求美」為媒界，繪畫出一副人人所羨的鴛鴦圖。由於作為主角的敘述者是故事圍繞的中心，完全參與到故事的事件之中，不可能像作為全知觀點的敘述，能有全面性的掌握。故第一人稱視角的使用，對於其視野完全受限在故事中心人物自己的思想、情感和感覺之內的自傳小

〔註 36〕韋勒克・華倫・王夢鷗、許國衡譯，《文學論——文學研究方法論》（1985）。

說是最貼切。

所謂的「視角」是指敘述者或人物與敘事文中的事件相對應的位置或狀態，或者說，敘述者或人物從什麼角度觀察故事〔註 37〕。透過這樣觀點上的運用，主要是敘述者在講述故事時從什麼位置來講述，這種視角的敘述方式，優點即是以目擊者的身歷其境的感受，增加主觀抒情性和藝術描繪的眞實性。如〈閒情記趣〉中云：

> 余閒居，案頭瓶花不絕。芸曰：「子之插花，能備風、晴、雨、露，可謂精妙入神，而畫中有艸蟲一法，盍仿而效之。」余曰：「蟲躑躅不受制，焉能仿效？」芸曰：「有一法，恐作俑罪過耳。」余曰：「試言之。」曰：「蟲死色不死，覓螳螂、蟬、蝶之屬，以針刺死，用細絲扣蟲項繫草間，整其足，或抱梗，或踏葉，宛然如生，不亦善乎？」余喜，如其法行之，見者無不稱絕。求之閨中，今恐未必有此會心者矣。（1992：19）

這段的描寫中，沈復自我的形象與芸娘性靈的形象十分鮮明突出。所以沈復則以限制敘事中內視角的敘述為其敘述觀點，這樣寫作技巧的運用，易於見出作者的認知情感及價值取向，故抒情性的作品若以第一人稱的敘述觀點，是更利於敘述者的主觀抒情。

沈復透過第一人稱的限知觀點進行記憶和芸娘生活的點點滴滴，故書中沈、芸的故事是呈現完全主觀的展現，沈復把記憶中情景、感覺、思想和感情記錄下來，我們可以說沈復將第一人稱的手法運用在創作之內是有他的創見。陳平原《中國小說敘事模式的轉變》談到對第一人稱的作用時，他認為：

> 第一人稱僅僅依靠「講述」這一動作就容易使主人公故事具有整體感，這無疑是一種容易取巧的結構方法。他的經歷也許並非顯得合乎邏輯地藝術地聯結在一起，但起碼由於所有部份都屬於同一個人這種一致性，而使這一部份跟其他部份連接起來。……第一人稱將一個不連貫的、框架的故事聚合在一起，勉強使它成爲一個整體。（1990：75）
>
> 以敘述者的主觀感受來安排故事發展的節奏，並決定敘事的輕重緩急，這樣，第一人稱敘事小說才眞正的擺脫「故事」的束縛，得以

〔註 37〕視角亦有譯成視點，詳見胡亞敏《敘事學》（1994），頁 19。

> 突出作家的審美經驗。而當作家拋棄完整的故事，不是以情節線而是以「情緒線」來組織小說時，第一人稱敘事方式更體現其魅力。（1990：87）

所以沈復以「余」的限制視角的手法，安排以六記的方式將敘述者生平時間列出，這是沈復「審美經驗」的實踐。因此，綜合各記可對沈復其人一生之感情經歷與生命歷程中的坎坷有一全面性了瞭。

沈復精于剪裁，精于細節描寫、環境渲染，以平淡出之，文學價值極高。《浮生六記》突破傳統自傳的敘事格套，作者意識到寫作的方法可以利用第一人稱的選擇，雖作者無心立異，卻有不同於自傳的自序、筆記的議論、小品散文的抒情，寫作上的藝術考量代表著作者的寫作企圖，成功的以自傳小說的方式塑造出自己的一生。《浮生六記》以第一人稱限制視角觀點的文學技巧，可說是現代小說主體意識的先鋒者之一，創作技巧雖仍不純熟，但已為現代文學中新文類的來臨作了預言。

《浮生六記》的問世，對於小說發展的進程而言是一種肯定，雖然在三○年代時受到五四運動的影響，才得到世人重新論定，但這些都無損其在文學或學術上的貢獻。沈復採回憶的觀點，以第一人稱的敘述方式來勾勒作品全貌，利用「余」的敘事觀點，讓故事有一雙實在的「見事眼睛」〔註 38〕。另一方面，「這故事因為是以一個所知能力受外在情境限制的『我』所呈述的，因而它的實情是一步一步依據『我』所獲知訊息先後而逐次揭露；可見『我』的敘事觀點如何決定了這篇故事的敘述結構（形式結構），而故事的敘述結構實際上也就是作品的思想結構。」〔註 39〕透過上述的分析，我們得到一個重

〔註 38〕胡菊人先生「小說技巧」書中用詞。轉引自樂蘅軍《意志與命運——中國古典小說世界觀綜論》〈臺靜農先生小說中「我」的影像〉（1992），頁 388。王夢鷗〈傳記・小說・文學〉中亦談到傳記家與小說家的關係（收於《什麼是傳記文學》，1985 年，頁 87）所言：「小說家往往注目於這一片段的『時代性』或『社會相』，他的視野是概括的、綜覽的，所以他所傳記的人物是兼攝那個時代那個社會人人所具有的性格特徵。換言之，小說之被寫體，往往是大眾，雖然他只是頂著一個人的姓名。因此，這個某人的生活面，卻顯出同一時代同一社會的人人共有生活面。這在傳記文學方面，毋寧說是反其道而行：他要在全體之中透露個人，傳記的眞實性亦即在乎那個人並不預謀代表那一時代或那一社會，他越安份地寫出他是那種經緯中的一絲一線，似乎就越脫離虛構（fiction），亦即小說的性質。」

〔註 39〕樂蘅軍《意志與命運——中國古典小說世界觀綜論》〈臺靜農先生小說中「我」的影像〉（1992），頁 388。

要的結論：《浮生六記》這部小說的真正故事架構不僅是沈復和芸娘這對夫妻兩人恩愛的甜蜜生活，更用「我」向世間曉示一個被人忽略的悲情人生以及清中葉時的社會現象面。

嘉慶年間的小說變革中缺乏了晚清時期那種將小說當作改造社會的使命意識，這一時期的小說也大多與政治無關，較少作爲教化工具。而且這一時期的小說變革完全沒有受到西方外來小說的影響，也不是由外在的人爲因素催化而成的，它可說是小說自身發展的產物。袁進《中國小說的近代變革》對這種現象分析：

> 中國小說的變革這時已經存在著兩個方向，一是按造小說自身的藝術面貌加以豐富與發展，深化其表現人生的藝術內涵與方式，一是向傳統價值觀念認同，以求按造傳統價值觀念的改造來提高小說的地位。〔註40〕

乾慶年間，沈復已經運用類似李清照《金石錄後敘》、歸有光《項脊軒志》的題材內容創作，文學移動的步伐是相當緩慢的，距離文學的中心還有一段距離，因而還不足以改變鄙視小說的社會觀念。

《浮生六記》以自傳式的結構，分題爲記而成冊，若就沈復所描寫的內容來看，有許多文字是不可能出現在自傳之中，如本只會出現在豔情小說中的閨房之樂，沈復卻公開呈現自傳作者，此顯示著沈復有著新穎的想法。但若就文學觀念與技巧而言，從結構、人物形象以及第一人稱限制觀點的安排與使用，沈復實已具有現代文學的眼光與精神。這整體上的轉化皆暗示著清中葉已有文人領悟到小說的面貌可以在豐富與發展，可以更深化表現人生的藝術內涵與方式，將題材更真實的接近生活。因此，就整個傳統文學的價值觀念而言，《浮生六記》是具有前瞻性的作品。

二、《浮生六記》的美學風貌

小說是作者精心創作出來的藝術品，故小說美學即從各個不同的角度，如哲學、心理學、社會學，來分析小說藝術的本質、分析小說創作和欣賞中的各種因素與特徵。沈復在晚年（1808）時寫下的《浮生六記》，若就結構而言，他將生平的種種與和芸娘共同生活的二十三年中記憶，化整爲零的分成「樂」、「趣」、「愁」、「快」等幾個主題爲寫作的主軸，突破傳統記傳體的寫

〔註40〕袁進《中國小說的近代變革》（1992），頁17。

作方式，而改以事爲題，以時爲緯的結構，此乃沈復以藝術家的審美觀念，基於藝術美學的評量，而採此創作，也就是說，是創作主體對生活的認識在審美中進行。

藝術「來自現實生活，從現實生活中獲得堅實的基礎」〔註 41〕。藝術品是由生活中擷取、淬鍊出來的精華，是審美化的生活所產生出來的作品。這樣把生活的眞實化爲藝術的眞實，是小說家對生活現象審美經驗的再現。故藝術的眞實是經過選擇的眞實，不是生活中所有事物都可以成爲小說可以表現的對象。如吳功正先生所言：「小說家對生活中的現象的審美發掘，是對生活中各種制約著事物進程的關係的審美把握，是對生活的邏輯及其在生活邏輯中所表現出的發展趨勢的忠實。」〔註 42〕沈復與芸娘「鴻案相庄廿十有三年」中，一對恩愛的夫妻可記之事，應不啻百千，而作者只選取其中細節，來加以精雕細琢而極富表現力，此即循著生活的邏輯將生活的眞實化爲藝術的眞實。繼上節從藝術形式的分析去解讀《浮生六記》，本節再由美學風貌的角度去探討《浮生六記》在小說藝術上的特色。

（一）完整的抒情氛圍——小說語境的「物」「意」相合

沈復晚年鑑於「不記之筆墨，未免有辜負彼蒼之厚」之感，將一生經歷分成「樂」、「趣」、「愁」、「快」等幾個主題來寫作。訴諸筆端，則文情哀婉，即使在浪游記快之時，也有淡淡的感傷情緒於其中。因爲往日愈是歡喜、快樂，但親蜜伴侶芸娘已不在人世，就愈引發作者的感傷，進而勾起舊時種種的回憶。故作者寫作之時，已經歷了人生的大風大浪，人生百態了然於心，所以不論是記樂或記愁，作者都以一種平淡冷靜的筆調鋪排著。在這平淡的敘述中，隱藏著他多少的感情，這種寫作筆法，讀來能和書中人物感同身受而更加悲切。葉朗先生在對張竹坡的小說美學觀談到作家的生活基礎時，其云：

> 「入世」，是在人生的經歷中對於人生的探索，是在人情世故的探索，是在人和人的關係的經歷中對於人和人的關係的探索。你要爲

〔註 41〕歌德《談話錄》（人民文學出版社，1978 年版），頁 6。轉引自吳功正《小說美學》（1987），頁 49。

〔註 42〕因爲作家對生活實際的把握和理解，永遠是從個別的開始，進而去反覆體驗，在體驗中深化，進而又回歸到個別上來。這種體驗需要在主體宏觀眼光下的掃瞄下對對象的審美內涵的發掘。參見吳功正《小說美學》（1987），頁 59。

> 各種各樣的活生生的人物摹寫，你要曲盡人情，你就要「入世」，就要對患難窮愁的人情世故有親身的經歷。〔註 43〕

而沈復在「曲盡人情世態」的經歷之下，摹寫出栩栩如生的人物形象與人我往來。就整體而言，作者塑造出一個完整的抒情氛圍，在整體情感的流露效果上達到了「欲抑則揚、欲隱則顯」小說美學的藝術效果。

所謂「抒情的氛圍」，是針對《浮生六記》本身主要的意蘊主旨作探討。意蘊主旨是作品內在的靈魂，它表現了作者的審美觀與作品的藝術價值與審美意義。因爲它是作品的中心靈魂，作品的優與劣、成功與否全是評價與此，而《浮生六記》之所以感人，乃在於作者透過與芸娘相處的二十三年間生活中的相知相惜至翁姑失歡後的生離死別所架構出的一部自傳小說，眞切感人。作者能從生活中提煉，將藝術的審美思想融於人物形象中，人物的「樂」與「愁」可說是作者親身感悟和體驗的生活智慧，是一種經過藝術化的表現，若此，作品便具有豐富的社會價值與美學價值。就作品本身而言，這樣的情感，貫通整體，通篇的情緒流露，不論歡喜或悲哀、快樂或無奈，籠罩在細細的哀傷情感中；對讀者而言，能夠震撼人心，引人心有悽悽焉，這些都是作者獨特的審美發現。此亦是作者將言言文字靈活的與心中所欲傳達的想法成功的配合，「物合」與「意合」二者相合的小說語境，使得作品整體而言，從頭至尾營建了一個淡淡的哀愁，並無特別強調人生中生離死別的哀傷情緒，故言具有「完整的抒情氛圍」。

「物合」是指語境與小說世界二者相合。「意合」是指書面的語境與作者心中的語境相合，讀者看到的小說就是作者心中世界的書面形式。既與物合又與意合的小說語境，才能使讀者進入得意忘言的境界〔註 44〕。我們從作者

〔註 43〕葉朗先生以爲張竹坡在《金瓶梅讀法》中談到：「作《金瓶》者，必曾于患難窮愁人情世故，一一經歷，入世最深，方能爲衆腳腳色摹神也。」而提出「入世」的觀念，此和沈復經歷一次的坎坎坷坷而寫作《浮生六記》的過程是雷同的，因此引此觀念來加以說明。參見葉朗《小說美學》（1987），頁 222。

〔註 44〕語境是指小說中的語言所產生的整體效應。也就是說，小說家考慮語境是否與心中的小說世界與書面世界的小說世界相協調，因爲在創作時常有「言不達意」、「言不盡意」的苦惱，由此產生兩個問題：一是因作者語言累積不足，或者由於語言規範的束縛，不能自由的架構小說世界，語言不能與人物、環境等條件相一致；二是心中語言不能轉化爲準確的書面語言。故小說語境的整體效應，在各部分和各部分的聯繫中產生，這種效應大於各部分之和。它是一種氛圍，大致相當於現代物理學上的所謂「場」，理想的小說語境充滿了張力，貫串其中的大致相當古文論中所說的「氣」。詳見陸志平、吳功正二人

以平淡流暢的筆端，來敘述平常的生活細節，表現人物的心理活動以及性情的刻劃，見出作者在情節安排上的用心。如描述在芸娘死後，他對妻子的思念，沈復選擇了回煞之期的種種情景來傳達自己心理的感受。沈復相信亡魂歸家的習俗，所以他便癡心等待與亡妻見面的細節，眞摯感人。他善用描寫環境來渲染氣氛，表達當時人物的心境，做到情、理、景互相交融且色調鮮明，如芸娘臨死之情景：

> 痛淚兩行，涔涔流溢。既而喘而漸微，淚漸乾，一靈縹緲，竟爾長逝。……當是時，孤燈一盞，舉目無親，兩手空拳，寸心欲斷。（1992：31）

芸娘長逝後，自己踽踽獨行於世，「孤燈」的譬喻是最貼切的告訴讀者當時他的悲悽哀慟之情。又如沈復在期待芸娘魂魄歸回之際，與其見面之景：

> 開目四視，見席上雙燭，青焰熒熒，縮光如豆，毛骨悚然，通體寒慄。因摩兩手擦額，細矚之，雙焰漸起高至尺許，紙裱頂格幾被所焚，余正得藉光四顧間，光忽又縮如前。此時心舂股慄，欲呼守者進觀，而轉念柔魂弱魄，恐爲盛陽所逼，悄呼芸名而祝之。滿室寂然，一無所見。（1992：32）

期待的心理與對芸娘的深情，在「轉念柔魂弱魄，恐爲盛陽所逼，悄呼芸名而祝之」的擔憂中傳遞給讀者。作者以眞切平淡的敘述筆法，描寫自己的眞情實感，從頭細說，所敘之人與事歷歷在目，眞誠感人。如此，作品整體透過情景交融的方式塑造出一抒情的氛圍，不矯情造作，而是藉著在一切的情景描繪中表達出來。透露出作者的生活體驗具有十分鮮明的個性化情感。

《浮生六記》雖多著墨於沈復和芸娘間的感情生活，卻非才子佳人的愛情小說，小說的張力之處即是作者與「穿衣吃飯，即是人倫物理；除卻穿衣吃飯，無倫物矣」〔註 45〕及「大大小小，前前後後，碟兒碗兒，一一記之，似眞有其事」〔註 46〕的思潮之下所做的互動。作者大膽的「言前人所未言、發前人所未發」，極富創造性的審美發現力，故使作品開闢出一種全新的藝術

所著之《小說美學》（臺北：五南出版社，1993 年 11 月初版一刷），頁 113～130。

〔註 45〕〔明〕李贄《焚書》卷一〈答鄧石陽書〉（臺北：漢京文化事業有限公司，1984 年 5 月初版），頁 4。

〔註 46〕張竹坡《批評第一寄書金瓶梅讀法》（山東：齊魯書社，1991 年 2 月第二版第三刷），頁 43。

意蘊。在描寫與其妻恩愛的婚姻生活中，亦富有當時群眾的時代精神。作者在尊重個人的主體情性與自我人生的追求中，敵不過封建制度中家庭倫理規範。這完整的抒情氛圍，引起人們共同的審美意識，它能夠溝通人們深層的審美心理，引發讀者情感的共鳴與心靈的共震。因此，我們藉作者所營建出的抒情情境下，去認識一對相愛夫婦「伉儷敦篤」的情況，進而發現乾嘉之際的社會風貌。

《浮生六記》對於所描寫的對象，善於借助外在景物來傳達自己內心的情感，往往筆少畫多輕描淡寫的即景呼之即出，情亦藏之其中。作品的語言文字散偶結合，顯得錯綜變化。在這方面，沈復繼承明末性靈小品的文字上特色，以清、眞、神爲文字運用重心，故使作品的風格呈現出平淡自然、眞摯神靈。五四作家的郁達夫曾說:「小品文字的所以可愛的地方，就在它的細、清、眞的三點。」〔註 47〕《浮生六記》情景兼到，文字既細且清，繼承了明末公安性靈派的文風，寫出眞切靈活、簡潔備至的小品文字。沈復在對主體刻劃時，常以簡短文字形容，只僅僅幾十個字，看看眞覺得平淡無奇，但它的細緻、生動的地方，卻不容易學得。在整體的語境上，與「物」、「意」二者相合，使得語境與小說世界相互諧調，作者以小品文用筆平淡的手法，其情其景的刻劃卻具有作者匠心獨具的安排在小說情境之中，看似自然、平常，情感舖敘卻極爲濃烈，細細體會方見作者深厚的文字功力。

（二）形靈神動的人物刻劃

人物的塑造是小說創作的精髓所在。在人物的創造中，「神」是人物性格上的眞實，金聖嘆曾云：「人有其性情，人有其氣質，人有其形狀，人有其聲口」〔註 48〕，所謂的「性情」、「氣質」是人物性格所獨具之內在的特色本質，此即「神」也；而「形狀」、「聲口」則是人物性格表現於外的一切動作、行爲等等，即「形」也。人物的性格描寫成爲是審美觀的再現、藝術手法的表現。在小說人物的形象刻劃上，從具體情境中的性格描寫，人物的言行才能獲得眞實的生命，就小說美學而言，此乃「典型環境中的典型性格」〔註 49〕，

〔註 47〕參見郁達夫《郁達夫文論集》〈清新的小品字〉（杭州：浙江文藝出版社，1985 年 12 月第一版第一刷），頁 578。

〔註 48〕金聖嘆批《水滸傳序三》（臺北：三民書局，1970 年 4 月初版），頁 26。

〔註 49〕因環境制約著性格，性格又在環境中表現自己，故性格和環境往往出現和諧一致。所以小說中的典型環境顯示出生活的全局和情勢，就帶來了人物性格的深刻意義。參見吳功正《小說美學》（1987），頁 257。

即以人物性格所賴以產生的環境因素和環境之特點，這才是具有深度人物形象刻劃的筆墨。

我們說《浮生六記》不是散文，是小說，這是因為作品當中沈復的自我形象和其妻芸娘的形象都十分鮮明突出、形靈神動。以沈復自我形象的刻劃而言，他在刻劃自己內心情感時多借外在的景物來表達，沈復往往是通過景色描寫而渲染出當時的情緒。因此，凡是景色的描寫都是作者眼中所見之景色，加上作者個人的情緒渲染出一幅情景交融的畫面，從而使讀者也能感同身受。如沈復仍新婚時期，卻須至外地學習幕僚之事，夫妻倆被迫分離，這對新婚時期的他們是多麼的痛苦。沈復並未用濃墨重筆大肆描寫分離的痛苦，而是選取幾個細節來訴說自己內心的情緒，其言：

> 及登舟解纜，正是桃李爭妍之候，而余則恍同林鳥失群，天地異色。（1992：3）

以及夫妻分離之後，對其妻的思念：

> 每當風生竹院，月上蕉窗，對景懷人，夢魂顛倒。（1992：3）

對自己內心情感的表達，作者多借助用景色來傳達。當催行之聲響起，其內心的百般不願與無奈，在臨別登舟之際，借助繽紛爭妍的桃花李花的生氣活現之貌，與自己心境形成很大的差異，反映出離別的哀愁。作館其間，看著窗外的竹子、蕉樹，都勾起對妻子的思念。借助這些景物的描寫，情景交融的顯視出作者內心度日如年之苦。抒情與寫景互相襯補，使得小說在對景物的描寫具體而細緻，亦因此展現出作者吸收了繪畫構圖的技法，讓作品更具備獨特的藝術魅力。沈復善於利用環境來塑造個人的自我形象，使自己的性格在環境的對比之下，便很鮮明的展現在讀者面前。

沈復的性情與石琢堂冒雪在武昌黃鶴樓上觀景之中呈現：

> 仰視長空，瓊花風舞，遙指銀身玉樹，恍如身在瑤臺。江中往來小艇，縱橫掀播，如浪捲殘葉，名利之心至此一冷。（1992：55）

對於二者的描寫猶如兩幅畫與詩的文字，景致逼眞、情溢於中。沒有大篇幅的敘述與情感的渲染，黃鶴樓的景色與江中之活動，僅僅幾十個字，卻覺細緻、生動。從「名利之心為之一冷」中，我們也看到沈復「多情重諾、爽直不羈」的眞性情。例如沈復因「有情難卻」而答應替人作保，是導致的「坎坷」之因；又如芸娘死後，沈復將護送棺木回蘇州的費用二十兩銀子，全借給友人張禹門。這些重友情、爽直義氣的行為，塑造出作者個人鮮明的自我形象。

在《浮生六記》之中，作者全心全意只描寫一個人——即其妻芸娘，塑造出一個溫柔婉約、知書達禮，既可人又解人的女子。她不愛珠玉首飾，卻對破書殘畫珍愛有加；蕭爽樓中招待丈夫以及一群志同道合的文藝朋友，拔釵沽酒，不動聲色，而且性情樸實雅潔。此外，她蕙質蘭心且具有藝術家的審美觀，〈閒情記趣〉中不論是飲食、園藝、插花，皆有記述她的創造與發明：仿草蟲畫意，以昆蟲繫之花草間，達成畫中的「艸蟲法」；利用木稍與扁豆，製成「活花屏」；以襄盛茶葉放置荷花心中，隔夜後取出，烹天泉水泡之，香韻尤絕；又將喜食的臭乳腐、蝦滷瓜，取名爲「雙鮮醬」，足見她的可人之處。

她的細心、貼心在爲沈復與蕭爽樓友人壽措春日野晏南、北園之時，更見芸娘的解人。當沈復與友人因「攜盒而往，對花冷飲，殊無意味」，眾人提議看花歸飲，又不如對花熱飲爲快，苦無兩全之策，芸娘卻笑著說「明日但各出杖頭錢，我自擔爐火來」。此乃芸娘善將生活中平常之事畫龍點睛而爲藝術品的表現，她見「市中賣餛飩者，其擔鍋灶無不備」而用之，再佐以砂罐烹茶，屆時諸人同坐柳蔭，觀花品茗，迨酒餚已熟，坐地大嚼。杯盤狼藉，個個皆陶陶然。眾人皆讚賞「非夫人之力不及此！」沈復在此將其妻的溫暖體貼以及慧黠之貌的人物形象，從這些平凡瑣碎的細節中尋找出不平凡之處，使得芸娘的性格更加鮮明地呈現出來。

在人物形象的刻劃上，作者掌握了簡潔傳神的人物創作原則〔註 50〕，從生活中的細節，選擇一、二個小細節作傳神的精心刻劃，使得芸娘的人物形象簡潔而傳神。而且無論寫形、寫言，作者都抓住了最關鍵、最能表現人物性格的性情與氣質之處來寫。因此，形靈神動的創作出可人又解人的芸娘，無怪乎，林語堂先生亦讚譽之，其云：「芸，我想，是中國文學上一個最可愛的女人。」

（三）不見雕琢的和諧美感

傳統自傳作品，受紀傳體影響多按自己一生經歷的先後，循序寫出，由

〔註 50〕簡潔傳神是人物塑造的諸多手法之一，即作者善於從平凡中尋找到閃亮的不平凡。這是許多小說作者孜孜不倦的藝術追求。而傳神細節的追求又往往與對簡潔的追求聯在一起。簡潔是藝術的極致，往往一兩個細節就使得人物形神畢肖。詳見陸志平、吳功正《小說美學》（臺北：五南出版社，1993 年 11 月初版一刷），頁 43～44。

生至死的順序寫作著；且內容或寫自己一生的功名成就，或寫反省自己這一生的得與失。而沈復則顛覆這樣的寫作傳統，按自己對生活的感受，把這漫漫的一生當中，分成幾個主題來記錄，從「樂」、「趣」、「愁」、「快」等方面組織進而創作，使每一篇都有一條情感的主軸，一生經歷分別的融化在每條的主軸上，從而顯得有條不紊。將作者對生活的認識與體驗，讓讀者感染到強烈悲傷、無奈的情緒，並加深對乾嘉之時社會的認識與對作者生活、個人價值觀的瞭解。作者以完整的抒情氛圍營建出「樂中有愁」、「愁中有樂」的個人生平，在整個形式上有著韶秀不見雕琢的用心安排，我們先從文字的運用上便可見出其中之端倪。

在藝術形式的部份，談到沈復在安排事件的始末過程中以事爲經，以時爲緯，並未遵照傳統自傳的寫作方式。而是在情節的安排上，以整體的美感爲考量，「運用之妙，存乎一心」，致使所有的事件的發生，並沒有按照時間的發生先後寫作，讀者須前後對照方能明白，時空二者的交織，形成了一個描寫作者夫婦家庭生活與浪游見聞的結構組織。茅盾在晚年美學理論最成熟的晚年，對於結構的看法爲：

> 結構指全篇的架子。既然是架子，總得前、後、上、下都是勻稱的、平衡的，而且是有機性的。勻稱指架子的局部美和整體美，換言之，即架子的整體和局部應當動靜交錯、疏密相間，看上去既渾然一氣，而又有曲折。平衡指架子的各部分各有其獨立性與不相妨礙，非但不相妨礙而且互相呼應，相得益彰。有機性指整個架子中的任何部分，不論大小，都是不可缺少的。少了任何一個，便損傷了整體美，好比自然界中的有機體，砍掉它的任何小部分，便使這有機體成爲畸形的怪物。〔註 51〕

短篇小說形式的對稱與整齊，應該要配置適宜讓整體結構具有和諧的美感，能夠如此的作品更見出作者的文學素養之高低。

以結構上而言，《浮生六記》分成〈閨房記樂〉、〈閒情記趣〉、〈坎坷記愁〉、〈浪遊記快〉、〈中山記歷〉、〈養生記逍〉（雖然後二記已考證其爲僞作，但仍不失其完整性），六記以完整的敘述沈復、芸娘以及周圍一些人物的衝突始末，其完整、統一結構的安排。上節談過，沈復受到傳統紀傳文學的影響，

〔註 51〕茅盾〈茅盾論創作〉《漫談文藝創作》，頁 603。轉引自吳功正《小說美學》（1987），頁 370。

故每記之中，仍按時間先後敘述。所不同的在於將生平、家世作條例式的傳統自傳寫法顛覆，以事為經、以時為緯，但四記之間沒有時間順序，即四記在時間上平行的，在空間上是交叉的。一件事在此記中詳記，在另一記就略記或不記，綜合各記才能得到沈復一生的編年表，如以下所列舉之事：

寄居蕭爽樓一年半的生活。卷二〈閒情記趣〉作了正面描述，其他各題到這段生活時，均極簡略。如卷一〈閨房記樂〉記遊太湖時，記云：「時余寄居友人魯半舫家蕭爽樓中」，僅標識出時空坐標，同時也暗示著游太湖時的生活處境；卷三〈坎坷記愁〉記第一次被翁姑逐出家門，無安身之處，記云：「幸友人魯半舫聞而憐之，招余夫婦往居其家蕭爽樓」，一句而帶過。三處不但不重覆，而且互相補充，有了〈坎坷記愁〉的交代，才知到卷二所記的蕭爽樓之趣，卷一所記游太湖之樂，是苦中之「樂」、苦中之「趣」。

因為沈復納憨園為妾，導致了芸娘二次被翁姑逐出家門之事。卷一正面記下相識的過程，記云：「後憨為有力者奪去，不果，芸竟以之死。」，此亦預言了二次被逐的命運。卷四則輕描淡寫的敘述「未幾芸憨相遇，物議沸騰，芸以憤激致病。」至此，我們須由前面的敘述當中，方知到為何芸憨相遇的過程、芸娘致死之因。卷三記第一次逐出家門後而得以回家時，記云：「豈料又有憨園之孽障耶！」，乃因沈復替人作保，借債人逃走，家中經常有討債，加上芸娘當時血疾復發，芸娘的盟姐派人問候，其父誤以為「憨園之使」，怒斥曰：「汝婦不守閨訓，結盟娼妓。汝亦不思習上，濫伍小人」，於二次逐出家門，導致沈復家破人亡。須和卷三、卷一互相配合，方知為何憨園是兩人坎坷記愁之禍因以及失歡於大家庭中，沈復和芸娘兩人便過著「已非生人之境」的生活。

「粥」之於沈復和芸娘是愛情啓蒙之事。卷一寫到沈復和芸娘十三歲訂婚之後，芸娘為沈復作宵夜，被堂兄發現而被取笑，云：「頃我所粥，汝曰『盡矣』，乃藏此專待汝婿耶？」足見兩人的情意，眾人皆看在眼裡。卷二沈復和芸娘第一次逐出家門在蕭爽樓生活時，大伙有次在南園、北園近郊遊玩，沈復吃粥之際，是他們夫婦兩人最快樂之時。再寫到粥時，已是人生最悲痛之時，卷三記云：「芸強顏笑曰：『昔一粥而聚，今一粥而散，若作傳奇，可名《吃粥記》矣』。」粥，穿插在兩人的生活之中，卻代表著聚散無常的人生。因此，粥在作品之中並不刻意強調重複，而是須要每記互相參照，方能見出「粥」對於沈復和芸娘的意義。

這些地看起來不著痕跡，而這不著痕跡正表現作者苦心構思與經營之用心。結構是作品的骨架，作者從事創作的第一考慮要素：即以何種方式來表現自己心中的構思。故寫作的第一筆與最後一筆考慮是如何開始與完筆，沈復以時空交錯的方式，以事件帶出生平，片斷卻不失完整性。楊義先生談到《浮生六記》的結構時，其云：

> 綜觀以上各記，時間是來回晃蕩，而回回漸有進展；空間無序地跳躍，而回回漸有拓寬的，時空二者的交織，形成了一個描寫作者夫婦家庭生活與浪游見聞的結構漩渦。清朝前中期的百餘年間小說結構的多元化探索，極大地解放了我國作家的藝術才能。〔註 52〕

沈復不自覺的以小說方式創作，其所安排的情節結構是如此的渾然天成。

整體而言，《浮生六記》的形式對稱和諧，是一個精細雕琢卻不見斧鑿痕的藝術品。從和芸娘生活的前四記以至自己後半生一個人過著「擾擾攘攘」的二記，首尾相聯，互相呼應。架構上安排更是鬼斧神工，每記都可獨立爲一個故事，六記互相呼應，然而每記又缺一不可，誠如俞平伯先生所云：「即如這書，說它是信筆寫出的固然不像；說它是精心結撰的又何以見得。這總是一半兒做著，一半兒寫著的；雖有雕琢一樣的完美，卻不見一點斧鑿痕。猶之佳山佳水，明明是天開的圖畫，然彷彿處處吻合人工的意匠。」〔註 53〕這正是《浮生六記》平淡中見韻味的美感所在。

本節主要是針對《浮生六記》的美學風貌進行探討，從作者以自己的一生的故事，塑造出作品的完整的抒情氛圍，這樣的氛圍主要是傳達作品的意蘊主旨在於個人化鮮明的情感與時代意識，情與理的藝術交融表現出作者對於生活與人生的深層感悟，如此才是這部抒情之作動人之處。在這樣的審美經驗下，作者以美感的評量，塑造出其妻芸娘栩栩如生的人物形象，配合著作者精心安排的六個主題，使得各自互相制約、融合著，成爲一個不可分割的藝術有機體。沈復描摹自己的情感，以藝術家的審美觀念安排自己眞實記錄下的生平，使得生活的眞實成爲一藝術的眞實，而流傳下去。

〔註 52〕參見楊義《中國敘事學》〈結構篇〉（1998），頁 109～110。
〔註 53〕參見《俞平伯散文雜論編》〈重刊《浮生六記》序〉（1990），頁 78。

結　語

本文由「接受」與「宏觀」的角度「新探」《浮生六記》，主要是探討《浮生六記》的三種「新」。以「新讀者」、「新男性」、「新小說」的「新」觀點，再定位《浮生六記》。《浮生六記》自問世後即受到文化菁英的高度評價，是其典律化的關鍵。《浮生六記》內容的美育性以及形式的美文性，從宏觀的角度是時代的先河者，故《浮生六記》是一部具前驅意義的文學作品。

在中編裡，本文針對沈復所蘊蓄的明清文人典型性，如不求取功名、癡與眞情至性的性情等作了析論，這都是大時代下，追求個性自由、重視自我性靈的文人們所共具的人格特質。沈復的特殊之處是在於他爲「既新且舊」的文人，不但有傳統的文人性情，尙具備新穎、前衛的思想。他的特殊之處可以從〈閨房記樂〉的描寫中呈現，文中描寫了他和芸娘一生美好的回憶，這種個人的深沉隱私是一般文人所不敢暴露的。況沈復尙將此文置於卷首，顚覆、跨越了傳統文人的制式思考。沈復「新」的文人眞實自我，於他著重婚姻生活——愛情是他價値觀的核心。

另一方面，他又不同於同時期的冒襄、蔣坦等人。沈復的筆下並不特意強調自己坎坷的一生，而是全面性環顧、俯瞰自己的一生。進一步，藉著「我」之口，道出宗法制度對個人自我的扼殺。身處乾嘉之際的沈復，他的價値觀與行爲超前了數十年。事實上，這樣的新價値一面是對晚明性靈思潮的呼應，同時也反映出清中葉時期的社會結構已然轉變。這些轉變引動了當時的文人，重新審視自身的價値與存在。故《浮生六記》不單是一部婚姻戀愛史，更具有「現實」與「民主性」的深刻意義。沈復的誕生，意味著「新」文人、「新」時代的來臨。

沈復新文人的特質尚表現在他的活動場域。沈復一生以游幕爲業，故常須客居異鄉。他曾說「余游幕三十年來，天下所未到者，蜀中、黔中與滇南」，可見其游歷之廣。這些活動場域，尚有異於傳統知識份子的動線——由中心至沿海、由沿海至域外的移動。這爲晚清的文人域外出遊開了先例。

「新小說」中，本文針對《浮生六記》的形式進行討論，主要是探索現學者以「自傳小說」次文類的觀點來閱讀《浮生六記》。此一問題的提出是緣於《浮生六記》自五四以來，文本的形式結構一直被忽略。本文先對《浮生六記》自傳性與小說美學的部份予以討論，其體裁近於自傳，作者基於藝術家的審美經驗，將生平化整爲零分成六記。《浮生六記》，事實上是「筆記與傳奇的綜合體」且「形似小品實爲小說」。進一步探討發現其內容題材的新穎以及形式架構的特殊處。

《浮生六記》可被稱爲「新文類」的原因，緣於沈復以第一人稱的手法，細膩地描寫出自己平凡的日常瑣事，與芸娘生活的種種景況。敢描繪前人所不敢寫，是沈復追求個性自由的意識表現，亦反映了宗法制度對個人創意的扼殺。這樣作品的出現，意味著傳統文學觀的轉變，豐富了小說自身的藝術風貌。若與乾嘉時期的作品相較，《浮生六記》以全新的面貌呈現。就創作手法而言，沈復已跨越時代當時的著作。再者，《浮生六記》第一人稱的敘事觀點，不僅預示了五四時期的「自敘」、「自剖」體小說。其異於五四文學之處，乃在於後者深受西方浪漫主義的影響，「把民族視野融入世界視野」〔註 1〕。作者使用第一人稱來表達自己的冀望、理想，情節故事經過刻意安排。如魯迅的《狂人日記》、郁達夫的《零餘者》，皆通過主角「我」的觀點，由日常瑣事來展現對社會的觀感。當時沈復尚未受到外來小說的影響，第一人稱的寫作純粹是作者眞性情的抒發。他天性不羈，凡事喜獨出己見，第一人稱的使用正符合其個性。寫作上的藝術考量，是作者爲讓作品更完整地遞達內心的情感。

《浮生六記》被稱爲「清朝前中期的百餘年間小說結構的多元化探索，極大地解放了我國作家的藝術才能，這百餘年和此前的晚明百年一道，構成了我國古代中國虛構敘事文學的鼎盛時期。」〔註 2〕自出版後，便受到時代文學菁英的高度接受，從內容的啓蒙性與美育性以至形式的美文，皆是這本作

〔註 1〕參見楊義《中國敘事學》（嘉義：南華管理學院，1998 年 6 月），頁 110。
〔註 2〕參見楊義《中國敘事學》，頁 110。

品受到高度評價之因。

文學觀念的發展，帶動著文學作品的重新解讀，《浮生六記》持續被後人重寫與再創作，這也正顯示《浮生六記》已典律化。由於囿限於筆者的識見、學力，本文的撰寫，誠然存在著許多拓展、思考的空間。

從資料的處理方面來看，在史傳的範疇，本文面對沈復在《浮生六記》中所提及的地點、朋友，由於研究的時間限制與地域的限制，尚無法實地考察，以致只引用二手資料。這當然是極大的遺憾，但卻也是本文「暫時完成」後的再努力空間。

其次，版本校讀的工作仍嫌不足。本文所引用的文本，爲〈附錄一〉所集校的版本。但《浮生六記》的版本不斷的重刊、校注，海外亦有許多版本刊行，本文並未完全的蒐羅、檢閱。做爲一個嚴謹的研究要求，這不免令筆者感到汗顏。

再者，關於《浮生六記》從刊行至今的「接受史」考察，尚有許多不周衍之處。以當代的接受狀況爲例，若能再進行問卷或訪談式的普查或抽查，將有助於本文在這方面的缺憾。

這些問題，或限於時間、空間的客觀因素；或限於筆者自身學養的不足，尚有賴往後的持續努力，方能使《浮生六記新探》更周衍、完備。

附　錄

附錄一　《浮生六記》版本集校表

書　名	《足本浮生六記》	《新讀浮生六記》	《浮生六記》	《浮生六記》
校讀者	趙苕狂考、朱劍芒校	康師來新導讀	陶恉若校注、王關仕校閱	曾昭旭導讀
出版地及年份	臺北：世界書局出版（1992 年四版）	臺北：漢藝色研文化事業有限公司（1994 年初版）	臺北：三民書局出版（1998 年初版）	臺北：金楓出版（未登出版年）
歧異處	卷一：天之厚我，可謂至矣。（頁 1）	卷一：天之厚我，可謂至矣。（頁 30）	卷一：天之厚可謂至矣。（頁 3）	卷一：天之厚我，可謂至矣。（頁 15）
	卷一：東坡云：「事如春夢了無痕」（頁 1）	卷一：東坡云「事如春夢了無痕」（頁 30）	卷一：東坡云：「事如春夢了無痕」（頁 3）	卷一：東坡云：「事如春夢了無痕」（頁 15）
	卷一：故列夫婦於首卷。（頁 1）	卷一：故列夫婦于首卷；（頁 30）	卷一：故列夫婦於首卷，（頁 3）	卷一：故列夫婦于首卷；（頁 15）
	卷一：是責明於垢鑑矣（頁 1）	卷一：是責明于垢鑑矣（頁 30）	卷一：是責明於垢鑑矣。（頁 3）	卷一：是責明于垢鑑矣。（頁 15）
	卷一：克昌從師修脯無缺。（頁 1）	卷一：克昌從師修脯無缺。（頁 30）	卷一：克昌從師，修脯無缺。（頁 3）	卷一：克昌從師修脯無缺。（頁 15）
	卷一：于書簏中得《琵琶行》，（頁 1）	卷一：于書簏中得《琵琶行》，（頁 30）	卷一：於書簏中得《琵琶行》，（頁 3）	卷一：于書簏中得「琵琶行」，（頁 15）
	卷一：秋侵人影瘦，（頁 1）	卷一：秋侵人影廋，（頁 30）	卷一：秋侵人影瘦，（頁 4）	卷一：秋侵人影瘦，（頁 15）
	卷一：有僅一聯，或三四句，（頁 2）	卷一：有僅一聯，或三四句，（頁 30）	卷一：有僅一聯或三四句，（頁 4）	卷一：有僅一聯，或三四句，（頁 16）
	卷一：腹饑索餌（頁 2）	卷一：腹飢索餌（頁 31）	卷一：腹飢索餌（頁 4）	卷一：腹飢索餌（頁 16）

歧異處	卷一：見藏有煖粥弁小菜焉（頁 2）	卷一：見藏有煖粥並小菜焉（頁 31）	卷一：見藏有煖粥并小菜焉（頁 4）	卷一：見藏有煖粥並小菜焉（頁 16）
	卷一：見余將喫粥（頁 2）	卷一：見余將吃粥（頁 31）	卷一：見余將吃粥（頁 4）	卷一：見余將吃粥（頁 16）
	卷一：乃藏此專待汝耶（頁 2）	卷一：乃藏此專待汝婿耶（頁 32）	卷一：乃藏此專待汝婿耶（頁 5）	卷一：乃藏此專待汝婿耶（頁 16）
	卷一：自喫粥被嘲（頁 2）	卷一：自吃粥被嘲（頁 32）	卷一：自吃粥被嘲（頁 5）	卷一：自吃粥被嘲（頁 17）
	卷一：見瘦怯身材依然如昔。（頁 2）	卷一：見瘦怯身材依然如昔。（頁 32）	卷一：見瘦怯身材，依然如昔，（頁 5）	卷一：見瘦怯身材依然如昔。（頁 17）
	卷一：暗計喫齋之初，（頁 2）	卷一：暗計吃齋之初，（頁 32）	卷一：暗計吃齋之初，（頁 5）	卷一：暗計吃齋之初，（頁 17）
	卷一：每見朝暾上窗（頁 3）	卷一：每見朝暾上牕（頁 33）	卷一：每見朝暾上窗（頁 6）	卷一：每見朝牕暾上（頁 18）
	卷一：今非喫粥比矣（頁 3）	卷一：今非吃粥比矣（頁 33）	卷一：今非吃粥比矣（頁 6）	卷一：今非吃粥比矣（頁 18）
	卷一：余雖戀其臥而德其正，（頁 3）	卷一：余雖戀其臥而德其正，（頁 33）	卷一：余雖戀其臥，而德其正，（頁 6）	卷一：余雖戀其臥而德其正，（頁 18）
	卷一：居三月，如十年之隔。（頁 3）	卷一：居三月，如十年之隔。（頁 34）	卷一：居三月如十年之隔。（頁 7）	卷一：居三月如十年之隔。（頁 18）
	卷一：月上蕉窗（頁 3）	卷一：月上蕉牕（頁 34）	卷一：月上蕉牕（頁 7）	卷一：月上蕉牕（頁 18）
	卷一：濃蔭覆窗（頁 4）	卷一：濃蔭覆牕（頁 34）	卷一：濃蔭覆窗（頁 37）	卷一：濃蔭覆窗（頁 18）
	卷一：自以爲人間之樂無過于此矣。（頁 4）	卷一：自以爲人間之樂無過于此矣。（頁 34）	卷一：自以爲人間之樂，無過于此矣。（頁 7）	卷一：自以爲人間之樂無過于此矣。（頁 19）
	卷一：時感於懷（頁 4）	卷一：時感于懷（頁 35）	卷一：時感於懷（頁 9）	卷一：時感于懷（頁 20）
	卷一：漸見風掃雲間（頁 6）	卷一：漸見風掃雲開（頁 38）	卷一：漸見風掃雲開（頁 11）	卷一：漸見風掃雲開（頁 22）
	卷一：先令老僕約守者勿放閒人（頁 6）	卷一：先令老僕約守者勿放閑人（頁 39）	卷一：先令老僕約守者勿放閑人（頁 11）	卷一：先令老僕約守者勿放閒人（頁 22）
	卷一：於將晚時（頁 6）	卷一：于將晚時（頁 38）	卷一：於將晚時（頁 11）	卷一：于將晚時（頁 22）
	卷一：周遭極目可數里（頁 6）	卷一：周望極目可數里（頁 39）	卷一：周望極目可數里（頁 11）	卷一：周望極目可數里（頁 22）
	卷一：而得三女同榻（頁 7）	卷一：而得三女同榻（頁 39）	卷一：而俾三女同榻（頁 12）	卷一：而得三女同榻（頁 6）

	卷一：以此疊盆山（頁 7）	卷一：以此疊盆山（頁 40）	卷一：以此疊盆山（頁 12）	卷一：以此疇盆山（頁 24）
	卷一：猶作此語（頁 8）	卷一：猶作此（頁 40）	卷一：猶作此語（頁 13）	卷一：猶作此語（頁 24）
	卷一：芸初緘嘿（頁 8）	卷一：芸初緘默（頁 41）	卷一：芸初緘默（頁 13）	卷一：芸初緘默（頁 24）
	卷一：斷簡殘編（頁 9）	卷一：斷簡殘篇（頁 42）	卷一：斷簡殘編（頁 14）	卷一：斷簡殘篇（頁 25）
	卷一：遶屋菜園十畝，課僕嫗，植瓜蔬，（頁 10）	卷一：繞屋菜園十畝，課僕嫗，植瓜蔬，（頁 44）	卷一：繞屋菜園十畝，課僕嫗種植瓜蔬，（頁 17）	卷一：繞屋菜園十畝，課僕嫗，植瓜蔬，（頁 28）
	卷一：且早晚可代撒鞋之用（頁 11）	卷一：且早晚可代撒鞋之用（頁 45）	卷一：且早晚可代睡鞋之用（頁 18）	卷一：且早晚可代撒鞋之用（頁 28）
	卷一：烟籠柳暗（頁 12）	卷一：煙籠柳暗（頁 47）	卷一：煙籠柳暗（頁 19）	卷一：煙籠柳暗（頁 30）
	卷一：命僕至船梢與舟子同坐飲（頁 12）	卷一：命僕至船梢與舟子同坐飲（頁 47）	卷一：命僕至船梢與舟子同坐飲（頁 19）	卷一：命僕至船梢，與舟子同坐飲（頁 30）
	卷一：後許動口（頁 12）	卷一：後許動口（頁 47）	卷一：衹許動口（頁 19）	卷一：只許動口（頁 30）
歧異處	卷一：有咏柳絮四律（頁 13）	卷一：有詠柳絮四律（頁 49）	卷一：有詠柳絮四律（頁 20）	卷一：有詠柳絮四律（頁 32）
	卷一：吾母將挈芸遊虎邱（頁 13）	卷一：吾母將挈芸遊虎邱（頁 49）	卷一：吾母將挈芸遊虎丘（頁 20）	卷一：吾母將挈芸遊虎邱（頁 32）
	卷一：既入個中（頁 13）	卷一：既入箇中（頁 49）	卷一：既入個中（頁 21）	卷一：既入箇中（頁 32）
	卷一：返至野芳殯（頁 14）	卷一：返至野芳濱（頁 49）	卷一：返至野芳濱（頁 21）	卷一：返至野芳濱（頁 32）
	卷二：見二蟲鬬草間（頁 15）	卷二：見二蟲鬥草間（頁 57）	卷二：見二蟲鬥草間（頁 25）	卷二：見二蟲鬥草間（頁 36）
	卷二：喜翦盆樹（頁 15）	卷二：喜剪盆樹（頁 58）	卷三：喜剪盆樹（頁 25）	卷二：喜剪盆樹（頁 37）
	卷二：間以花架（頁 15）	卷二：間以花蕊（頁 58）	卷二：間以花蕊（頁 26）	卷二：間以花蕊（頁 37）
	卷二：或密或疎（頁 16）	卷二：或密或疎（頁 59）	卷二：或密或疏（頁 26）	卷二：或密或疏（頁 38）
	卷二：臺級爲牀（頁 18）	卷二：臺級爲床（頁 61）	卷二：臺級爲床（頁 28）	卷二：臺級爲床（頁 40）
	卷三：予又隨侍吾父於邗江幕中（頁 23）	卷三：予又隨侍吾父於邗江幕中（頁 72）	卷三：余又隨侍吾父於邗江幕中（頁 37）	卷三：予又隨侍吾父於邗江幕中（頁 50）

	卷三：逢森亦友人夏揖山轉薦學貿（頁25）	卷三：逢森亦友人夏揖山轉薦學貿（頁76）	卷三：逢森亦友人夏揖山轉荐學貿（頁40）	卷三：逢森亦友人夏揖山轉薦學貿（頁53）
	卷三：煖粥共啜之（頁26）	卷三：煖粥共啜之（頁77）	卷三：暖粥共啜之（頁41）	卷三：煖粥共啜之（頁54）
	卷三：躬畊爲業（頁26）	卷三：躬畊爲業（頁77）	卷三：躬耕爲業（頁41）	卷三：躬畊爲業（頁55）
	卷三：雪勢猶濃（頁27）	卷三：雪勢猶濃（頁78）	卷三：雪勢又濃（頁42）	卷三：雪勢猶濃（頁56）
	卷三：惠以番餅二圓授余（頁27）	卷三：惠以番餅二圓授余（頁80）	卷三：惠以番餅二元授余（頁43）	卷三：惠以番餅二圓授余（頁57）
	卷三：幫司炊爨（頁28）	卷三：幫司炊爨（頁81）	卷三：幫同炊爨（頁44）	卷三：幫司炊爨（頁58）
	卷三：不滿月而貢局司事忽裁十有五人（頁28）	卷三：不滿月，而貢局司事忽裁十有五人（頁81）	卷三：不兩月而貢局司事忽裁十有五人（頁44）	卷三：不滿月，而貢局司事忽裁十有五人（頁58）
	卷三：我夫婦肩擔一口耳（頁29）	卷三：我夫婦肩擔一口耳（頁83）	卷三：我夫婦肩擔一日耳（頁45）	卷三：我夫婦肩擔一口耳（頁60）
	卷三：設酒肴於死者之室（頁31）	卷三：設酒肴于死者之室（頁85）	卷三：設酒殽於死者之室（頁47）	卷三：設酒肴于死者之室（頁62）
歧異處	卷四：石取丈竺之飛來（頁36）	卷四：石取丈竺之飛來（頁97）	卷四：石取丈竺之飛來峰（頁55）	卷四：石取丈竺之飛來（頁72）
	卷四：余思古來烈魄貞魂，堙沒不傳者，固不可勝數（頁36）	卷四：余思古來烈魄貞魂，堙沒不傳者，固不可勝數（頁97）	卷四：余思古來烈魄貞魂，湮沒不傳者固不可勝數（頁56）	卷四：余思古來烈魄貞魂煙沒不傳者，固不可勝數（頁72）
	卷四：圍以石樹（頁38）	卷四：圍以石樹（頁100）	卷四：圍以石欄（頁58）	卷四：圍以石樹（頁74）
	卷四：厓懸薜荔（頁38）	卷四：岸懸薜荔（頁100）	卷四：崖懸薜荔（頁58）	卷四：崖懸薜荔（頁74）
	卷四：雖全是人工（頁39）	卷四：雖全是人工（頁102）	卷四：雖全是人功（頁59）	卷四：雖全是人工（頁76）
	卷四：恭辦南斗圩行宮（頁41）	卷四：恭辦南斗坪行宮（頁60）	卷四：恭辦南斗圩行宮（頁103）	卷四：恭辦南斗圩行宮（頁77）
	卷四：池上有塔院（頁42）	卷四：塘上有塔院（頁105）	卷四：塘上有塔院（頁61）	卷四：塘上有塔院（頁79）
	卷四：溼翠欲滴（頁42）	卷四：濕翠欲滴（頁105）	卷四：濕翠欲滴（頁62）	卷四：濕翠欲滴（頁79）
	卷四：四人擡對燭，大如斷柱（頁43）	卷四：四人抬對燭，大如斷柱（頁107）	卷四：四人抬對燭，大如斷柱（頁62）	卷四：四人抬對燭，大如斷柱（頁80）
	卷四：余適腕低無閒（頁49）	卷四：余適腕低無閒（頁116）	卷四：余適腕低無間（頁69）	卷四：余適腕低無閒（頁88）

歧異處	卷四：知爲小靜室（頁 49）	卷四：知爲小靜室（頁 116）	卷四：知爲好靜室（頁 69）	卷四：知爲好靜室（頁 89）
	卷四：來遲罰三盃（頁 49）	卷四：來遲罰三盃（頁 117）	卷四：來遲罰三杯（頁 69）	卷四：來遲罰三盃（頁 89）
	卷四：請爲前導（頁 50）	卷四：請爲前導（頁 118）	卷四：願爲前導（頁 70）	卷四：請爲前導（頁 90）
	卷四：鉢盂泉（頁 50）	卷四：鉢盂泉（頁 118）	卷四：缽盂泉（頁 70）	卷四：鉢盂泉（頁 91）
	卷四：其冶坊濱，余戲改爲野芳濱，（頁 54）	卷四：其冶坊濱余戲改爲野芳濱，（頁 123）	卷四：其野坊濱，余戲改爲冶芳濱，（頁 73）	卷四：其冶坊濱余戲改爲野芳濱，（頁 95）
	卷四：雪海（頁 54）	卷四：香雪海（頁 124）	卷四：香雪海（頁 74）	卷四：香雪海（頁 96）
	卷四：古香禿頂闊匾（頁 54）	卷四：古香禿頂匾闊（頁 124）	卷四：古者禿頂匾闊（頁 74）	卷四：古香禿頂匾闊（頁 96）

附錄二　《浮生六記》「小說」定位一覽（1983～1998）

書　　名	《浮生六記》文類之定位	編、著者	出版社	出版年
中國文言小說參考資料	全書共編選一百九十六種文言小說及作家的資料。其中在清代部份所收錄的文言小說中，《浮生六記》收錄於頁 584，其中亦收錄了〔清〕楊引傳的序、〔清〕王韜的跋。《浮生六記》的文類則定位於文言小說部份。	侯忠義編	北京：北京大學出版社	1985 年 4 月第一版
中國古典小說鑑賞辭典	共收先秦至晚清二百八十一種古典小說中的四百一十八篇作品。《浮生六記》收錄於頁 1370 中。節選作品中〈閒情記趣〉，是從「自傳體小說」的角度去鑑賞，其文類的定位則以爲「《浮生六記》是作者的一部自傳體小說」。（1989：1374）	關永禮、孟向榮等編	北京：中國展望出版社	1989 年 8 月一版一刷
古代小說鑑賞辭典	以中國古代文言小說的發展爲主線，對宋、元、明時期的通俗白話小說給予相當的重視和地位。清初至清代中期的作品中，《浮生六記》收錄於頁 1003 中。節選作品中〈閨房記樂〉，作品鑑賞部份，評爲「《浮生六記》是一篇生動的自傳文體」（1989：1005）及「《浮生六記》不愧爲自傳體小說的上乘之作」（1989：1008）。文類定位於「自傳體小說」。	古典小說鑑賞辭典編輯委員會編	北京：學苑出版社	1989 年 10 月一版一刷
中國小說辭典	主要介紹自兩漢魏晉至新時期我國小說發展過程、基本面貌和創作成就；以思想和藝術性較高的作家和作品爲主。《浮生六記》收錄於古代短篇小說，頁 152 中。文類定位於短篇小說。	秦亢宗主編	北京：北京出版社	1990 年 4 月一版一刷

中國古典小說藝術鑑賞辭典	此書從先秦至清末浩若煙海的古典小說中，精選出較爲常見、較有代表性的近三百部（篇），進行藝術賞析。《浮生六記》收錄於頁 775～782 之中。節選作品中〈閨房記樂〉、〈坎坷記愁〉二記，作品鑑賞部份，評爲「《浮生六記》，自傳體小說，共六記，分題而記。」（1991：775）文類定位於「自傳體小說」。	段啓明主編	北京：北京師範學出版社	1991 年 4 月一版一刷
明清小說鑑賞辭典	以明清小說代表作爲鑑賞對象。入選對象以其本身的藝術成就爲標準，考慮到總體上反映明清小說面貌的需要，也選入一些藝術成就雖然不高，但在民眾中歷來有較廣影響，或代表某一階層、某種流派或類型的作品。《浮生六記》收錄於中短篇小說，頁 1317 中。文類定位於小說。	何滿子、李時人主編	杭州：浙江古籍出版社	1992 年 9 月第一版 1994 年 11 月第二刷
中國古代小說百科全書	所收錄的作家、作品，盡可能多、盡可能全，而不僅僅局限於偉大的、優秀的、知名度較高的作家、作品。《浮生六記》收在清代小說，頁 98 之中。作者沈復則列於頁 455 之中。文類定位於小說。	中國古代小說百科全書編輯部編	中國古代小說百科全書出版社	1993 年 4 月一版一刷
古代小說百科大辭典（修訂版）	以中國古代小說爲研究對象。在文言作品中，《浮生六記》收錄於頁 184 中。其性質歸屬於「清代筆記小說」。文類定位於小說。	白維國、朱世滋主編	北京：學苑出版社	1997 年 8 月修北京訂版 1997 年 8 月第一次印刷
中國小說史	第五章〈小說全盛時期〉的清代小說中，論及「沈三白之《浮生六記》」，摘錄了〈閒情記趣〉，其言：「蓋其六記，……，不啻自作年譜也。」（1983：163）	范煙橋	臺北：漢京文化事業有限公司	1983 年 9 月初版
中國小說敘事模式的轉變	從唐傳奇到明清筆記小說，文言小說突破全知敘事，作者採用第一人稱的作品中，《浮生六記》列於其中。（1990：65）	陳平原	臺北：久大文化股份有限公司	1990 年 5 月初版
中國小說的近代變革	作者以爲嘉慶年間小說的變革是出現：「《浮生六記》與《何典》等作品的問世，促進了中國小說表現現實的方式方法深化與發展。」其中對《浮生六記》的評價爲：「原來小說中不敢觸及的生活領域，現在敢於大膽表現了。如《浮生六記》描寫小家庭夫婦之間誠摯的愛情，較之《紅樓夢》描寫大家庭未婚兒女之間的愛情似乎又更進了一步。」（1992：12～13）	袁　進	北京：中國社會科學出版社	1992 年 6 月一版一刷
中國文言小說史	在第五章第二節中，標題名爲「自傳體文言小說《浮生六記》」，此爲《浮生六記》在眾多文學史之中，最受肯定的一部文學史，亦及本文在「文類篇」所討論的重點所在。作者認爲：「沈復的《浮生六記》，自傳性更加明確，但仍然不失爲優秀的文言小說」、「《浮生六記》的作者沈復，儘管沒有別人爲他作傳記，生平資料很少，但從他自傳體作品《浮生六記》中，可以勾勒出他身世的輪廓。」（1994：809）	吳志達	濟南：齊魯書社	1994 年 9 月一版一刷

小說結構	第三編〈小說結構論〉中，認爲「用一己的事蹟貫連全書」者爲「自傳體結構」，在「自傳體結構」小節中，作者對《浮生六記》的評價爲「每卷有一中心，隨意雜記種種相關的事情與感觸，文筆清新，情意纏綿，讀來像許多小品文章。我認爲這種結構也是作『自傳小說』的一種好方法。」（1995：295）	方祖燊	臺北：東大圖書股份有限公司	1995 年 10 月初版
中國敘事學	《浮生六記》爲「清代文人小說的清品」、「各回的結構，時間是來回空蕩，而回回有漸有進展；空間無序地跳躍，而回回見有拓寬，時空二者的交織，形成一個描寫作者夫妻家庭生活與浪遊見聞的結構漩渦。」（1998：109）	楊　義	嘉義：南華管理學院	1998 年 6 月版

附錄三　歷代自敘文鈔節選

（一）單篇獨立的自序

年　代	作　者	篇　　名	摘　　錄　　處
魏	曹　髦	自序	《全三國文》卷十一
齊	江　淹	自序	《江文通集》卷十
梁	劉　峻	自序	《劉戶曹集》卷一
梁	蕭　綱	幽縶題壁自敘	《全梁文》卷十二
梁	江　總	自敘	《全隋文》卷十
五代	馮　道	長樂老自敘	《全唐文》卷八七五
宋	楊萬里	九日自序	《古文奇賞》卷二十三
宋	戴表元	自序	《剡源戴先生集》
明	文元發	清涼居士自序	《明文奇賞》卷三十三
清	汪　价	三儂贅人廣自序	《虞初新志》卷二十
清	陳祖范	自序	《虞初新志》卷七
清	段玉裁	八十自序	《經韻樓文集》卷八
清	彭　績	自敘	《國朝文徵》卷三十八
清	汪　中	自敘	《述學補遺》
清	汪士鐸	自述	《汪梅村先生集》卷十二
清	李　詳	自序	《學製齋駢文》
清	譚嗣同	三十自紀	《寥天一閣文》卷二
清	梁啓超	三十自述	《飲冰室文集》卷四十四

（二）附於著作的自序

年代	作者	篇名	摘錄處
漢	司馬遷	太史公自序	《史記列傳》第七十
漢	王充	論衡自紀	《論衡》卷三十
漢	班昭	女誡序	《全後漢文》卷九十六
魏	曹丕	典論自序敘	《全三國文》卷八
晉	葛洪	抱朴子自敘	《抱朴子》卷五十二
南齊	張融	門律自序	《全南齊文》卷十五
梁	劉勰	文心雕龍序志	《文心雕龍》卷十
梁	蕭繹	金樓子自序	《金樓子》卷六
唐	劉知幾	史通自敘	《史通》卷十
宋	李清照	金石錄後序	《漱玉集》卷一
明	張岱	陶庵夢憶自序	《瑯環文集》卷一
清	葛芝	臥龍山人文集自序	《國朝文徵》卷九
清	范承謨	畫壁自序	《虞初續志》卷八
清	金農	冬心集自序	《國朝文匯乙集》卷十四
清	彭紹升	敘文	《二林居集》卷三
清	洪亮吉	南樓憶舊詩序	《卷施閣文乙集》卷七
清	黃安濤	慰託集自序	《駢文類苑》卷三
清	李慈銘	桃花聖解盦日記自序	《越縵堂文集》卷二
清	梁啓超	清代學述概論自敘	《清代學術概論》

（三）自　傳

年代	作者	篇名	摘錄處
晉	陶潛	五柳先生傳	《陶淵明集》卷六
劉宋	袁粲	妙德先生傳	《全宋文》卷四十四
唐	王績	無心子傳	《全唐文》卷一三二
唐	王績	五斗先生傳	《全唐文》卷一三一
唐	陸羽	陸文學自傳	《全唐文卷》四三二
唐	白居易	醉吟先生傳	《白香山集》卷六十一
唐	劉禹錫	子劉子自傳	《劉夢得外集》卷九
唐	陸龜蒙	甫里先生傳	《甫里先生文集》卷十六

唐	陸龜蒙	江湖散人傳	《甫里先生文集》卷十六
宋	柳　開	東郊野夫傳	《柳河東集》卷二
宋	种　放	退士傳	《宋文鑑》卷一四九
宋	歐陽修	六一居士傳	《歐陽文忠公集》卷四十四
宋	邵　庸	無名君傳	《宋文鑑》卷一四九
南宋	鄭思肖	一是居士傳	《南宋文錄》卷二十二
金	王　鬱	王子小傳	《金文最》卷五十七
明	楊維楨	鐵笛道人自傳	《明文奇賞》卷四
明	胡應麟	石羊生小傳	《少室山房類稿》卷九十
明	楊廷楨	自傳	《傳記文選》
清	應撝謙	無悶先生傳	《清文錄己集》卷一二二
清	朱用純	朱布衣傳	《朱孝定先生編年毋欺錄》
清	王錫蘭	天同一生傳	《國朝文錄己集》
清	邵長蘅	清門老圃傳	《國朝文匯甲集》
清	王　韜	弢園老民自傳	《弢園文錄外編》卷十一
清	徐　柯	白眼居士小傳	《國朝文徵》卷五十四
清	林　紓	冷紅生傳	《畏廬文集》
清	易順鼎	哭盦傳	《廣初近志》卷五

（四）自作墓誌銘

年　代	作　者	篇　　　名	摘　　錄　　處
隋	李行之	自爲墓誌銘	《全隋文》卷二十
唐	王　績	自撰墓誌銘	《全唐文》卷一三二
唐	白居易	醉吟先生墓誌銘	《全唐文》卷六七七
唐	韓　昶	自爲墓誌銘	《全唐文》卷七四一
唐	杜　牧	自撰墓誌銘	《全唐文》卷七四一
宋	程　向	自作墓誌	《二程全書》卷七四
明	徐　渭	自作墓誌	《徐文長文集》卷二十七
明	張　岱	自爲墓志銘	《瑯環文集》卷十二
清	李　塨	李子恕谷墓志	《恕谷後集》卷十三
清	張俊民	預爲自誌銘	《今文粹二編》卷二
清	王　曇	虎邱山穸室誌	《煙霞萬古樓文集》卷四
清	王　侃	栖清山人墓誌	《白巖文存》卷四

（五）書牘體的自敘

年　代	作　者	篇　　　名	摘　　錄　　處
漢	司馬遷	報任少卿書	《全漢文》卷二十六
漢	楊　惲	報孫會宗書	《文選》卷四十一
漢	鄭　玄	戒子益恩書	
魏	嵇　康	與山巨源絕交書	《嵇中散集》卷二
晉	陶　潛	與子儼等疏	《陶淵明》卷七
宋	范　曄	獄中與諸甥侄書	《全宋文》卷十五
梁	沈　約	與徐勉書	《梁書本傳》
梁	江　淹	與交友論隱書	《江文通集》卷五
唐	李　白	上安州裴長史書	《李太白集卷》二十六
明	唐　寅	與文徵明書	《唐伯虎文集》卷三
明	唐　寅	又與文徵仲書	《唐伯虎文集》卷三
清	顧若璞	與二子析產書	《臥月軒文集》
清	鄭　燮	范縣署中寄舍弟墨	《鄭板橋全集家書》
清	夏之蓉	六秩自述書	《虞初續志》卷十
清	盧文弨	與弟文韶書	《報經堂文集》卷二
清	洪亮吉	與子書	《？生齋文集乙集》卷三

（六）辭賦體與詩歌體的自敘

年　代	作　者	篇　　　名	摘　　錄　　處
漢	班婕妤	自悼賦	《漢書》卷九十七本傳
晉	陶　潛	歸去來辭	《陶淵明集》卷五
唐	韓　愈	復志賦	《昌黎集》卷一
宋	蘇　轍	卜居賦	《歷代賦彙外集》卷二
宋	張九成	謫居賦	《歷代賦彙外集》卷五
魏	嵇　康	幽憤詩	《嵇中散集》卷一
唐	杜　甫	七歌	《杜工部詩集》卷一
宋	文天祥	六歌	《文文山全集》卷十四
清	方　苞	七思	《方望溪先生文集》卷十一
清	鄭　燮	七歌	《板橋全集詩鈔》

（七）哀祭體雜記體及附於圖畫中的自敘

年代	作者	篇名	摘錄處
晉	陶　潛	自祭文	《陶淵明集》卷七
宋	王　偁	自述誄	《皇明文衡》卷九十五
清	汪士鐸	哀啓自擬	《金陵文鈔》卷十二
晉	王羲之	父母墓前自誓文	《晉書本傳》
宋	陳　亮	告祖考文	《龍川集》卷二十二
宋	文天祥	告先太師墓文	《文文山全集》卷十五
宋	蘇　轍	遺老齋記	《欒城第三集》卷十
宋	陸　游	居室記	《渭南集》卷二十
金	劉　祁	歸潛堂記	《歸潛志》卷十四
明	歸有光	項脊軒記	《震川先生全集》卷十七
清	鄭日奎	醉書齋記	《靜安文集》
宋	歐陽修	七賢畫序	《歐陽文忠公全集》卷六十五
清	蔣士銓	鳴機夜課圖記	《忠雅堂集》卷二
清	陳庚煥	有有圖述	《惕園初稿》卷二
清	王　拯	媭碪課誦圖序	《國朝文匯丙集》
清	施補華	竹屋圖記	《澤雅堂文集》卷四

（八）自狀自訟與自贊

年代	作者	篇名	摘錄處
隋	劉　炫	自狀	《隋書本傳》
宋	劉　恕	自訟	《宋文鑑》卷一二七
清	方　苞	自訟	《望溪先生集外文》卷八
清	馮桂芬	五十自訟文	《國朝文匯丙集》卷十七
漢	東方朔	自贊	《漢書本傳》
隋	劉　炫	自贊	《全隋文》卷二十七
唐	裴　度	自題寫眞贊	《唐文粹》卷十三
宋	蘇　轍	自寫眞贊	《欒城後集》卷五
宋	陸　游	放翁自贊	《渭南集》卷二十一
宋	陳　亮	自贊	《龍川文集》卷首
宋	文天祥	自贊	《文文山全集》卷十

金	李純甫	李翰林自贊	《金文雅》卷七
金	元好問	寫眞自贊	《遺山集》卷三十八
元	耶律楚材	自贊	《湛然居士文集》卷八、卷十
元	劉　因	書畫像自警	《元文類》卷十八
元	虞　集	自贊畫像	《元文類》卷十八
元	吳　澂	臨川野老自贊	《元文類》卷十八
明	楊士奇	自題侍教像贊	《皇明文衡》卷二十一
明	楊　榮	七十歲自贊	《皇明文衡》卷二十一
明	楊　溥	鏡容自贊	《皇明文衡》卷二十一
明	王　直	自贊小像	《皇明文衡》卷二十一
明	徐　渭	自書小像贊	《徐文長集》卷二十三
清	尤　侗	自題小影贊	《西堂雜組一集》卷六
清	李慈銘	六十一歲小影自贊	《越縵堂文集》卷十一

摘自郭登峰《歷代自敘傳文鈔》（一至六冊）（台北：學人月刊雜誌社，1971年1月15日初版）。

附錄四　〈人耦〉——邊緣角色的焦聚　嚴曼麗

起風了，接著，有雨。

這風和雨，簡直是兩個毛躁小丑，才畫半邊臉，便急呼呼蹦出場；上了台，卻忘了台步，只好胡亂打起滾來。

從這頭到那頭，從舞臺裡邊瀰瀰漫向觀眾席。

階形觀眾席最後一排，天荔靠在最邊角的紅絨小沙發裡，閒閒聽著風雨翻觔斗。幾眨眼功夫，整個百來坪大的劇場，盡是風雨聲了。

風風雨雨繞來耳邊，迴盪開去，阿荔覺得自己裹著棉質鉤花褐披風，倒像是剛咬開蛹皮、從繭包探出頭的初生之蝶。蝶變的臆念，讓她在調整微蜷的坐姿時，感到瘦纖的身軀彷彿眞的披覆了潤潤的濕意。

破繭才出，還攀不住枝葉、還伸不直軀幹、還展不開翅膀的初生之蝶，還不知道陽光的燦爛、也不知道露珠的晶瑩、更不知道花蜜的香甜，便遭逢風吹雨打……

不幸的蝶呵。

哀蝶之不幸，阿荔深深嘆一口氣，笑自己可也眞痴！

離彩排不到半個鐘頭，身爲女主角，照說，她這時候應該在舞臺那邊忙著，像過去每一次彩排那樣；這次，阿荔卻興生易位的念頭，從舞臺走向觀眾席，演戲的換作看戲的。即使易位只是暫時，暫時把自己從原來位置抽離，離心瞬間的失重，阿荔輕快得有點暉眩起來。爲了拉出自己和舞臺最大的間距，她躲到劇場最邊陲的地方，像個進場太早、得閒等開戲的觀眾，任視線隨性遊移，事不關己地看著對面舞臺上試音的試音、打光的打光。

就做個觀眾，阿荔想像滿座觀眾的喧嘩，而她正和他們一起拉長脖子張望舞臺，看著「天荔」的演出。這樣古怪的念頭，她不記得什麼時候生出來的；起初，她只當它是個趣味寵物，養在心扺一角，不意它竟長大了，而且長大成獸；最近這獸更大到幾乎盤踞她整個軀體的地步，以致爲了防它出柙，她變得有點神經質。

看不到自己演出，這是舞臺演員最大的遺憾吧？明知這宿命無可變易，阿荔還是不死心，她會神聚精，努力在舞臺上梭尋自己化爲芸娘的形影；然而，視線所及，除了傑西在台上調整麥克風高度，就只見導演每生正跨著大步沿階走上來。

海生和她照面時，臉上掠過一抹疑惑，卻沒多搭理她。

「林桑，音量拉高一點，雨不夠大……」海生不愛用劇場術語，而習慣用口白和工作人員溝通。口白容易夾雜情緒，阿荔聽出他的心急，急切被掛在他嘴下的小蜜蜂一張揚，便長翅滑翔到對面舞臺。隨即，一陣狂風暴雨撲打過來。如此戲謔的回應，阿荔有點不悅。

「喂，小林，颩颩風啊，你……」即使在節骨眼上，海生仍不改他軟土脾氣，阿荔卻替他著急。他使那種擺不來身段、端不出架子的男人，有時候還眞溫良得讓人心疼。

就是心疼這個男人的溫良，所以十多年來心甘情願被他的軟索給套牢吧。阿荔不知道還有哪個女人像她這樣，在舞臺上，丈夫是她的導演，她接受他派給她的角色，按他的指令，任他的意志在她身上延伸，任他塑成他要的模樣；而下了舞臺，導演是她的丈夫，貼體的關係，她很自然還是跟著他的步調生活。戲裡戲外，她在眞眞假假、虛虛實實之間進進出出，早就和穿脫戲服一般習慣、自在了。是不是因爲這樣，所以才會興生想親眼目睹自己演戲的念頭？也許，但阿荔似乎也說不清。而這時候，她發現另一個更有趣的念頭正在迅速滋生：要是眞看不成自己的演出了，那麼能看看自己導的戲應該也不錯吧！

也就是說，和海生換換位子？她興奮得站起身，這才發覺同聲雨勢已經小了下來。

「好，就這樣，不能再小。你關機，重來一次……」海生口氣回穩，阿荔心想，這次他顯然滿意了。

風雨又起，像打在芭蕉，又像掃過梧桐。

看海生大步走下台階，阿荔也跟著走下來。走過一排排列隊整齊的空座位，個個椅座貼背靠著，像槍枝貼身靠攏的兵員，阿荔以點校官的眼睛掃瞄過去，卻是暗暗懸心：明天就要公演的《三白與芸娘》，在這個聲色娛樂早已過飽和的中部都市，不知道會有怎樣的票房？

※　※　※

舞臺兩側，酒紅布幔層層重重垂侍著一塊幾何梯形的空間。頭頂只亮著兩盞黃燈，整個舞臺晦暗得像泡在茶汁裡的漬物，又像嵌進闊邊雕花相框裡被定格了一段故事的老照片。

照片故事老得快認不清耳目了，而晦黯原來是下雨時的天光。

角落裡飄搖的風鈴聲清脆依稀可辨。

阿荔輕盈挪移芸娘的身姿，她伸出圈著翡翠釧子瘦纖的左臂，在虛擬的窗邊，作勢兜進來一扇窗櫺，雨聲被隔弱了，鈴聲也靜定下來。然後她轉過身來，順便速瞄一下觀眾，滿座六成，已經三天了，三天不上不下的票房……觀眾席上目光聚攏過來，將她瞬間出走的心思逼回戲裡。

「伊來嗎？雨這麼大……」

海生原來腳本上的三白並沒有這麼說。阿荔提醒丈夫，美妾將上門來，男人豈有不心動的？三白再怎麼修飾這種心情，總不免有隱隱的期待吧？而期待會在不經意間流露出來。現下三白，台詞是說了，可是阿荔總覺得海生在這地方就是差那麼一點點，入不了戲。爲什麼呢？她倩步走向舞臺側邊坐著的丈夫，心裡卻數落著他：自己編自己導的戲，自己怎麼老是演不來？

「憨園不像會背信的人。」芸娘說道，可是阿荔的口氣卻沒有十足把握。

「淑姊，妳還是執意要跟伊結作姊妹？」三白眞心夾著刺探問道：「像我這樣一窮二白，妻子一個，勉強過活；加上一個妾，往後我拿什麼供養？有妳，我已經十分滿足，多一個人，不礙手礙腳麼？」阿荔忽然看到三白之爲男人的虛矯，可是丈夫流轉著三白猶不失誠摯的眼神，芸娘隨即為之釋懷了。

「怕到時候是你嫌我礙手礙腳呢！」芸娘笑道：「要我是男人，就自個兒娶伊進門，也不必央求你了！」

三白揶揄道：「這麼說，娶伊，倒是為妳，不是為我了？」

芸娘以為丈夫識破她的居心，趕緊搶白：「不為你，我何必如此費心？憨園雖然出身小家，卻有閨秀也難得的神態；貌非傾城，但渾成的氣韻，就連秦淮名花都要相形見醜；我真是捨不得這樣一個美人落到別人家……」

一個女人為什麼會為另一個女人美得讓她無以自持而慫恿丈夫將伊娶進門？阿荔為了讓自己化入芸娘，她反覆揣摩這腔心思，卻只找到一個不盡貼切的可能：莫非芸娘的嗜美是某種隱密而不可告人的癲狂？「……所以就『委屈』你了！」阿荔的芸娘向海生的三白說道，她清楚感覺到芸娘的期待與興奮。

「憨園答應過我，伊一定會來！待會兒伊來，你且先讓一讓，我們姊妹倆要細細談談。你只消看我這翡翠釧子掛到伊腕上，事情就是成了。」芸娘得意地說：「事成之後，瞧你要怎麼謝我這大媒人！」

三白正要開口，「芸姊姊！」布幔後急急竄出來嬌姿躲雨的憨園。伊朝空輕叩門環：「芸姊姊！」芸娘兩手往前輕推，憑空打開門扉時，額頭髮綹淌著雨水的憨園，正欠身使力擰絞裙裾，而露出一截白晰細緻的腿肚來。

憨園的美竟在由綠的笑靨、舉止中。由綠不多不少恰恰捏出了憨園不經雕琢的韻致。阿荔一時之間彷彿通透了芸娘的心思；就在芸娘凝睇憨園時，她隱隱意識到自己對由綠有一丸渾沌之念正在迅速醱酵、擴散中。

※　　※　　※

阿荔放任這丸渾沌的意念醱酵、擴散，她感到芸娘正涓滴融進自己的體液裡。對著妝鏡，她朝臉上敷塗一團團潔膚冷霜，頭套尚未解下。卸妝時，她習慣先拭去封住毛孔的那層脂粉。從妝鏡裡，她也見斜邊最內角的由綠正對鏡抽下髻上綴花的簪釵。

輕闔上眼，阿荔使喚雙手食、中兩指貼向額頭，輕畫著小圈，下鼻樑，上眼瞼，繞過頰顴，滑過鼻峰，一路到口唇下邊。勻開的冷霜，把芸娘一臉原先漂亮的黛眉桃頰全攪糊了。妝鏡平台上，擱著一片片裁疊整齊的粉紫化妝棉，她摘下一片，從額上、眉梢一分一分擦拭下來。終於，她抹掉了芸娘，露出眼袋略微鬆頹的臉龐。

從芸娘到阿荔，幾百年的時差，出入一趟卻也不過幾分鐘而已。她趨前端詳鏡中的那張臉，那臉因長時間埋在脂粉底下，已經失去了自然色澤；額前幾道夾有殘粉鮮明的抬頭紋，尤其礙眼。她更貼近妝鏡，蕪黃的臉，即使對自己也很難再隱瞞年齡了。四十五歲，被青春擠出後門，卻無論如何不肯跨過老年門檻，是在老與不老之間游盪的尷尬期；阿荔疼憐地撫摸起自己的臉頰。

從妝鏡中，她窺見由綠解開簪飾，悠悠瀉下齊腰長髮。化妝間裡進進出出的人影，絲毫不影響伊自在舒遲的梳髮動作。連卸妝，由綠都美得讓她不安。

她起身，到門邊貼牆站著的咖啡自動販賣機前，塞近幾枚硬幣，按了按鈕，取出兩紙杯熱咖啡，自己啜了一口，另一杯遞到由綠的鏡台上。

由綠含笑睇睇她，阿荔卻看進妝鏡中令她目眩的魅惑鏡象：阿荔是芸娘是抹去了芸娘粉彩的阿荔，憨園是由綠是濃妝依舊的憨園；阿荔由綠芸娘憨虔敬後勁，影像層層疊疊連綿成一列，向無限深遠的時空伸進去。恍忽之間，阿荔不知自己是芸娘還是阿荔，身側是由綠還是憨園。

「咖啡涼了！」是由綠溫潤的聲音。

阿荔這才乍覺自己失神。她靦腆笑笑，有點心虛，以為被識破不軌意圖，慌忙找一些話來搪塞：「這陣子劇團瑣事比較多，《三白與芸娘》這檔戲在中部賣座比北部是差了一截，籌措下一齣戲的經費多少也受影響……」

由綠眉心蹙了蹙，阿荔察覺話題扯遠了，想調轉頭來，卻又順口溜出：「憨園妹妹，我當你是自家人，才……」才說一半，她又覺失言了。於是趕在由綠還沒來得及反應之前，她先攬住這個小女子，朝鏡子裡說：「回台北，找一天，我為你煮上好咖啡！」

說著，阿荔不經意撫觸到由綠裸在削肩恤衫外的肩頭。這個女人，肌瘦卻不見骨，細質的皮膚緊繃住隨時要彈跳出來的青春，經由指尖電擊般迅速衝撞得她全身一陣躁熱。

為了掩蔽自己的窘態，阿荔就勢拍拍由綠的肩，瞧伊滿眼疑惑，她一時興起，問道：「憨園妹妹，你曾不曾想過，要是你真順利嫁進沈家，這三白和芸娘還能恩愛如初嗎？」由綠幾乎不假思索道：「老實說，不很樂觀呢。妳想，男人有了小妾，怎麼可能跟從前一樣對待他的妻子？我看憨園要真進了沈家門，三白無論如何都只能一心二用。他對芸娘，即使感情純度不變，濃度也很難不摻水吧。芸娘到底是女人；一個深愛丈夫的女人，就算她『樂意』和另一個女人共『用』丈夫，那樣的寬容大度，也總有個底限。再說，憨園是不是眞如芸娘想的那般完美，誰知道呢。所以，我以爲憨園他嫁，芸娘的心願未遂，整個故事在最淒美的地方結束，留下遺憾，也才動人。還有，我總覺得三白和芸娘這對被男人傳頌、女人豔羨的『典範』夫妻，雖然遭遇不少坎坷波折，他們的『恩愛』，恐怕還是未經烈火試煉的生鐵，而不是鋼。」

阿荔心頭微微一顫，這小女子長篇滔滔，簡直在說她和海生。「聽你口氣，是說我不大可靠了。」

「阿荔姊，妤想到哪裡去了？」由綠眼睛往她臉上溜了一匝，若有所悟，卻心生惶恐，伊認眞辯白：「我純粹是就戲論戲嘛！儘管我對芸娘存疑，芸娘也只是妳演的那個角色……」

伊的正經倒顯得她多心，阿荔有點尷尬，尷尬翻成氣惱，氣惱這小女子如此率性又自信滿滿，更惱的是自己被伊挑起的不悅，竟完全不敵對伊的好感；而且，她幾乎就要捉摸到芸娘之於憨園那腔不捨的心情了。

※　　※　　※

幾乎就要捉摸到了，可是那個穿白肚兜的小小孩，始終距她有一臂之遙。天色昏黯，阿荔看見自己在拚命追趕。小孩跑著，腳似乎不著地，她也跟著輕飄飛騰起來，卻總是追不上。小孩沒回頭，她因而不知道小孩的面容，也不知道小孩是男是女。小孩跑得不快，她想只要再加把勁，便能捉住小孩，卻覺得腳被什麼箍住，拉抬不起來；低頭一看，果然有葛藤之類的東西纏到腳上。等她氣急把纏腳的葛藤解開，小孩已無影無蹤了，她這才發現自己正置身一座花園中。眼前，花朵全都凋，萎枯成腐紙般的赭褐花屍，她不禁寒顫起來。似乎有風，花屍在風中浮動成一隻隻求索的手伸向她。忽然，一條葛藤化蛇，猙獰朝她吐信竄過來。情急慌亂間，她拉起裙裾將蛇一頭罩住，蛇在她裙裡衝撞，強勁昂頭，且分明張大了嘴……掙扎醒來時，阿荔隱隱還感覺得到那蛇的硬度。彷彿眞的經過一場激烈的追逐，她渾身疲累不堪，腰沈得連翻身都難。黑暗中，她覺得下腹被壓著了。是海生的腿蜷擱到她身上。他側臥向她，鼻息深沈而均勻。確定丈夫睡得正酣，她伸手輕輕扶起他的腿想往下擺直，不意觸到他胯間勃起豎直的東西。一股悶熱燒向腦門，阿荔完全清醒了。

她撩開薄被下床來。才暮春，卻有迫不及待登場的暑熱。這兩天氣溫怪異得很。阿荔覺得自己的情緒分明受天氣牽制，加上昨晚由綠和音效小林、舞臺監督傑西蔡他們一夥來，多喝了兩杯，便夜裡連覺都睡不安穩了。她沒開燈，腳趿不到拖鞋，索性赤足走出房間，摸黑到廚房，倒了一杯冷開水。

嚥下冷水，頭還是有點重，睡意倒全消了。她端著瓷杯到前廳，撳亮壁燈。

壁燈不過五燭光，卻照開了十來坪鋪著柚木地板的客廳。客廳除了一張紅木矮腳大方桌，就只有一堆堆隨意擱置的花布座墊。牆上幾幅裝框的畫，是海生簡筆的人物造型草圖。兩隻塞滿報紙雜誌的藤籃子外，靠牆一株莖幹編辮而上的馬拉巴栗是僅有的擺飾了。

凌晨闃靜，如此簡單的客廳更顯得落寞，而這樣大肆留白，當初是她的堅持。她從來就不喜歡沙發的笨重和拘泥，能有隨意隨興或坐或臥的大空間，一直是她少女時代的夢想。因而，數年前有了自己的房子時，她執意客廳要像潑墨山水，多留呼吸和想像的空間。

然而這時候，阿荔覺得過多的空間卻像透自己虛荒荒的心。昨晚，她被第五杯軒尼詩擊倒了，由綠他們一夥什麼時候走的，她都不知道。看一桌子散亂的杯盤，阿荔試著想像他們後來的狂歡。

她拉過來一只墊子靠到桌邊，挪開兩隻湯匙一隻碟子的空間，擱下手中盛水的骨瓷杯。昨晚她就是坐在這個位子，聽傑西蔡和小林他們胡扯瞎掰。

「海老大，你這個冒牌沈三白，這下子可眞的左擁右抱了！」她記得傑西蔡喝涼水似的灌了三鋁罐台灣啤酒後，紅著眼睛這樣對海生說。

「那還得看三白的手臂夠不夠長呢！」兩頰微酡的由綠，當時是兩雙水靈靈的眼睛從海生溜向傑西，這樣不慌不忙應對者。眞是個機伶得緊的女孩啊，一句話說給三個人聽；阿荔很清楚自己昨晚多喝了兩杯，多少是被伊這句既不損傑西，又公然挑逗了海生，還讓她只能惱而不能怒的話給嘔了。

由綠，這個整整小她一半歲數的小女人，她隱隱感到伊的美麗青春正在她的心頭堆成塊壘。在這之前，她一直以爲自己行經大半人生，閱人不少，已經可以不涉情慾愛憎優雅欣賞過眼的俊男美女，哪裡知道竟會遇著由綠這個教她意亂不女的女孩？

想想，認識由綠，其實也不過才半年。半年前，爲了《三白與芸娘》這齣戲要物色一個年輕女孩來飾憨園，海生主張到幾個有戲劇科系、戲劇社團的學校張貼佈告，她卻認爲直接登報可以有更多的選擇。雙管齊下，結果證明她的主意不錯。

她記得由綠那時以一身輕裝走進她的視域：泛白的緊身牛仔褲，上頭罩一件寬鬆的嫩黃素 T 恤，趿一雙盤帶的希臘式涼鞋；微微透紅的臉並無脂粉，以致摻了傲氣的滿滿自信便毫無遮攔從伊右頰淺淺的酒窩溢出來；一條斜過左肩垂到胸前的長髮辮隨意紮著粉紫碎花絲絹。她當時是被伊那對奇特的眼睛吸引了。難得看到弧線那般柔麗的古典單層眼皮，圈住一雙世故卻又不失天眞的瞳眸。

問伊爲什麼來應徵，伊只淡淡答說：「你們不是要一個『第三者』的角色嗎？我既然『存心』要來介入一樁婚姻，還需要什麼理由？」於是她二話不說，出去跟外頭等候面談的女孩們表示抱歉，因爲人選已經敲定。

半年來，從完全沒有演戲經驗到第一次帶著生澀的演出，到現在簡直就是憨園的活現，阿荔對自己的眼力，不只是得意而已，她更暗暗嘆服自己居然將一個幼稚園老師蛻變成一個潛力十足的舞臺演員。可是，她至今仍不全然明白當時自己究竟憑什麼那樣篤定由綠是唯一的人選。

人選既然是她決定的，海生便把新人的「培訓」工作交給她。她並不教由綠做戲，而只引領伊進入戲的情境。她一向認爲，戲不能「做」，眞正好戲只能由心而生。戲要由心生，必須表演者讓出自己，軀殼任角色進駐、使用；入戲出戲，便是一趟人生。二十多年舞臺生涯，大大小小的角色，算算經過的「人生」少說也有二、三十趟。演員，不過是另一種靈媒罷了，有時她不免這麼想。

對由綠，她唯一「教」的，就是這種讓角色進出軀殼的經驗。「也就是說，好的演員應該像乩童一般，隨時可以讓角色附身？」有一次，由綠這樣接她的口說。

阿荔端起瓷杯，水經咽喉迅束垂直滑落，口唇卻仍燥而又躁。由綠是天生的演員吧？阿荔有點不服，怎麼自己以半輩子揣摩出來的道理，這小女人竟然可以半年不到就通透了？原先她只不過想找個配角而己，沒想到由綠這麼快成氣候；尤其最近，海生已不止一次當她的面半開玩笑說，和由綠演對手戲，他倒巴不得自己是眞正的三白。

那麼，就讓海生做眞的三白？

阿荔被自己萌生這樣的意念震驚了，捧在掌中的半杯水，竟因一時手軟而傾溢出來。

※　※　※

水流聲聲急切。

阿荔任水聲流過耳膜，到她闔下的眼帘前匯成瀑布，一匹折過蒼鬱山崖俯衝向谷底的瀑布，瑩白水霧迷離，可以是婉約清麗得像白系，或者像飛湍奔流不顧一切墜落的音止。喜歡把垂直的水聲放大成瀑布，和白天在富士山下看過的這兩處瀑布無關，那純粹是她的秘密遊戲。其實，她很清楚，那水聲，不過是丈夫的老毛病，每次洗澡，他旋開熱水龍頭，就讓它流個不停。

「不下雨的時候，這是都市裡唯一聽得到的水聲吧。」有一次，海生這樣對她說，她暗暗吃驚，丈夫竟讀出她的感覺。

推開上半邊鑲了霧色玻璃的木質浴室門，溫熱的水氣乘隙撲向她的鼻她的眼，以及她鎖骨峥起的裸肩。

她移步跨進浴室，隨手把門扉靠上去。

兩坪不到的浴室，已經被海生轉換成詭魅的地熱谷。熱霧穿身入體，阿荔只覺得自己在不斷發脹，像不斷要爆開芽孢的肥胖菌朵，又像正在醱酵的麵團，四肢變得鈍重，伸手居然搆不到咫尺間的丈夫。

海生就站在洗臉槽邊，裸體背向她，用旅店的厚質橄欖綠浴巾在擦拭剛洗過的頭。

「門其實不用關，反正沒別人……」他低聲緩調，頭回也不回，繼續搓弄他的髮絡，直到撥成一頭鬃毛賁張的公獅；她打心眼裡倒是瞧見這公獅面無表情。

十五年夫妻，是不必用眼就能看穿對方的吧，阿荔覺得丈夫知道她要做什麼。

她解開裹身的浴巾——即使長途旅行，她還是習慣用自己的浴巾而不嫌麻煩地帶著——掛到不鏽鋼毛巾架上。裸身使她怠到輕快。趨近海生時，他頭上洗髮精殘香幽幽，沁得她舒坦起來。她喜歡乾淨的男人，海生就是那種讓她疼進心坎的乾淨男人，他總是讓她以她最適意的方式爲他洗身，像個嬰孩，有時甚至是寵物了。

初結婚不久，有一晚阿荔主動邀丈夫共浴。她輕輕巧巧爲海生拭洗每一寸肌膚。

「寧可做個爲丈夫刷背的女人，也不要讓他去找另一個女人來爲他刷背……」少女時代，讀了幾年日本書的母親不時這樣對她叨念女人經。奉承丈夫到這般地步？女人，太委屈了吧？她印象中，早逝的父親的確這樣受母親款待；不過，她也記得父親有生之年並不改其風流的脾性，而因心臟病猝死在另一個女人床上的羞恥，更是母親後半生移不開的陰影。

阿荔那回其實只是臨時起意，並沒有特別的存心。幾個月後，海生有一次微醺咬她的耳朵說：「妳記不記得那天幫我刷背？妳一定不知道那時候妳的十個指頭七嘴八舌跟我打小報告，說妳有多喜歡我……」丈夫的醉言醉語，她卻謹記在心；她當然記得那次丈夫是如何在一番激情之後，像還要甜頭的撒嬌孩子，笑涎著臉說，以後都要賴她洗澡。

十幾年來，她已經數不清爲丈夫刷過多少次背，閉上眼，她都能指出海生背上米粒大的痣在哪裡，灰青色的胎記在哪裡，只是她不曉得指頭還跟不跟海生說話。這一兩年，海生對刷背的事變得淡漠，他很少要求，反倒是她向他開口。她隱隱然意識到爲丈夫刷背正在儀式化，尤其一年多前開刀摘掉囊腫連同卵巢之後；她常憂心：萬一海生拒絕她……

海生不曾拒絕，他只是變得靜默而已。

靜默不已的海生，面壁側坐在牙白色的塑鋼浴缸邊緣，水煙嬝嬝，襯得他像從畫頁走上雲霧翻騰的乾冰舞臺的希臘神祇，以睇視觀眾的倨傲包裝他對掌聲的渴慾……浴室延展成舞臺，阿荔對自己這一念之轉便將丈夫拱上高座神殿感到有點激動。他是神，則她是要前去祭壇頂禮的祭司了，如此瞻仰的距離足夠她在緩步上前時調整好膜拜的心情。

眞的是一種儀式了？神祇甚至對匍匐到腳邊的裸體女祭司都不屑一顧，阿荔有些懊惱丈夫至今都不正眼瞧她。

她伸手探了探滿缸溢出的水溫，水熱而不燙。她從鋼架上整齊並攏的澡巾抽下一條，浸到水裡；撈出來時，吸飽了水的澡巾像條痴肥的醉漢，她提到海生腦後，貼頸用力一擠，水便逃難似的四下竄流。

還是家裡的葫瓢好用，舀一大瓢水，便足夠打濕海生整片背。葫瓢擲回水裡，圓弧鼓凸老是擺盪得輕浮，「眞像，但沒妳好……」她記得有一回海生拿葫瓢比她的臀，她嘴上不饒他，心裡則竊喜；她深知，丈夫除了她，並不曾觸摸過其他的女人。而那隻從他娘家蘭陽溪畔的瓜棚摘來的老葫蘆，是他執意剖半來舀水的。他喜歡有呼吸的東西，葫瓢長年漬水，形態早老朽了，海生還捨不得丟。這個男人惜情又念舊，阿荔因此確定自己要比母親幸運得多。

她把澡巾再泡進水裡，重提到海生背部擠壓，水滑溜過他的曲背，沿臂，沿腹股流淌下來。

在家裡洗澡，海生喜歡用純白不加味的象牙皂，旅行時，阿荔便爲他帶著。她把帶來的肥皂在掌中搓了又搓，待兩手塗滿皂汁，她由丈夫的頸、肩、背一路往下摩挲。

海生小她三歲，但到底也四十二了。她記得剛結婚時，他清清瘦瘦的，俯下頭，後頸骨便峻突出來。她常心疼地撫過他只隔層皮的脊柱，一節一節點數到尾椎。現在，他的脊椎不容易摸到了，背部的肌肉已生成一堵厚實而可以讓她倚靠的牆。她把猶含著水濕的澡巾折疊成塊，充當刷子，勻開這牆上的皂汁，勻出一堆堆白白的泡沫來。

丈夫依舊不言不語。阿荔覺得自己在刷一尊塑像。她牽起海生的手臂，刷進他的腋窩；然後沿側腰向下推往大腿，刷過腹股溝，她的指尖觸到他垂垂頹軟的男體，略略俯身，她有意在拭洗時以不著痕跡的撫觸來慰藉丈夫。不過，海生沒有絲毫反應，而任由妻子撩弄他的下體。

阿荔緊抿著嘴，強噙住淚，卻心頭惶亂地加快手的律動，乳房遂因而輕微搖晃，乳頭廝磨著丈夫濕濡的背。

海生伸手關掉水龍頭。水聲嘎然而止，水氣猶自翻騰，浴室卻剎那陷入闃寂。音樂陡然中斷，手足正迴旋在空中的尷尬舞者般，阿荔猛可發覺自己扶在丈夫下體的手，即突兀又猥褻。

倒是海生從容牽起她的手，順勢帶她坐到浴缸邊緣。和丈夫赤袒相向了十幾年，可是這時候這樣子的裸裎相對，她卻無以正視丈夫。羞愧、心酸鉛沈般拖住她的頭低得不能再低了。待海生托起她的下頦時，阿荔已經兩眼淚糊不堪。

「芸姊姊，三白小弟我這廂向您賠不是了……」海生以舞臺上略略誇張的揚高聲調試圖逗開她。丈夫沒有厭憎的意思吧？阿荔只覺得自己連裸著的皮膚都剝除了，渾身脆弱的神經陷入極度敏感的警戒狀態；她懊惱二十幾年的舞臺經驗，竟無法協助她將這樣的窘境轉成嬉樂的場景。

「妳的心意我完全明白，可是我不認爲你需要這樣勉強自己……」海生回復他低沈的嗓音，她一時倒語塞了

「我是怎樣的男人，妳應該很清楚。我早跟你說過了，我不會在意妳沒有卵巢……」她相信丈夫這話不假，只是她遏抑不了自己莫名的惶惑。

「何況，我們也不年輕了……」海生似乎想儘速終結這僵局。「再說，我們這一趟出來，是要找樂子，妳如果帶一肚子心事，大家怎麼玩？劇坊的事，妳就先別愁，三白芸娘的戲，南部、東部應該還有市場；明年的戲，經費要籌，時間還多的是……」海生自說自話，阿荔也不答腔。話岔到劇坊，倒是稍稍化開她凝在心頭的酸楚，可是她要怎麼接口呢？她這時候是壓根想都沒想到劇坊的事，海生難道會不知道夫妻倆裸裎著說正事，不僅滑稽，更顯得矯情？她只一勁的潑水，把水往丈夫身上潑，看一條條含著泡泡的白皀汁沿著他的肌膚下流。劇坊的事，如果不是丈夫刻意突破僵局的戟子，便是憂慮的投射了。阿荔順著海生的話思想下去，那麼帶著心事出來玩的，其實是海生，而不是她了。

「而且，」丈夫正看著她，她的手不自覺緩下來，停水潑水，「這趟旅行是你要求的，還堅持帶由綠來。我，反正無所謂；只是三人行，總難免會有一個人落單……」看來，這是丈夫的另一樁心事了。

海生似乎以爲她有什麼盤算。原先她只是想在下一檔次演出之前，換個空間舒緩一下壓力而已。邀由綠一道，一來是慰勞伊這次演出的賣力；二來是，戲裡他們既然是三人組，她想知道戲外三人同行會是什麼滋味。現在，丈夫的話到提醒她在旅程中的主導角色。

也就是說，接下來大可以「導」一齣沒有劇本、不經排練的戲，也許是大戲了？

這念頭，盡掃她方才罩頂的陰霾，她興奪得滑進浴缸裡，滿缸的水因她的滑入而暴漲泛濫開來。

阿荔笑著拉丈夫的手，要拖他下水；他還沒弄清楚妻子這毫無預警的舉動，已經被她摟進狹仄的缸裡，水又傾溢出來，以致裸體疊到妻子身上的海生，露出臀弧，像條擱淺沙灘的大魚。

※　　※　　※

而由綠是玲瓏的脂玉白魚。

那三個日本女孩走了以後，由綠看澡池裡只剩伊和阿荔，索性一個翻身，褪去遮腰的毛巾，在池裡游開來。

阿荔靠在池角，一手扶著池緣，下半身圍著毛巾，任溫泉水載浮載沈。看由綠放開、自在的身姿，她的心緒亂紛紛。

由綠愉快地游到她身邊，又復游離開去。伊，沒有心機吧，阿荔儘可能安撫自己被伊的年輕形貌挑起的自卑，她的臂膀不自覺地彎進來遮住已顯垂頹的乳房。

不像由綠，由綠的乳房，是渾圓飽滿的鮮果子。

她覺得眼睛正貪婪在追逐果子，而手竟有去攫取的衝動。阿荔趕緊支使那隻浮懸的手，兜些水潑到胸口，溫熱的泉水，卻使有點焦灼的胸口變得熱燙起來。偏巧這時由綠又游近身邊。

伊伸開雙臂，併攏兩腿，呈個十字形靠到池緣。濕漉漉的長髮，像海藻在伊胸前漂搖。池畔的燈光斜打在伊臉上，由額頭伏下經鼻峰高起的線條，隔出明與暗，更塑得伊細緻如瓷雕。

「阿荔姊，沒想到洗露天溫泉這麼有趣。空氣冷的，水裡熱的，頭上頂著星星，前面還隱約可以看到大湖……」

連聲音都被洗滌得乾乾淨淨，阿荔覺得伊毫無遮掩的愉悅在冷空氣裡格外動人。

隔一道牆那邊的「男湯」，可能人也少了，只偶爾傳來疏落的談笑，不若先前喧嘩。

阿荔這也是生平第一次嘗到星夜露天沐浴的野趣。澡堂設在旅店頂樓陽台，於她又是經驗之外的新識了。

這次東瀛之旅，原訂行程是前天遊完狄斯耐樂園就該回家的。可是，她總覺得還差了點什麼，總覺得就這樣回去會於心不甘；既然老遠到日本一趟，索性再往北走，走得遠一點。於是她提議到北海道。海生任她安排，由綠樂得附議，三人昨天一早便從東京飛札幌，今天住進洞爺湖畔這家規模不小的溫泉旅店。

預算外的旅程，儘管得多開銷，阿荔卻有額外受惠的欣快。尤其這個時候，她竊喜繼續旅行是對的，要不來洞爺湖，她恐怕不容易有機會和由綠共浴，也就不會知道伊真正的身形之美了。

由綠顯然很開心。瞧伊無遮無蔽裸裎於水中，是因爲對自己的身形有足夠的信心，所以無畏他人之眼，便不忸怩，自無戒心吧？

阿荔感到這小女子的自在，打從腹底在擠壓她的老態。伊的青春，她早就流失；伊的瀟脫，她無力揮出；伊的天眞慧黠，她幾乎不曾有過；而現在，伊一無雜質的本然姿態，亮耀得刺痛她。多麼美麗、潔淨且孕含無限生機的女體啊！阿荔閃過一剎那想擁抱伊的慾念。

伊又游過來了。

「阿荔姊，妳也來游！」由綠牽起她的手，想拉她離開池緣。這時入口處有兩個裸身操日語有說有笑的女孩進來。她們瞥了澡池，便端著小木盆逕自到池邊水龍頭下先行沖澡。

澡池將不再單純了。

阿荔順勢反拉住由綠，藉水流將伊帶近身邊。她解開圍腰的毛巾，攤一半遮到伊的下身。爲了讓一條窄幅的毛巾能充分掩住兩人，她攬著由綠的腰往自己的身軀靠攏。

當指尖觸及伊凹下的腰弧時，伊柔細而又繃緊的皮膚誘她差點洩漏了意圖。她小心翼翼輕輕兜一尾魚似的不著痕跡地將由綠擁到身邊。

她微側過臉，聞到伊的髮香、伊肩頭淡淡的溫泉味沁著乾淨的體香。她喜歡乾淨的男人，她也喜歡乾淨的女人。從不曾這樣貼近一具年輕的女性肉體啊！阿荔發覺她臉只要再側過去一點，定然可以吻到伊的面頰了。這分毫之間的強烈誘惑，她努力抗拒著，手卻忍不住撫玩起伊的髮絲來。

像撫摩著嬰孩，阿荔被自己泛出的暖暖母性感動了；但繼而，她感到意欲抱住由綠的衝動，滾水般從肚腹直翻沸上來，幾乎就要掀開腦門了，她反射地趕緊鬆開攬住由綠的手，一個踉蹌，整個人便沒入澡池裡。

也不知道那兩個日本女孩是什麼時候進到澡池的，阿荔再探出頭時，只見由綠一臉惶恐，她道是伊察覺了她的圖謀，想陪個笑，岔開羞赧，不意嘴被膠著似的，怎麼也拉不開。

「阿荔姊，妳哪裡不舒服了？臉色看來不大好。」看來，伊是毫無所知的了？她舒一口氣，艾艾說道：「可能浸太久了，我想回房歇會。」

「小心，我扶妳起來。」由綠像特別看護又像女兒似的攙她出了澡池，俐落又不失體貼。

到更衣處，她穿上衣物，情緒已回穩，愛欲消褪了，但眼看這女孩，還是心疼得緊。也是這樣的情愫，讓芸娘捨不得憨園的嗎？流竄不已的意識，這時彷彿在散亂的圖塊當中找著了凹凸線痕相契的那塊，兩相併嵌，緊緊吻合，阿荔激動得喃喃自語起來：「就是這樣！就是這樣了！」

「阿荔姊，妳在說什麼？」罩上和式浴袍的由綠正烘乾長髮，吹風機呼呼干擾，伊聽不清阿荔的嘀咕。

「待會過來我房裡！」阿荔但覺被一股莫名的亢奮挾持著。有一個詭秘的念頭疾速在運轉，但未具形，她不確知會對由綠做什麼，只知道她必須攫住伊，無論如何今晚必須攫住伊！

「做什麼？」由綠是一臉迷霧。

「有東西給妳。」阿荔話出口，才發覺思緒沒跟上來。除了左腕那只海生送她、戴了十幾年的玉鐲子，她哪有什麼可以給由綠？這樣撒餌做彀，盤算未免拙劣，但已由不得她反悔了。「好東西呢，一定來哦！」就拙到底吧，她嘴上成竹，心下卻虛浮。由綠不再追問了。伊不想多揣測這個近來有點古怪的老板娘；伊甚至暗暗懷疑，她是不是犯了更年期停經症候群。

※　※　※

阿荔記得母親是在她這個年紀停經的。她不知道別的女人是不是也會去記這種事。那時，她像由綠一樣年輕。現在，母親已經七十，眞的老了；然而，她想不起來母親是怎麼變成這般老模老樣的。

那年，是夏天吧，母親在一個蟬嘶激切的星期天午後，無端遞給她四、五片棉墊，棉花襯在紗布囊中間，前後留著長長紗布條，以便成丁字形繫到腰間橫帶上的老式衛生棉。那個年代的女人，爲了檢省棉墊的使用，多數都墊上粗糙的衛生紙。她記得初經來潮，母親也是這樣教她。母親那天只淡淡對她說：「剩下這些給妳，以後我用不著了。」

當時，她只模糊感傷母親將老；將入老境的母親何必讓她知道呢？她暗暗還埋怨過母親爲什麼要平添她的憂煩？直到自己停經，她才恍然悟到，原來母親當年是以一種平靜的方式在向她預告，預告她終將無可避免必須經過同樣的女人生命進程。

只是，母親萬萬沒料到她會走另一條路。

她已然停經，不自然的停經，是因爲摘除卵巢囊種，順帶摘除被嚴重侵害的卵巢。摘除女人之所以爲女人的器官，阿荔至今不曾稍忘在手術醒來後的空茫：往後她還算女人嗎？她，也不可能變成男人；既非男人，也不再是女人的人，是什麼人？有好一段時間，她在去性的黑巷裡找不到出路。後來，女性荷爾蒙的持續使用，她才重新確認自己是女人；但，終究是個滿懷遺憾的女人。

因爲不能懷抱子女，所以只好懷抱遺憾吧，而這種遺憾，阿荔覺得甚至連最親密的海生都未必眞懂。她曾經兩次流產，眼看著已經成形的胚胎混在血水當中離她而去；一再被胎兒拒絕，最後連被拒絕的機會也沒了；海生明白她終無法成爲母親的悲哀嗎？

丈夫屢屢以「我不會在意你沒有卵巢」來淡化她的悲傷，他越是淡然，她越是心酸；她沒有子女，他也終不成父親啊。只要一想到海生的處境，阿荔就不安。儘管他從沒給過她生兒育女的壓力，尤其她摘除卵巢後，他更絕口不談任何與小孩有關的話題，然而，他的體貼，阿荔覺得只有更轉化成她的歉疚而已。

歉疚滋生成憂鬱，她對誰都說不出口的，她怎麼去跟人說她讓丈夫斷了香火？她怎麼去跟人說即使和丈夫肌膚相親中間還是隔了層膜？她怎麼去跟人說一個女人提前停經、提前老朽的鬱窒？她又怎麼去跟人說，其實她毫無把握還算年輕的丈夫會守著她這樣一個早衰的女人？

像海生這樣壯年的男人，妻子早衰，眞的都無所謂嗎？

海生在勉強抵住情慾的閘門吧？

海生難道沒有遺憾？

海生難道不需要女人？

海生需要女人吧？

海生需要年輕而生機旺盛的女人；可是海生結婚十幾年從不曾觸摸過別的女人。

可是，又怎麼知道海生眞的從不曾觸摸過別的女人呢？……

這些問題一個個像帶殼的生栗子，硬硬實實，阿荔暗地裡不知道翻過來攪過去多少回，除了一再牴痛心頭，怎麼也炒不出答案來。

※　　※　　※

答案會在這遠離故鄉的北國出現嗎？

其實，這趟東瀛之行，阿荔不否認自己是有那麼一點點圖謀；可是圖謀什麼呢？卻又很難具體說上來。意圖既然模糊，她也樂得不必步步爲營；再說，隨機行事可以不露痕跡，也比較符合她的性情。

而今晚，可能是個機會吧，她有這種直覺，以致從出了澡池之後，便一路亢奮到現在。

亢奮，使她渾身血液像戰雲密佈下頻頻調動的兵馬，她幾乎聽得見自己心臟跳得像急擂的戰鼓。亢奮，使得她在舞臺上擅於表情的臉都難以掩飾，連海生也察覺到她臉上異樣的色澤。

「阿荔啊，酒都還沒上口，妳怎麼倒先一臉醉相了！」海生奇怪她滿臉通紅。

「很高興呢！」阿荔笑著說，邊拿毛巾拭乾小酒瓶。

「阿荔姊，眞服了妳，居然忌到用洗臉槽來溫酒……」由綠的奉承，她聽來受用極了。對自己就地取材的小本事，她暗自得意，可不是麼，用旅店的茶几，她照樣可以擺出一桌小酒席。酒具是在東京池袋逛西武百貨的陶器部門時買的；昨晚參觀札幌啤酒廠，在販賣部買了小魚、蚌唇、納豆、漬蝦幾樣小菜，正好下酒；而酒則剛剛從旅店附近的便利超商買回來。小几鋪上她的楓紅浴巾，牙白釉底彩繪淡竹葉的和式酒杯酒瓶，搭配盛小菜的玉色方盅，儘管用的是取自超商的楊木方便筷，阿荔覺得小几上的陳列便不俗了，雅趣讓她更有興致，她斟了一小杯酒遞給海生。「這酒叫『登仙鄉』，標的是『純米酒』，米酒，可不便宜呢，二千三百塊日幣！不過，這酒名實在有意思，今晚就好好消受登仙的滋味……」她說著，斟了第二杯給由綠，然後爲自己斟一杯。

帶甘味的濃烈酒香，沁鼻便陶醉了；進入酒國，一切掛礙且先擱下吧，阿荔豁然舉起酒杯敬海生和由綠。

由綠啜一小口，海生則一飮而盡。

阿荔再斟。

「小綠，妳的酒量不是這樣吧？」她三分邀請七分激將的口氣，倚在小几另邊沙發上的由綠，到有點意外了。「阿荔姐，不急嘛，夜長得很，慢慢喝。再說，這酒醇，喝快了，反而不知道滋味了。」

出了實招，卻被這小女人輕鬆化爲無形，像泥鰍從指縫溜走，阿荔既尷尬又有點不甘，心想非得仔細再抓回來不可！

兩個女人在小几這邊瞬間過招，坐在床緣那頭的海生似乎不曾察覺，只見他趨前拿起大酒瓶斟滿自己的小杯，茶一般喝了下去。

看丈夫自斟自飮，阿荔眼隨心轉，從丈夫、由綠到自己，順時針方向溜了一圈，三個人都穿了旅店供應的和式浴袍，一樣花色款式的浴袍裹住的三個人，這時候是各懷心情各據一角，而眼前位置正好成了鈍三角形，海生與她之間連成的線，面對的是由綠向他與她張開的純角，一個大於可以穩定垂直站立的傾危角度，卻也是一個盤距面積最大的有利角度。她在心裡度量：設若海生與由綠的位置不動，她往丈夫的方向越靠近，則由綠這點所能拉開的角度便越小；而當她與丈夫的距離近到足以拉開一個鈍角時，丈夫與由綠的距離最遠。三角形勢中，鈍角原來佔的是拉大另外兩點距離的關鍵位置；相對的，另外兩點如果越靠越近，則開闊的鈍角將逐步被削尖、變小，變成刀鋒般的銳角；當那兩點近到重疊時，則這一端勢將落單而成對立之局了。阿荔在心裡片刻之間，將這詭譎的三角動線關係，已衍出不下十種圖形，芸娘當年想過怎麼安排在她與三白這條連線外的憨園的位置嗎？她邊想著，邊離開沙發坐到床緣，這麼一來，她與海生的距離近了，而再重新看自己與海生與由綠之間的三角局面，阿荔發現，她的移位已經改變了由綠原先所佔的優勢。

這意味著什麼呢？

阿荔但覺一陣陣熱潮襲湧，也不知道是不是方才那杯酒的勁道。她扯了扯原本端正交叉著的浴袍前襟，前襟被拉鬆，領口便後傾，露出一截素白的頸項來。

「阿荔姊的脖子很好看呢！」由綠的誇讚，阿荔還來不及反應，便聽到海生接口道：「小綠的更漂亮吧！」

阿荔看他喝下第三杯，然後舉箸夾一片拌了白芝麻的蚌唇送進嘴裡咀嚼。丈夫的眼睛像古井般深黝，她卻發現其中隱約有情慾在蕩漾。

她完全同意丈夫說的，小綠的頸脖更漂亮。她很清楚自己脖子上環繞有三、四條橫紋，那種環頸橫紋橡樹的年輪，是歲月的軌跡，除皺霜，甚至拉皮都除不了的。可是，丈夫眞正的語意是什麼呢？海生從由綠進房來，便顯得拘謹，阿荔直覺他的沈默是在刻意壓抑，緊緊拴住猛獸一般壓抑著體內洶湧的騷動。是由綠讓他不自在？阿荔對照不久前在澡池裡被伊挑起的幽微慾念，這小女人，怎麼竟惹得他們夫妻如此不安？

「阿荔姊，妳說海生哥這是不是在欺負人家？」由綠嘴在這頭對她撒嬌，眼卻在那頭撩弄海生。「小綠，我看妳就饒了他吧，他一個人喝酒已經夠悶了，妳還誆他！」阿荔決計今晚不放過這個滑溜的小女人，她在由綠的杯裡斟滿酒。

「憨園妹妹，罰妳陪三白哥哥喝下這一杯！」阿荔臉帶微笑，口氣卻一點不放鬆；由綠扶著杯子，看看阿荔，然後舉杯向海生，「三白哥哥，憨園懵懂，憨園給您賠不是！」看伊乾乾脆脆喝下去，海生又乾了一杯。由綠才擱下杯子，阿荔接著再斟滿。

「第二杯罰妳後來居然棄三白而他嫁，他不相思，倒苦了我這媒人，爲妳嘆息為妳扼腕為妳鬱悶，最後一命嗚呼！」

阿荔的口氣是芸娘的附身，由綠立即的反應是她在玩遊戲，而這酒杯裡的遊戲會是什麼遊戲？伊被挑起好奇，決定探個究竟，於是舉杯邀向阿荔：「芸姊姊，憨園不作商人婦，母親便受苦，憨園也是無奈……」由綠一派無辜的戲腔，逗得海生大笑。阿荔興味更濃了。

「這第三杯是罰妳 NG，今天晚上，妳得重來一次……」阿荔不由分說又為伊斟了一杯。

就在由綠仰飲時，她脫下左腕上的玉濁，伊右手還沒放好酒杯，左手已被她執去，套上了鐲子。

玉鐲過手，由綠猝不及防，海生也大感意外。

「憨園，我看妳今晚是被芸姊姊套牢了！」海生也進到戲裡來。

三個人都到戲裡了，阿荔雖有幾分酒，卻察覺這即興戲已入了譜，角色互動將使戲自行運轉而成形，不勞她再編派，自己只管豁開戲耍就是了。

「芸姊姊，難不成妳是要我今晚和三白喝交杯酒？」憨園意欲脫下鐲子，芸娘溫柔地握住伊的雙手，止住伊的掙脫。

「憨園，我們不是說好做姊妹的嗎？妳忘了那天大風雨，妳都依約來了。今晚妳就別走，三白盼著妳呢，他一直盼著妳……」芸娘牽來三白的手，搭在憨園的手上，然後斟了兩杯酒，遞給三白和憨園。「算交杯酒吧，妳就別讓芸姊姊再有遺憾了。」芸娘幾近懇求的語氣滲著點點淒清。

「阿荔，妳……」海生酒眼看她，阿荔知道丈夫在猜測她的意圖，她輕輕把他推回戲裡：「三白，芸娘的遺憾等你彌補呢。」阿荔自斟了一杯酒，乾了下去，她以為自己豁開了便能從容淡出，這時要淡出了，才發現還有那麼多酒都稀釋不了的濃重哀愁。

「芸姊姊，這鐲子我收了，這酒我喝了，往後三白是我的了，妳確定就不再有遺憾了？」由綠一臉酡紅，分明有醉意了，話到說得斬斬決決。

「沒有遺憾！」阿荔勉力笑著說。

「芸姊姊，那妳就看著！」由綠拖長了迷媚的眼神掃過阿荔，柔蛇一般偎坐到海生腿上，一手掛住他的脖子，一手拉開自己繫腰的衣帶活結，腰帶一鬆脫，浴袍便敞開來，伊只著雪色蕾絲胸衣和底褲的前身貼向海生，海生雖別過臉要避開伊湊上來的唇，卻被伊壓向枕褥之間，而同時伊的手伸入海生的浴袍，探進他的胯底。

阿荔看著，以一個距離之外的觀眾看著，看著慾望如何自荒蕪的廢墟萌發升起。她瞥了海生一眼，海生任伊擺弄，他的眼神並沒有氣惱、沒有拒絕，有一點點靦腆，有更多她許久不見的興奮，盡拭了灰塵般晶亮浮現出來。

※　　※　　※

不知道這具出塵白淨玲瓏的女體什麼時候浮現身邊的。

阿荔眼看著自己伸手貪婪地要去採摘伊胸前兩粒渾圓飽滿的果子。

果子是兩個描了粗黑線邊的圓。

女體是黑邊鉤勒出來浮動在昏黯背景前的圓形，是從莫迪里安尼畫布出走的裸女。

女體在膨大。

阿荔看不清伊的臉。伊可能是母親。她渴想吸吮母親的孔房，而焦灼向伊攀爬過去。

她攀到伊的胸前，緊緊握住伊的乳秀，便急切要探尋伊的唇。

她找不到伊的嘴唇，卻已被伊吻住。

伊細長而滑膩的白色舌頭，小蛇般竄進她的喉嚨，在她嘴裡繚繞一圈，即迅速抽離。

熾熱得讓她抽搐的舌，阿荔知道，那是由綠的舌。

女體原來是由綠！由綠在勾引她！

她意欲攫住由綠。

由綠被她攬進懷中。她突然發覺自己下身長出碩大的陽具正抵住由綠的腿間。進去！進去！佔駐伊！是心窖裡那隻獸在叫囂；慾念煮沸她，支使她挺著堅直紅透的陽具盲亂找著要進入伊體內的孔道……

阿荔顫震著被自己的狂暴嚇醒。醒來時，憂鬱絞成鎖鍊緊緊枷住她，灼燙的體熱更被帶出夢外，附身不去。她只覺眼皮澀重，腦袋一片混沌，而夢像已無蹤，連一點點殘零碎片都不剩。

她終於張開眼，昏糊中只瞇見厚重的窗帘縫隙透現灰白細線，不知道是什麼時分了；恍惚之間，也不知道自己身在哪裡。

再清醒些時，她想起來，不是和海生、由綠喝著酒嗎？她怎麼睡成這樣？由綠，由綠不是正偎著海生？她記得由綠半裸著身子將海生輾到床上；海生沒有拒絕。海生去哪了？她頭又脹又重又痛，頭似乎離了身，身體還燙著，還在夢裡嗎？

她撐著起身，卻差點跌下床。

這一顛躓，阿荔記起來自己是身在北國的旅店，昨晚她有意無意導了那麼一場即興戲。

這時候，戲散了嗎？這一回，她導，她演，她也看了。她完全清醒，卻想不起來昨晚到底後來又喝了多少酒。她記得憨園說往後三白是伊的了。海生是由綠的了嗎？她記得海生被由綠偎貼的眼神，瞬間塵霾散盡的澄亮，她意會到他淤滯的情慾終於有了通透的渠道，且他顯然意識到男人既是在妻子面前接受一個被妻子求懇而來的女體，便不需有愧疚和負擔。

由綠是海生的了嗎？她很想知道由綠和海生後來怎麼了。

阿荔赤足踩到地毯上，她躡腳向窗邊移步，窗帘縫中透過來的光比剛剛又亮了些；微光下，她看到小几上酒具、剩菜各各散置，她鋪底的浴巾，楓紅竟成漬血的頹紅。她謹慎繞過小几到窗邊，撩起舞臺垂幕般撩起窗帘一小角。一片天光趁機傾洩進來，打在近窗的那張單人床上。她趕緊放下帘子，怕光線刺著床上側身相擁而眠的由綠和海生。

這是自己屬意的劇情嗎？阿荔一時之間不太能肯定。

沒有劇本，不經排練，本來也沒預設什麼明確的結局，她只是想知道一齣僅有模糊意念的戲，隨機而走，會走到什麼境地。海生會笑她這樣毫無牌理的「導戲」未免太任性了吧？

海生要笑，就由他笑去吧。阿荔想，待會海生醒來，她倒要笑他，他編導的《三白與芸娘》，讓憨園他嫁，芸娘抱憾而終；她導的，卻讓憨園終於委身三白了。芸娘殷殷期盼的，不就是這樣的結局？阿荔細細咀嚼著芸娘的滿足，只是，吞嚥下去竟成焚腸蝕肚的酸楚。既然憨園是芸娘對三白的允諾，既然由綠是她對海生的允諾，既然是允諾，她懊悔自己這番演得一點也不灑脫。是芸娘難免還有遺憾？還是她終究並非芸娘？由綠則不然，看伊輕易便成了憨園，伊簡直生來就是憨園，阿荔不會忘記昨晚伊拖曳著迷媚的那一雙眼；那樣的眼神，她並不曾教過伊。伊以憨園之身成全海生的三白了卻她的芸娘心願，伊同時以年輕的女體賦活海生久荒的男性慾望代賞她隱晦的虧疚。

由綠自在入戲出戲，伊敞開憨園衣襟的時候，也為她敞開芸娘與三白之間那扇她不敢冒瀆卻又渴望窺看的恩愛大門。伊撩裙裾般撩動人的情慾，連她都幾乎為伊陷溺了，三白不能自持，海生又怎可能自持？於是，伊撩開的便不只是情慾而已，更有三白之於芸娘，海生之於她的夫性盲點，這盲點她以前並未察覺，而現在，由綠以伊亮眼的青春為她照明了這個隱蔽在恩愛裡邊的幽僻死角。

也就是說，由綠的演出，讓她這原先並未有定見的遊戲成為有初步結果的實驗活劇？

阿荔坐到她昨晚坐的那隻沙發上，爬梳脹痛的腦袋裡混亂成團的思緒。不透光的窗帘讓夜暫時延宕，阿荔心想，這樣也好；黑暗中，醒著的她看不見睡著的海生和由綠，卻清楚看見自己已然處於極小銳角的孤立椎尖狀態，而海生和由綠則仳連並立在與她相對的另一端。這如將薄刀橫斷的三角形勢，是極其險惡的形勢；往後，自己和海生和由綠之間，已無可遁逃的被置於三角局面上。三白眞的有小妾了，阿荔這時反而不知道接著芸娘的戲該怎麼演。

※　※　※

「芸娘的戲，不然，就讓小綠試試看……」

阿荔裹著她那件褐色棉質鉤花披風，蛹也似的蜷坐在觀眾席最後一排邊邊的角落。她把披風往上拉，包蓋住頭，一意要往內縮，她的身子蜷得更緊，最好回到如蟲蠕動的階段吧，她想。

從日本回來，到南部公演那幾天，阿荔陷入舞臺生涯以來最嚴重的表演危機，她對芸娘這個角色莫名其妙的排斥，到了無以妥協的強迫性的地步。先是她察覺到自己在台上的芸娘身段變得僵硬；接著，當芸娘說話時，她隱隱聽到自己嗤鼻的不屑笑聲；阿荔的軀殼在抗拒芸娘的附身？她敏感到這是表演者最致命的分裂狀態，而分裂速度之快更超出她的意外。到第三天，她發現自己幾乎和芸娘剝離，她的肢體不聽芸娘的使喚，以致舞臺上那個嫻雅端麗的女主角遲滯得像個操作不良的木偶。海生也發覺不對，幸而他和由綠的流暢演出，分散了觀眾對她的主意。特別是由綠，讓憨園這個配角了全劇的焦點，憨園已不只是讓芸娘不捨的憨園，更是讓觀眾生情的憨園，觀眾的慕戀眼光匯成強勁光束，照出由綠未來舞臺的可能版圖。「一個顛覆成功的『第三者』」，有一個報紙影劇版對由綠的演出下了這樣的標題。

「一・個・顛・覆・成・功・的・『第・三・者』」阿荔嚼著這幾個字眼，從五味雜陳一直嚼到索然無味。不會有人知道眞正顛覆成功的是她天荔吧，她「成功」引進一個「第三者」介入她與丈夫之間，她把自己婚姻的最裡層在遙遠的北國那場實驗中切到玻片上細細顯微觀察了，而且她自忖已找答案。

由於找到了「答案」,發現海生之爲三白的男性虛矯,才一意想掙開芸娘?阿荔不大確知自己迫切要擺脫芸娘的眞正原因是什麼,但她確知自己恐怕已難再成爲芸娘了;因此,在南部公演結束後,她向海生提出無法再演芸娘的困難。

「芸娘的戲,不然,就讓小綠試試看……」海生的口氣彷彿在徵求她的同意,但這種將既定結論轉成強烈暗示以退爲進的說話方式,多麼像由綠啊!

劇團還要轉進東部演出,對丈夫的意,她幾乎是別無選擇。「那麼,憨園呢?」

「憨園好找……」海生的意思是上次應徵要做「第三者」的還有兩三個候補人選,不妨從中挑一個接替。阿荔只笑笑,不置可否。那是芸娘的事,而不再是她的事了,不是嗎?

因而,她現在便以海天劇坊負責人的身份,在觀眾席看著舞臺上彩排前的準備。她有點擔心,東部這個文化中心的劇場條件要比西部大城差了許多,觀眾恐怕更難預期吧。

阿荔看舞臺上由綠挪移著芸娘的身姿,伊伸出圈著翡翠釧子的左臂,在虛擬的窗邊作勢兜進來一扇窗櫺……

由綠的芸娘,到底太年輕了啊,伊的手腕雖瘦卻圓潤,冗慮被翠色一橫,更顯得脂白,只是這樣的手臂是未經磨礪的手臂,一個未經磨礪的女人,能深切明白芸娘對丈夫的心意嗎?

「她來嗎?雨這麼大……」由綠的聲音還是好聽,但那合該是憨園的聲音;憨園,那個讓芸娘苦不得變成男身將伊娶進門的憨園,怎麼能夠變成芸娘?

然而,現在由綠確確實實飾著芸娘,海生是三白,她,則不過是他與伊戲碼上的觀看者。如此一來,她豈不就脫離了和海生與由綠的三角關係?擺脫了三角關係,然後呢?

擺脫芸娘,便擺脫三角關係?這因果似是而非,似非卻也不盡然;阿荔反覆思索,不禁意識到:這又是一顆抵心不寧的生硬栗子。

她站起身來,整好披風,走下觀眾席,走向劇場外。跨出門,才知道外頭早已起風了,還下著雨。

1995 年 8 月 5 日連載於中國時報人間副刊

引用文獻

一、中文古典相關著作（依書名筆劃排序）

1. 《二刻拍案驚奇》，〔明〕淩濛初著，臺北：世界書局，1967 年 12 月再版。
2. 《文章辨體序說》、《文體明辨序說》，〔明〕吳納、徐師曾著，臺北：長安出版有限公司，1978 年 12 月初版。
3. 《水滸傳》，〔明〕施耐庵著、〔清〕金人瑞評，臺北：三民書局，1970 年 4 月初版。
4. 《西湖夢尋》，〔明〕張岱著，臺北：漢京文化出版有限公司，1984 年初版。
5. 《足本浮生六記等五種》（揚州夢、影梅庵憶語、香畹樓憶語、秋燈瑣憶、浮生六記），楊家駱主編，臺北：世界書局，1992 年 9 月四版。
6. 《近思錄》，〔宋〕朱熹、呂祖謙著、〔清〕江永集注，江蘇廣陵古籍刻印社影印，1990 年 10 月一版一刷。
7. 《金瓶梅》，〔明〕蘭陵笑笑生著、〔清〕張道深評，山東：齊魯書社，1991 年 2 月第二版第三刷。
8. 《幽夢影》，〔明〕張潮著，臺北：漢藝色研文化事業有限公司，1990 年 3 月初版。
9. 《袁中郎全集》，〔明〕袁中郎著，臺北：世界書局，1964 年 2 月初版。
10. 《陶庵夢憶》，〔明〕張岱著，臺北：漢京文化出版有限公司，1984 年初版。
11. 《焚書》，〔明〕李贄著，臺北：漢京文化事業有限公司，1984 年 5 月初版。
12. 《閒情偶記》，〔明〕李漁著，成都：巴蜀書社，1997 年 3 月一版一刷。

13. 《園冶》，〔明〕計成著，臺北：金楓出版社，1987 年 5 月初版。
14. 《新校本明史并附編六種一》，楊家駱主編，臺北：鼎文書局。

二、當代中文著作（依書名筆劃排序）

1. 《人欲的解放——明清社會經濟變遷與大眾審美》，陳東有著，南昌：江西高校出版社，1996 年 7 月一版一刷。
2. 《十七世紀江南社會生活》，錢杭、承載著，臺北：南天書局有限公司，1998 年 6 月初版一刷。
3. 《二十世紀中國新文學史》，皮述民、邱燮友、馬森、楊昌年等著，臺北：駱駝出版庄，1997 年 10 月一版二刷
4. 《小說美學》，吳功正著，江蘇：江蘇文藝出版社，1985 年 6 月一版二刷。
5. 《小說美學》，陸志平、吳功正著，臺北：五南出版社，1993 年 11 月初版一刷。
6. 《小說敘事學》，徐岱著，北京：中國社會科學出版社，1992 年 9 月版。
7. 《小說稗類》，張大春著，臺北：聯合文學出版社，1998 年 3 月初版。
8. 《王韜評傳》，張海林著，南京大學出版社，1993 年 11 月一版一刷。
9. 《中國新文學整體觀》，陳思和著，臺北：業強出版社，1990 年 3 月初版。
10. 《中國比較文學批評史綱》，楊義、陳聖生著，臺北：業強出版社，1998 年 6 月初版。
11. 《中國小說的近代變革》，袁進，北京：中國社會科學出版社，1992 年 6 月。
12. 《中國小說思維的文化機制》，吳士餘著，華東師範大學出版社，1990 年版。
13. 《中國小說美學》，葉朗著，臺北：里仁書局，1987 年 6 月。
14. 《中國小說敘事模式的轉變》，陳平原著，臺北：久大文化股份有限公司，1990 年 5 月。
15. 《中國小說源流論》，石昌渝著，北京：生活、讀書、新知三聯書店，1994 年 2 月版。
16. 《中國小說學通論》，寧宗一主編，安徽：教育出版社，1995 年版。
17. 《中國中篇小說史》，王萬森、張達著，天津：百花文藝出版社，1995 年 9 月。
18. 《中國文言小說史稿》（上、下），侯忠義編，北京：北京大學出版社，1990 年 3 月一版一刷。

19. 《中國文言小說參考資料》，侯忠義編，北京：北京大學出版社，1985年4月。
20. 《中國古代婚姻與家庭》，史鳳儀著，湖北：湖北人民出版社，1987年7月一版一刷。
21. 《中國古典小說的文體獨立》，董乃斌著，北京：中國社會科學出版社，1994年2月版。
22. 《中國古典小說美學資料匯粹》，孫遜、孫菊園編，上海：上海古籍出版社，1991年5月一版一刷。
23. 《中國古典園林分析》，彭一剛著，北京：中國建築工業出版社，1986年12月第一版、1997年10月第五刷。
24. 《中國江浙地區十四世紀至十七世紀社會意識與文學》，陳建華著，上海：學林出版社，1992年6月一版一刷。
25. 《中國近代宗教倫理與商人精神》，余英時著，臺北：聯經出版社，1988年9月一版三刷。
26. 《中國宮苑園林史考》，岡大路著，臺北：地景企業股份有限公司出版部，1990年3月版。
27. 《中國婦女生活史》，陳東原著，臺北：河洛圖書出版社，1979年9月臺景印初版。
28. 《中國婚姻史》，蘇冰、魏林著，臺北：文津出版社，1994年4月初版一刷。
29. 《中國婚姻與家庭》，邵伏先著，北京：人民出版社，1989年3月一版一刷。
30. 《中國敘事學》，楊義著，嘉義：南華管理學院，1998年6月。
31. 《中國敘事學》，蒲安迪教授講演，北京：北京大學出版社，1996年3月一版一刷。
32. 《中國現代小說史》第一卷（1917～1927），葉子銘主編，南京：南京大學出版社，1991年10月初版。
33. 《中國現代文學思潮研究》，邵伯周著，上海：學林出版社，1993年1月一版一刷。
34. 《中國散文史綱》，劉衍主編，劉衍、成松柳等著，湖南：胡南教育出版社，1994年6月一版一刷。
35. 《中國筆記小說史》，陳文新著，臺北：志一出版社，1995年3月初版。
36. 《中國傳記文學史》，韓兆琦主編，河北：教育出版社，1992年8月。
37. 《中國園林藝術》，安懷起、王志英合編，臺北：丹育圖書有限公司，1987年臺一版。

38. 《中國愛情與兩性關係——中國小說史研究》，何滿子著，臺北：臺灣商務印書館，1995 年 1 月。
39. 《中國歷代小說與文化》，楊義著，臺北：業強出版社，1993 年 8 月初版。
40. 《什麼是傳記文學》，劉紹唐等著，臺北：傳記文學出版社，1985 年 12 月再版。
41. 《元白詩箋證稿》，陳寅恪著，臺北：世界書局，1963 年 1 月初版。
42. 《文體鑑賞藝術論》，曹明海著，濟南：山東文藝出版社，1992 年 8 月一版一刷。
43. 《文學解釋與美的再創造》，龍協濤著，臺灣：時報文化出版公司，1993 年版。
44. 《文學解釋學》，金元浦著，東北師範大學出版社，1996 年版。
45. 《日記四種》，陳文新譯注，湖北：辭書出版社，1997 年 2 月。
46. 《世情小說之價值觀探論——以婚姻爲定位的考察》，陳翠英著，臺北：國立臺灣大學出版委員會，1996 年 6 月初版。
47. 《古代小說與歷史》，歐陽健著，遼寧：教育出版社，1992 年 10 月。
48. 《古代散文文體概論》，姜濤著，山西：人民出版社，1990 年 6 月。
49. 《古典短篇小說藝術新探》，陳炳熙著，上海：華東師範大學出版社，1991 年 9 月一版一刷。
50. 《古典與現代的女性詮釋》，孫康宜著，臺北：聯經出版社，1998 年 4 月初版。
51. 《史家陳寅恪傳》，汪榮祖著，臺北：聯經出版社，1984 年 9 月初版二刷。
52. 《司馬遷傳記文學論稿》，李少雍著，重慶出版社，1987 年 1 月。
53. 《生活的藝術》，林語堂著，臺北：遠景出版社，1980 年 2 月五版。
54. 《在傳統與現代性之間——王韜與晚清改革》，〔美〕柯文著，雷頤、羅檢秋譯，南京：江蘇人民出版社，1994 年 9 月一版一刷。
55. 《守節・再嫁・纏足及其它——中國古代婦女面面觀》，陝西人民出版社主編，西安：陝西人民出版社，1990 年 9 月一版一刷。
56. 《江南士風與江蘇文學》，費振鐘著，湖南：湖南教育出版社，1995 年 8 月一版一刷。
57. 《江蘇歷代文學家》，李紹成、董惠君、徐柏春編，江蘇：江蘇古籍出版社，1992 年 6 月一版一刷。
58. 《沈三白和他的浮生六記》，陳毓羆著，臺北：大安出版社，1996 年 11 月。

59. 《沈復散文選集》，徐柏容、鄭法清主編，天津：百花文藝出版，1997年8月一版一刷。

60. 《形名學與敘事理論——結構主義的小說分析法》，高辛勇著，臺北：聯經出版事業有限公司，1987年11月初版。

61. 《姑蘇園林與中國文化》，曹林娣著，臺北：三民書局，1993年12月初版。

62. 《明代江南市民經濟試探》，傅衣淩著，臺北：谷風出版社，1986年9月版。

63. 《明代琉球王國對外關係之研究》，徐玉虎著，臺灣：學生書局，1982年10月初版。

64. 《明季東南中國的海上活動》（上編），張增佔著，臺北：中國學術著作獎助委員會出版，1988年10月出版。

65. 《明清人情小說研究》，方正耀著，上海：華東師範大學出版社，1986年12月一版一刷。

66. 《明清小說的思想與藝術》，傅繼馥著，合肥：安徽人民出版社，1984年6月一版一刷。

67. 《明清小說思潮論稿》，王國健著，廣州：廣州出版社，1993年9月一版一刷。

68. 《明清文人畫新潮》，林木著，上海：人民美術出版社，1991年8月第一版、1993年11月第二刷。

69. 《明清文化史》，馮天瑜著，武昌：華中工學院出版社，1984年2月第一版第二刷。

70. 《明清江南市鎮探微》，樊樹志著，上海：復旦大學出版社，1990年9月一版一刷。

71. 《明清社會經濟史研究》，陳學文著，台北：稻禾出版社，1991年12月初版。

72. 《明清社會經濟結構》，姜守鵬著，吉林：東北師範大學出版社，1992年1月一版一刷。

73. 《明清時代庶民文化生活》，王爾敏著，臺北：中央研究院近代史，1996年3月版。

74. 《明清飲食研究》，伊永文著，臺北：洪葉文化事業有限公司，1998年3月初版一刷。

75. 《紅雜誌．紅玫瑰》（全四十一冊），上海書店：江蘇廣陵古籍刻印出版社，1989年12月一版一刷。

76. 《紅樓夢的兩個世界》，余英時著，臺北：聯經出版事業公司，1987年6月第三次印刷。

77. 《侯方域集校注》，何法周主編、王樹林校箋，河南：中州古籍出版社，1992 年 9 月一版一刷。
78. 《侯朝宗文選》，徐植農、趙玉霞注譯，山東：齊魯出版社，1988 年 12 月。
79. 《俞平伯散文雜論編》，俞平伯著，上海：上海古籍出版社，1990 年 4 月一版一刷。
80. 《紀念陳寅恪教授國際學術討論會文集》，廣東：中山大學出版社，1989 年 6 月一版一刷。
81. 《苦惱的敘述者——中國小說的敘述形式與中國文化》，趙毅衡著，北京：十月文藝出版社，1993 年。
82. 《郁達夫文論集》，浙江文藝出版社主編，杭州：浙江文藝出版社，1985 年 12 月一版一刷。
83. 《郁達夫——自敘小說》，郁達夫著、高云選編，上海：上海文藝出版社，1993 年 7 月版第五次印刷。
84. 《郁達夫研究綜論》，張恩和著，天津：天津教育出版社，1989 年 7 月一版一刷。
85. 《風雅淵源——文人生活的美學》，范宜如、朱書萱合著，臺北：臺灣書局，1998 年 3 月初版。
86. 《個人主義與五四新文學》，李今著，哈爾濱：北方文藝出版社，1992 年 6 月版。
87. 《唐人傳奇小說》，汪辟疆編，臺北：文史哲出版社，1993 年 10 月再版。
88. 《書畫與文人風尚》，張懋鎔著，臺北：文津出版社，1989 年 8 月初版。
89. 《浙江文化史》，滕復、楊建華等編著，杭州：浙江人民出版社，1992 年 6 月一版一刷。
90. 《浮生六記》，沈復原著、陶恂若校注、王關仕校閱，臺北：三民書局，1998 年 8 月。
91. 《浮生六記》，沈復原著、曾昭旭導讀，臺北：金楓出版社。
92. 《陳寅恪學術文化隨筆》，陳寅恪著，劉桂生、張步洲編，北京：中國青年出版社，1996 年 9 月一版一刷。
93. 《接受修辭學》，譚學純等著，上海教育出版社，1992 年版。
94. 《敘事學》，胡亞敏著，武漢：華中師範大學出版社，1994 年。
95. 《晚明小品與明季文人生活》，陳萬益著，臺北：大安出版社，1988 年 5 月初版。
96. 《晚明小品論析》，陳少棠著，香港：波文書局，1981 年 2 月初版。

97. 《清代臺灣民變研究》，國立臺灣師範大學歷史研究所專刊（九），劉妮玲著，國立臺灣師範大學歷史研究所，1983 年 9 月初版。
98. 《清代臺灣民變研究史研究》，張菼著，臺灣銀行經濟研究室編印，1970 年 5 月版。
99. 《現代散文新風貌》，楊昌年著，臺北：東大圖書出版社，1993 年 3 月再版。
100. 《現代散文類型論》，鄭明娳著，臺北：大安出版社，1987 年 2 月一版一刷、1992 年 5 月二版二刷。
101. 《散文》，謝楚發著，北京：人民出版社，1994 年 7 月。
102. 《欽定平定臺灣紀略》（上、中、下），臺灣銀行經濟研究室，臺北：臺灣銀行，1961 年 6 月初版。
103. 《發跡變態——宋人小說學論稿》，康師來新著，臺北：大安出版社，1996 年 12 月，一版一刷。
104. 《閒書四種》，冒襄、沈復、陳裴之、蔣坦原著，宋凝編注，武漢：湖北辭書出版社，1997 年 1 月第一版第四刷。
105. 《飲食男女生活美學》，龔鵬程著，臺北：立緒文化出版有限公司，1998 年 9 月初版一刷。
106. 《傳記小說新思維——縱橫於歷史、文學、眞實、虛構、言說、書寫之間》，龔鵬程著，《年報：1997 龔鵬程年度學思報告》，嘉義：南華管理學院，1998 年 8 月。
107. 《傳記文學史綱》，楊正潤著，南京：江蘇教育出版社，1994 年 11 月一版一刷。
108. 《傳記與小說——唐代文學比較論集》，倪豪士著，臺北：南天書局，1995 年。
109. 《傳統小說與中國文化》，張振軍著，廣西：師範大學出版社，1996 年 1 月。
110. 《幹校六記》，楊絳著，臺北：時報文化出版企業有限公司，1992 年 9 月初版一刷。
111. 《新讀浮生六記》，沈復原著，康師來新導讀，臺北：漢藝色研文化事業有限公司，1994 年 4 月。
112. 《新思潮與傳統——五四思想史論集》，周昌龍著，臺北：時報文化出版企業有限公司，1995 年二月初版一刷。
113. 《漫說蘇州》，陳詔著，臺北：商務印書館，1994 年 11 月臺灣初版一刷。
114. 《管錐篇》，錢鍾書著，臺北：中華書局，1984 年版。
115. 《說園》，陳從周著，上海：同濟出版社，1984 年 8 月第一版、1994 年 8

月第四次印刷。

116. 《德・才・色・權——論中國古代女性》，劉詠聰著，臺北：麥田出版社，1998年6月初版一刷。
117. 《論「五四」新文學》，劉納著，杭州：浙江文藝出版社，1987年3月版。
118. 《魯迅小說史論文集》，魯迅著，臺北：里仁書局，1992年9月版。
119. 《魯迅——自剖小說》，魯迅著，王曉明選編，上海：上海文藝出版社，1994年5月版。
120. 《談陳寅恪》，俞大維等著，臺北：傳記文學出版社，1978年9月再版。
121. 《歷代自敘傳文鈔》，郭登峰編，臺北：學人月刊雜誌社，1971年1月初版。
122. 《澤瀉集》，周作文著，臺北：里仁書局，1982年7月版。
123. 《徽商研究》，張海鵬主編，合肥：安徽人民出版社，1995年12月一版一刷。
124. 《鴻溝與超越鴻溝的歷程——中國古文言短篇小說史》，胡大雷、黃理彪著，西安：陝西師範大學出版社，1995年2月版。
125. 《第一屆中琉歷史關係國際學術會議論文集》，中琉文化經濟協會，曉園出版有限公司，1988年5月再版。
126. 《第二屆中琉歷史關係國際學術會議論文集》（中文版），中琉文化經濟協會，曉園出版有限公司，1990年10月出版。
127. 《第三屆中琉歷史關係國際學術會議論文集》，中琉文化經濟協會，曉園出版有限公司，1991年6月初版。
128. 《讀者反應理論》，龍協濤著，臺北：揚智文化事業股份有限公司，1997年3月出版一刷。

三、西方翻譯著作（依書名筆劃排序）

1. 《小說修辭學》，W. C.布斯著，華明、胡蘇曉譯，北京：北京大學出版社，1985年。
2. 《文學論——文學研究方法論》，韋勒克・華倫著，王夢鷗、許國衡譯，臺北：志文出版社，1985年5月再版。
3. 《情感與形式》，〔美〕蘇珊・朗格著，劉大基、傅志強譯，北京：中國社會科學出版社，1986年8月一版一刷。
4. 《接受美學與接受理論》，〔聯邦德國〕H. R.姚斯、〔美〕R. C.霍拉勃著，周寧、金元浦譯，瀋陽：遼寧人民出版社，1987年9月一版一刷。
5. 《接受理論》，張廷琛編，四川文藝出版社，1989年版。

6. 《結構主義詩學》，喬納森．卡勒著，盛寧譯，中國社會科學出版社，1991 年版。
7. 《結構主義——批評的理論與實踐》，〔美〕羅伯特．蕭爾斯著，高秋雁審譯，臺北：結構群出版社，1989 年 5 月初版。
8. 《閱讀活動：一種審美反應理論》，沃爾夫岡．伊瑟爾著，金元浦、周寧譯，中國社會科學出版社，1991 年版。
9. 《影響的焦慮》，哈羅德．布姆斯著，徐文博譯，三聯書局，1989 年版。
10. 《讀者反應理論批評》，伊麗莎白．弗洛恩德著，陳燕谷譯，臺北：駱駝出版社，1994 年 6 月。
11. 《讀者反應理論批評》，帕特里沙．渥厄著，錢兢、劉雁濱譯，臺北：駱駝出版社，1995 年 1 月。
12. 《讀者反應批評》，簡．湯普金斯編，劉峰等譯，文化藝術出版社，1989 年版。

四、辭典工具書（依書名筆劃排序）

1. 《中國小說辭典》，秦亢宗主編，北京：北京出版社，1990 年 4 月一版一刷。
2. 《中國古代小說百科全書》，中國古代小說百科全書編輯部編，中國古代小說百科全書出版社，1993 年 4 月一版一刷。
3. 《中國古典小說藝術鑑賞辭典》，段啓明主編，北京：北京師範大學出版社，1991 年 4 月一版一刷。
4. 《中國古典小說鑑賞辭典》，關永禮、孟向榮等主編，北京：中國展望出版社，1989 年 8 月一版一刷。
5. 《古代小說百科大辭典》（修訂版），白維國、朱心滋主編，北京：學苑出版社，1997 年 8 月第一次印刷。
6. 《古代小說鑑賞辭典》，古典小說鑑賞辭典編輯委員會編，北京：學苑出版社，1989 年 10 月一版一刷。
7. 《明清小說鑑賞辭典》，何滿子、李時人主編，杭州：浙江古籍出版社，1992 年 9 月第一版，1994 年 11 月第二刷。

五、期刊論文（依書名筆劃排序）

1. 〈二十一世紀世界文化格局中的中國古代文學研究〉，張稔穰著，收錄於《二十世紀中國古典文學研究回顧與前瞻國際研討會》。
2. 〈女作家與傳世欲望——清代女性彈詞小說中的自傳性問題〉，胡曉眞著，收錄於《語文、情性、義理——中國文學的多層面探討國際學術會議論文集》，1996 年 7 月。

3. 〈小說敘述視角藝術功能探尋〉，張德林著，收錄於《文藝理論》第五期，1988 年。
4. 〈小說敘述視點研究〉，李賾著，收錄於《文藝理論》第三期，1988 年。
5. 〈五四文人的浪漫精神〉，李歐梵著，收錄於《五四與中國》，1982 年 9 月六版。
6. 〈古代散文的研究範圍與音樂標界的分野模式〉，楊慶存著，收錄於《二十世紀中國古典文學研究回顧與前瞻國際研討會》。
7. 〈在大清與大和之間——宦游紅學〉，吳盈靜著，收錄於《引君入夢——1998 年紅樓夢博覽會》，1998 年 12 月 5 日。
8. 〈自傳體文學與人類經驗——試論盧梭之《懺悔錄》與沈復的《浮生六記》〉，杜瑞樂（Joel Thoraval）著，收錄於《當代》第六十七期，1991 年 11 月。
9. 〈明清小說人欲表現的表現特徵及其嬗變〉，許建平著，收錄於《二十世紀中國古典文學研究回顧與前瞻國際研討會》。
10. 〈東西方歷史陣痛時期反對封建鬥爭的啓示——盧梭《懺悔錄》與沈復《浮生六記》比較研究〉，周偉民著，收錄於《武漢論壇》1986 年 11 月。
11. 〈《浮生六記》淺析〉，鄭明娳著，收錄於《暢流》四十五卷四期，1972 年 4 月。
12. 〈浮生六記與紅樓夢〉，邱崇丙著，收錄於〈人民日報〉(海外版)，1990 年 7 月 4 日第二版。
13. 〈《浮生六記》滄桑錄〉，顧關元著，收錄於〈人民日報〉(海外版)，1990 年 8 月 16 日。
14. 〈《浮生六記》與《幹校六記》敘述風格的比較〉，吳燕娜著，收錄於《中外文學》第十九卷第九期。
15. 〈浮生若夢話「三白」〉，王壽來著，收錄於《聯合文學》十四卷十期，1998 年 8 月號。
16. 〈匿名的自傳作者羅蘭巴特／沈復〉，張漢良著，收錄於《中外文學》第十四卷第四期。
17. 〈晚明小品中的遊記、傳記與日記〉，廖玉蕙著，收錄於《中正嶺學術研究集刊》第四集。
18. 〈晚明袁中道的婦女觀〉，鄭培凱著，收錄於《近代中國婦女史研究》第一期，1993 年 6 月版。
19. 〈晚清小說理論的域外發展——以星洲才子邱煒萲爲例〉，吳盈靜著，收錄於《第五屆近代中國學術研討會》，1999 年 3 月。
20. 〈傳記在西方文化中的發展與流變〉，馬耀民著，收錄於《文訊》雜誌第五十九期，1993 年 12 月。

21. 〈誰的歷史：自傳、傳記與口述歷史的社會記憶本質〉，王明珂著，收錄於《思與言》第三十四卷第三期。
22. 〈論自傳〉（上、下），李有成著，收錄於《當代》第五十五期、第五十六期。
23. 〈論《浮生六記》藝術特色〉，曹金鍾、韓武朋著，收錄於《哈爾濱師大學報》，1990 年 1 月。
24. 〈《儒林外史》結構學補論——論《儒林外史》的紀傳性結構形態〉，張錦池著，收錄於《二十世紀中國古典文學研究回顧與前瞻國際研討會》。
25. 〈關於小說的視點〉（上、中、下），諾曼・弗里德曼著，林鈞譯，收錄於《文藝理論》第一期，1988 年。

六、學位論文（依書名筆劃排序）

1. 《自傳文研究》，廖卓成著，國立臺灣大學中國文學研究所博士論文，1992 年 6 月。
2. 《晚明文藝社會「山人崇拜」之研究》，林宜蓉著，國立臺灣師範大學國文研究所碩士論文，1994 年 6 月。
3. 《晚清小說之特質研究》，崔桓著，國立政治大學中國文學研究所碩士論文，1992 年 6 月。
4. 《搜「人」記——《聊齋誌異》的「文人」研究》，蔡怡君著，國立中央大學中國文學研究所碩士論文，1998 年 6 月。
5. 《話本小說敘事技巧析論》，劉恆興著，國立中山大學中國文學研究所碩士論文，1994 年 6 月。
6. 《論張岱小品文學——從生命模塑到形式意義的完成》，蔣靜文著，國立中正大學中國文學研究所碩士論文，1998 年 6 月。
7. *TEXTUALISING THE AUTOBIOGRAPHICAL SUBJECT: DESCRIPTION, NARRATIVE, DISCOURSE*（《自傳主體的呈現：描述、敘述、論述》），李有成著，國立臺灣大學外國文學研究所博士論文，1986 年 7 月。